中公文庫

美味礼讃 (上)

ブリア＝サヴァラン
玉村豊男 編訳・解説

中央公論新社

PHYSIOLOGIE DU GOÛT,

ou

MÉDITATIONS DE GASTRONOMIE

TRANSCENDANTE ;

OUVRAGE THÉORIQUE, HISTORIQUE ET A L'ORDRE DU JOUR,

Dédié aux Gastronomes parisiens,

PAR UN PROFESSEUR,

MEMBRE DE PLUSIERES SOCIÉTÉS LITTÉRAIRES ET SAVANTES.

Dis-moi ce que tu mange, je te dirai qui tu es.

APHOR. DU PROF.

PARIS,

CHEZ A. SAUTELET ET Cie LIBRAIRES,

PLACE DE LA BOURSE PRÈS LA RUE FEYDEAU.

1826.

はじめに

一八二五年に刊行されたブリア゠サヴァランの『味覚の生理学』PHYSIOLOGIE DU GOÛT は、日本では長いあいだ『美味礼讃』という訳書名で知られてきた。

ジャン゠アンテルム・ブリア゠サヴァラン（一七五五〜一八二六）は、判事、議員、裁判所長として活躍するかたわら、さまざまな学問と諸芸に通じ、隠退後の晩年に執筆した本書では、美食家としての情熱と蘊蓄を傾けて、食べることが人間と社会にとっていかに重要であるかを説いている。深い洞察にもとづく人間観察と茶目っ気たっぷりの才筆は出版当時から各界の賞賛を受け、売れ行きも好調だったが、本人は刊行の翌年に生涯独身のまま七十歳で世を去った。

この本をはじめて翻訳して日本に紹介したのはフランス文学者の関根秀雄先生で、一九五三年に初版が刊行されている。その後、一九五六年、一九六三年と改訂を加え、一九六七年には愛娘の協力を得て改訳に取り組み、これが、関根秀雄・戸部松実訳による『美味礼讃』として、岩波文庫に加えられた。この岩波文庫版が半世紀近くも版を重ねるロングセラーとなり、ほとんどの読者はこの訳書によってブリア＝サヴァランの名を知ることになったのである。

いま、いやしくも食に関心を抱く人であれば、どこかでブリア＝サヴァランの「箴言（アフォリズム）」にある言葉を、一度は目にしているはずである。いわく、

新しい料理の発見は人類の幸福にとって天体の発見以上のものである。

君が何を食べているか言ってみたまえ。君が何者であるか言い当ててみせよう。

チーズのないデザートは片目の美女である。

だれかを食事に招くということは、その人が自分の家にいる間じゅうその幸福を引き受けるということである。

しかし、古今東西の名著と呼ばれる書物のおそらくほとんどがそうであるように、ブリア＝サヴァランの名前も『美味礼讃』からの引用も、多くの人が知っているのに

その中身をすべて読んだことがある人はきわめて少ない。

実際、時を超えた面白い話がいっぱい詰まっているにもかかわらず、その構成にかならずしも一貫性がないうえ、原文にしばしばあらわれる冗長な語り口や言わずもがなの自慢や逸脱が読書の興を殺《そ》ぎ、また、楽しみのために本書を紐解く読者にとっては、いまとなっては古めかしい翻訳語調がときに煩わしさを感じさせ、通読するには相当の努力を要することもたしかである。

そこで、身の程も知らず、年齢だけは執筆時のブリア＝サヴァランとほぼ同じになった私が、この名著の一部を勝手に省略して編み直すなどして、恣意的な感想を加えながら、刊行後二世紀を経てもなお今日的な意義を失わないこの古典にひとりでも多くの人に興味をもってもらえるよう、水先案内の役を買って出ることを決意した。

本書の原題は、直訳すれば『味覚の生理学』となる。

これに『美味礼讃』という訳語をあてたのは関根秀雄先生のお考えか、それとも最初の編集者が『味覚の生理学』では硬過ぎて売れないと判断して提案したのか。そのあたりは定かでないが、関根訳でも目次や文中では『味覚の生理学』と書いているところを見ると、全体をあらわす書名にだけわかりやすい語をあてた意図は明らかだろう。そしてこの『美味礼讃』という端的で意を尽くした書名こそが、ブリア゠サヴァランの名著を日本の読者に知らしめるために大きく貢献したことは間違いない。

私の編訳は、文学研究としての翻訳ではなく、ただ読みやすさを求めた日本語の文章への移行である。もちろんほとんどの箇所では逐一フランス語の単語を追って正確に訳そうと務めたが、ときには単なる冗長な手柄話や本旨から逸脱していると思われる部分を省いたり、一部を割愛したりしながら、原文の雰囲気を伝えると同時にわかりやすさを第一に考えて翻訳した。

本の構成も、「箴言（アフォリズム）」は冒頭で読むより少し読み進めてからのほうが理解がしやすいと考えて後ろにまわすなど、思い切った改変を試みた。

もとより、フランス文学の研究者やまっとうな翻訳者の方々にお叱りを受けることは覚悟の上である。そして、不届きにも原著に乱暴な手を加えようとする無礼者に対して、天国で百九十年以上も美食三昧を愉しんでいるブリア゠サヴァラン先生にも、なにとぞ寛恕を請い願う次第である。

◆本書の構成および原著との異同について

原著は「第一部」が三十の「瞑想」から、「第二部」が二十七の「ヴァリエテ（余録）」から構成されているが、本書では「瞑想」を「章」と改訳した。ただし、原著各瞑想の小見出しのうちのいくつかについては、文節の一部または全体を削除した箇所が随所にあることをお断りしておく。

「第二部」の「ヴァリエテ（余録）」については、六項目を割愛した。ただし「キジ」と「シュヴァリエとアベ」および「元気回復薬」は内容的に前出の記述と重なるので「ヴァリエテ」から切り離し、第6章「スペシャリテ」、第12章「グルマンについて」、第25章（下巻）「消耗について」にそれぞれ移動した。また、原著冒頭の「著者とその友との対話」と「伝記」は省略した。

なお第14章「食卓の快楽について」の中で紹介されている、ブリア＝サヴァラン本人が兄たちを自宅に招待した逸話は、本書中唯一、著者が自宅で人をもてなす話であり、著者自身が「ここまで私の書物を楽しみながら読んでくださった読者のみなさまに差し上げる飴玉のような贈り物」と書いているので、あえて「ブリア＝サヴァラン家の長い朝食」と改題し、本書の掉尾を飾るエピソードとして下巻第二部「ヴァリエテ」に収録した。

美味礼讃　上巻

目次

第一部　味覚の生理学

第1章　感覚について

感覚の数とその機能

感覚とは、人間を外界に存在する物体と関係づける働きをもつもので、少なくとも六種類あると考えられる。

視覚は、光を媒介として空間を認識し、私たちを取り巻く物体の存在とそのかたちを教えてくれる。

聴覚は、空気を媒介として、騒音や音声を物体からの振動として受け止める。

嗅覚は、それによって物体が放つさまざまな匂いを嗅ぐ。

味覚は、それによって、食べられるもの、味のあるものを認識し、評価する。

触覚は、物体の表面のようすやその硬さを対象として認識する。

これらが一般に「五感」と呼ばれるものだが、実は六番目の感覚として、生殖感覚、または肉体による性的な感覚を挙げなければならない。これは男と女をたがいに引き寄せるものであり、その目的は種族の繁栄である。

驚いたことに、この性的な感覚の重要性は、これまで長いあいだ看過されてきた。この感覚はもともと触覚とはまったく共通する要素がないのに、触覚と混同されたり、ときには触覚に付随するものとさえ考えられてきたのである。

生殖感覚は、視覚における眼や、味覚における口と同じように、あるひとつの独立した特定の器官に依拠している。が、面白いのは、男も女もそれぞれが独自にこの感覚を体感するに必要な条件を備えているにもかかわらず、自然が要求する目的を果たすためには、男女がかならず合体しなければならない、ということである。

つまり、個の存続を目的とする「味覚」をひとつの感覚として認めることに異議がないなら、種の保存を目的とする「生殖感覚」も、なおさらのこと、もうひとつの立派な感覚として認めてやるべきではないだろうか。

したがって、生殖感覚、つまり肉体的恋愛に関わる性的な感覚にも、独立したひとつの感覚としての地位を与えることにしよう。とりあえず「五感」に加えて六番目に列しておくが、未来の子孫たちの評価では、もっと上位に昇進する可能性もある。

感覚の働きとその結果

六つの感覚を司る器官は、人間の場合、それぞれが独立して働くのではなく、たがいに助け合い、その感覚を使用する個人の利益のために、協力して働くよう求められる。

こうして、触覚が視覚の誤りを正し、味覚もまた視覚や嗅覚に助けられる。聴覚は言葉によるコミュニケーションを可能にし、また遠近を判断して位置を知らせる役目もする。そして生殖感覚は、他のすべての感覚器官に侵入した。

新しい世紀の波が次々に訪れ、時代とともに絶えざる革新がもたらされることによって人類は進化したが、その進化の原因は、なにを隠そう、私たちがもっているこれらの感覚にあるのである。すなわち、これらの感覚はつねによりよい満足を求めて要求を繰り返し、その結果、私たちの生活に役立つあらゆるものが生み出されてきたのだ。

たとえば視覚は絵画や彫刻や演劇などのスペクタクルを生み出し、聴覚はメロディーやハーモニー、舞踊や音楽とそれを奏でるための道具を生み出した。嗅覚は香料を求め、味覚は食べものになる素材を生産し、選択し、調理することを促した。触覚は手を用いた芸術や工芸、さらにはあらゆる工業を生み出すもととなった。そしてもっとも重要な生殖感覚は……男と女の出会いを用意し、その結びつきを美しく演出するための道具として、フランソワ一世が先鞭をつけたロマネスクな（まるで小説のような）恋愛、コケットリー、モード、といったものを生み出したのであった。

この、ロマネスクな恋愛、コケットリー、モード、という現代社会を牽引する三つの大きな原動力については、古代の言葉ではどうやっても明確に説明することができない。これらは生粋にフランスの発明であり、とくにコケットリーという概念に関しては、フランス語以外では絶対に表現することができないのだ。だからこそ、世界中から毎日のように、そのセンスを学びに多くの人たちがパリにまでやってくるのである。

先に、生殖感覚は他のすべての感覚器官に侵入した、と言ったが、それは学問や科学の世界にも少なからぬ影響を及ぼしている。これは少しでも観察すればわかることだが、学問のうちでもっともデリケートで創意に満ちた分野は、男と女の結びつきに関わる欲望や希望、感謝の念などに由来するものである。であるからして、もろもろの学問分野における達成もまた、それらの感覚をよろこばせるために私たちが不断に努力してきた、その直接的な結果に過ぎない、ということができる。

食を語るに性を以ってする。明快でないものはフランス語でない、というが、ブリア＝サヴァランの目指すところは明快である。しかし、美味学を提唱する食の泰斗として知られる美食家の著作が、最初からセックスにまつわる熱い語りからはじまることに、驚かれた読者も多いのではないだろうか。

原題は正しくは『味覚の生理学、または超絶的な美味学に関する瞑想の数々』といい、「いくつかの文学および科学分野の学会に所属する一教授からパリの美食家たちに捧げる、理論的、歴史的、かつ今日的な諸問題に関わる著作」という副題がついている。この本は最初、著者の名を隠して匿名で刊行された。その肩書きは「(学会に所属している)教授」であり、書名も内容も学問的であることをことさら強調しているが、強調し過ぎているところがちょっとアヤシイ。

ブリア＝サヴァランは、専門の法学以外の学問はディレッタント(趣味人)として学んだのだろうから、どうやらプロフェッショナルな学者や教授に憧れていた気配がある。実は、省略したが原著には「著者とその友人との対話」と題する前書きのようなものがあって、そこで彼は、こんな本を出版して馬鹿にされないだろうかとか、誰がこんな本を読むのかとか、出版を逡巡するような言葉を戯画化しながら繰り返し述べている。これもまたうれしさと恥ずかしさの入り混じった、プロフェッショナルな物書きなら決してやらない種類の付け足しであり、彼が判決文以外には職業的な執筆を経験していないことがよくわかる。

が、このような「素人の仕事」だからこそ、既成の学問の枠を超えた発想を自由に羽ばたかせ、興の赴くままに闊達な筆を走らせた、学者や教授には決して書けない不朽の名著が生まれたのである。だから、学問的に感覚と感覚器官を論じようとする中で「生殖感覚」の重要性に強引に結論を持っていこうとするあまり、最後のほうになるとほとんど支離滅裂になってしまっているところは、ご愛嬌として赦してあげなければならない。

コケットリーという言葉は、めんどりがコッ、コッ、コケッと鳴く音から生まれたとされるが、雌鶏が雄鶏の気を引いて性的な接触を誘うときの求愛行動から、女性が男性を誘うときの媚態、思わせぶりな、ときにはこれ見よがしな、男をその気にさせる言葉や表情、ちょっとした行動などを指すようになった。フランス語から発したこの概念は英語にも伝わり、英語ではコケティッシュという形容詞がよく用いられる。

フランス人が恋愛をなによりも大切と考えていることはよく知られている。大統領に愛人がいたり隠し子がいたりしても政治的なお咎めはないし、深夜バイクで恋人の部屋に通ったとしても選挙結果に影響は及ぼさない。大統領の道ならぬ恋……というのは十分ロマンチックだが、こうした恋愛の手管や舞台を演出するのも「生殖感覚」のなせるわざなのである。

ブリア＝サヴァランも最初は学術的に語りたいと思ってわざわざ「生殖感覚」génésique という術語を持ち出すが、それをすぐに「肉体的恋愛」amour physique と言い換えている。フランソワ一世（一四九四〜一五四七）は女好きの大男で、数々の浮名を流したことで知られている。恋愛作法も大胆だったようで、国王みずから派手な恋愛ドラマを演じて見せたのだった（その伝統が現代の大統領にまで受け継がれているというわけか）。この時代は中世の宗教的な呪縛から人間本来の存在を解き放とうというユマニスム（人間主義）の時代でもあり、ラテン語世界の中からフランス人が独自の言語と文化を確立していく時代でもあった。そのときフランス人はフランソワ一世を手本に、みずからの存在を特徴づけるアイデンティティーとして、高らかに恋愛とセックスを選んだのである。

フランス語では、「セックス」sexe という語は「性別」を表すとき以外には用いない。そのかわり、「恋愛」amour というだけで「セックス（性的結合行為）」を意味するのである。したがって "On fait l'amour?"（「オンフェラムール？＝アムールをしましょうか？」）といえば、「恋愛をしましょうか？」ではなく、即「やる？」という意味になるのであって、まずオトモダチからお付き合いをはじめてそれから手順を踏んで恋愛に……というまだるっこしいプロセスを意味するのではない。

ブリア＝サヴァランが『味覚の生理学』を書いたのは、フランソワ一世の全盛期からちょうど三百年。フランス革命の後、めまぐるしく入れ替わる政体をめぐって社会が大きく変動する時代で、混沌としながらもある意味では社会が活気を帯びた、血湧き肉踊る世の中ではなかったかと思う。そういう時代には、胸をときめかすドラマチックな恋愛や、男女の駆け引きそのものを真剣な遊びの手段とするコケットリー、そして異性を惹きつけるためのモード（ファッション）という「生殖感覚」に源を発する恋愛文明が、「現代社会を牽引する三つの大きな原動力」になっていた、というのである。

こうした文脈で考えれば、当然フランス料理も、恋愛やコケットリーやファッションの系譜に連なるものである。その意味でも、ブリア＝サヴァランがここで打ち立てようとしている「美味学」を理解するためには、フランス人にとっての恋愛と性の持つ重要性を、しっかりと念頭に置いておく必要がある。

日本人は、フランス料理を食べてその味を褒めるときは、かならず「さっぱりしていておいしい」という。さっぱりなんかしていない、こってりした料理を食べても、「さっぱりしている」が褒め言葉だ。私たちは、こってりしたフランス料理が苦手な日本人は（精力が弱いから）性に淡白である、と思い込んでいるふしがある。

しかし、実はフランス人にとって日本は「ウタマロ」の国であり、とくに昨今は日本の春画が欧米各国で高く評価されていることもあって、フランス人より日本人のほうが優れた「生殖感覚」をもっているのではないか、と考えはじめたフランス人もいる。ひょっとすると、彼らがスシや日本料理をこぞって食べはじめたのは、その秘密を探ろうとしているからかもしれない。

フランス人にとっては「性＝恋愛」であり、恋愛そのものが性的行為の一種なのだが、日本人の場合はその並々ならぬ性的探究心を背後に隠し、表面的には無関心と淡白を装ってきた。それが習い性となって、近頃は「草食系」なる男子まで出てきてしまったのだが、ときどき抑圧された性の衝動が暴発して、女のコケットリーを勘違いしてセクハラに突き進む男が出現するのは、セックスを恋愛として昇華するための文化的仕掛けを用意してこなかった日本文化の弱点だろう。

実は解説者として一言いっておきたいのだが、男が女を一対一で夕食に誘うときは、"On fait l'amour?"（「オンフェラムール？」）というのとほぼ同じである、ということを、日本の女性にも理解してもらいたい。フランスなら当然である。誘いを受けてOKするということは、場合によっては最後まで行く覚悟がある、ということである。その了解を前提に二人はレストランに行き、口唇が食物を吸引し、味覚器官である舌が咀嚼を助けながらなまめかしく蠢くのをたがいに眺め、会話とワインで亢進した気分を……いかに次の行動に結びつけるかが男の腕であり、それをうまくあしらいながら、コケットリーの成果として高いメシを奢らせるのが女の甲斐性なのである。

だから、男のほうから女を食事に誘ったのに割り勘にしようと持ちかけるのは最低だし、そうしたシチュエーションであるにもかかわらず、女が男にコケットリーのかけらも見せることなく、なにごともなかったかのように淡々と「あらゴチソーサマ」だなんていって去って行くのも、ちょっと淋しい。もちろん一回や二回の食事でなにかが起こると期待しているわけではないけれども、そういう場であることへの暗黙の了解が、食卓を囲む時間をときめいたものにするのである。そのあたりの機微をまだ心得ていない男女には、食を語ると見せて実は恋愛を語っている、サヴァラン先生の本書をぜひ最後まで読んでいただきたい。

諸感覚の改善

これらの感覚に、私たちはたいへんお世話になっているわけだが、いずれの感覚も完璧というにはほど遠いものであることは、いちいちその例を挙げるまでもないだろう。ただ、私の観察するところによれば、視覚という高尚で精妙な感覚と、その対極にあるといっていい触覚のふたつは、時代の進展とともにきわめて顕著な力を獲得してきた。

眼鏡という道具のおかげで、目は、他のほとんどの器官を否応なく襲う、加齢による能力の衰えを免れている。

望遠鏡は、それまで知られなかった、どんな方法でも測定できないほど遠くにある天体を数多く発見した。それが見通すことのできる距離は途方もないもので、巨大な光芒を放っているはずの天体が、私たちの目にはほとんど捉えることのできない、かすかな星屑のようにしか見えないのだ。

顕微鏡は、私たちのからだの内部の構造を教えてくれた。それは私たちがこの世に存在することすら知らなかった幾多の菌や微生物の実像を明らかにした。それによって私たちは、肉眼で見ることのできるもっとも小さい動物より、さらに一〇万倍も小さな動物を見ることができるようになった。しかもそれらの微小な動物たちは、みずから動きもするし、食べもするし、生殖さえおこなっているのである。彼らは当然それらを司る器官をもっているわけで、その極小さといったら、私たちの想像をはるかに超えているではないか。

一方、機械は人間の力を何倍にも増加させた。それによって人間は頭で考えたことのほとんどを実行できるようになり、生まれつきの弱い力ではどうすることもできなかった重い荷物まで簡単に動かすことができるようになった。

武器と梃子《てこ》によって、人間は全自然を征服した。自然をみずからの快楽と必要と気まぐれな思いつきに従わせ、すべてをひっくり返して、か弱い二本足の動物がこの世の被造物の王者となったのである。

このようにその力を拡大した視覚と触覚は、本来なら、人間よりもっと優れた種に属していても不思議ではなかった。というより、もし視覚と触覚以外のほかの感覚もすべて同じように改善されその力を拡大していたとすれば、人間はいまとはまったく違った存在になっていたはずである。

ただし、ここで注意しておかなければならないのは、触覚は、筋肉に代わる力としては大きな発達を遂げたけれども、感覚器官としては、文明からの恩恵をほとんど受けることがなかった、という点である。が、決して失望するには及ばない。人類はまだまだ若い存在なのだ、ということを思い出そうではないか。感覚がその領域を十分に拡大するには、これから幾多の世紀にもわたる、長い時間が必要であることに、思いを致さなければならない。

最近の数世紀は、味覚の分野にも重要な発展をもたらした。砂糖とそのさまざまな応用の発見や、アルコール飲料（蒸留酒）、アイスクリーム、バニラ、茶、カフェなどの発見は、それまで知ることのなかった新しい味わいを私たちに教えてくれた。

それならば、次は触覚の出番かもしれない、と想像して何が悪いだろう。なんらかの幸福な偶然が未知の扉を開いて、触覚のかかわる新たな快楽の源泉を掘り当てることがないと誰が言えようか。触覚の感受性は全身にくまなく張り巡らされており、からだのあらゆる場所で快楽を受け容れることができるだけに、私たちがそれによって大きな悦びを得ることは、おおいにあり得るのではないだろうか。

ブリア＝サヴァランは、触覚と性的感覚は別のものである、といいながら、それらが混同されるほど近似したものであることを認めている。性的な快楽でもない、しかしそれにきわめて近い「触覚のもたらす快楽」とは、どういうものだろうか。なんとなく想像できるようでできないもどかしさがあるけれども、そこになにかがありそうだ……という感じはする。

近年、触覚に関する研究は急速に進歩しているそうである。言葉では伝えることのできない触覚（モノに触れる感覚）を電気信号に変えて、遠く離れた人に同じように伝える技術はすでに開発されている。もし、近い将来、インターネットを介して触覚を自在に共有することが可能になれば……サヴァランが夢見た新しい快楽がそこに発見されるかもしれない。嗅覚の重要性と香りの評価、また触覚の可能性への言及など、ブリア＝サヴァランの直感にはきわめて鋭いものがある。

味覚の持つ力

生殖感覚があらゆる学問の中に侵入してきたことはすでに見た通りだが、この感覚が働くときはつねに暴君的で、有無を言わせないのが特徴である。

それに較べると味覚のもつ機能はもっと抑制的で、慎ましやかなものである。かといってそれだけ働きが弱いというわけではないのだが、性感と味覚はともに種の保存に貢献するという同じ目的のために働きながらも、味覚のほうはよりゆっくりとしたペースで、そのかわりじわじわと長く続く効果をもたらす、といえばよいだろうか。

味覚が人類のために貢献してきたその歩みについては後段に譲るとして、いやしくも、きらきらと輝く大鏡や、絵画や彫刻や見事な花飾りに囲まれ、芳しい香りに満ち、艶やかに着飾った美女たちで華を添えられた、甘美な旋律が流れる荘厳な大広間で繰り広げられる贅《ぜい》を尽くした饗宴の席に列した経験をもつ者であれば、この世のあらゆる学問や技芸は、味覚の悦楽をいやがうえにも高め、その享楽を彩るにふさわしい設えを用意するためにあるのだ、といっても、誰もが納得して賛意を表してくれるであろう。

感覚の働きの目的

さて、ここで、人間の感覚について、その全体像を概観してみよう。そうすると、そもそも造物主は二つの目的をもっていたことがわかる。その一方は他方の結果なのだが、すなわち、個の存続と、種の保存という、二つの目的である。

感覚を働かせる存在としての人間は、この二つの目的のために生きるよう運命づけられており、私たちのすべての行為はこれらの目的に関係している。

視覚は、外界の物体を認識し、人間を取り巻く世界の不思議を垣間見せ、私たちが大きな全体のちっぽけな一部であることを教えてくれる。

聴覚は音を聞き分け、心地よい音を受け入れるだけでなく、なんらかの危険をもたらす物体の動きを察知して警告を与えてくれる。

触覚の感受性は、苦痛という手段で私たちに直接的な危害をもたらす存在を警告する。

手は、人間のもっとも忠実な下僕として、足がしっかりと大地を踏みしめて歩けるようにみずからは身を引いたばかりでなく、生命の営みによって生じた消耗を補うために役立つと本能が判断したものを選んで、口に運ぶために捕える役目を担う。嗅覚は、つねに探索している。人体に有害な物質はおおむね悪臭を放つものだから、まずは嗅覚が危険の有無を判断するのである。

そこではじめて、味覚が出動する。歯がものを嚙みはじめ、舌がそれを味わうために口の中を動き、それから間もなく胃袋が消化吸収を開始する。

胃袋にたっぷり食べものが入ると、なにかわけのわからない気だるさに襲われ、しだいに目に見えるものがぼやけてきて、からだはぐったりとし、とうとう目が開けていられなくなって、ついにはあらゆるものが消え失せ、すべての感覚が完全な休息の状態に入る。

目が覚めると、彼は、自分の身のまわりではなにひとつ変わっていないことに気づく。しかし、そのとき彼の胸の奥には密やかな炎が萌え立ち、新たなひとつの器官が、しだいに頭をもたげてくるのである。そして彼は、自らの存在を他と分かち合いたいと強く感じるようになる。

この衝動的な力に突き動かされた、居ても立ってもいられないような感情は、男女両性に共通のものである。そこで、男と女は、たがいに寄り添い、契りを交わす。そして新しい存在の萌芽を孕む行為を終えたとき、はじめて二人のあいだに平穏な眠りが訪れるのである。なぜなら、こうして二人は種の存続を保証するという、人間にとってもっとも崇高な義務を果たしたのだから。

以上が、味覚をつかさどる器官についてのより詳細で具体的な検討に読者を無理なく誘うためにはどうしても必要であると考えた、私が本書で提起する命題についての包括的かつ哲学的な概観である。

第1章「感覚について」はこの一文で締めくくられるのだが、感覚器官の話をしていたと思ったら二人はあっというまにベッドインしてしまった。「新たなひとつの器官が……」の主語を受ける述語は、原文では“s'est développé”（みずから発達した）となっており、これを関根訳は慎ましやかに「新たなひとつの器官が発達している」としてさらりと逃げているが、この表現は、包み隠さずに言えば「むくむくと大きくなって頭をもたげた」という現象の形容にほかならない。ちょっと、サヴァラン先生、そんなこと書いていいんですか、と聞きたくなるほどだが、「生殖感覚」を「第六感」として認知させようと躍起になった結果、第1章はほとんどセックス話で終わってしまったようである。

ブリア＝サヴァランは、原著の冒頭に掲げたアフォリズムのひとつで次のように言う。

動物は腹を満たし、人間は食べる。知性ある人間だけがその食べかたを知る。

つまり、本能の赴くままに、生きるために腹を満たすのが動物である。それに対して人間は、獲物を捕まえたら皮を剝いで生肉を嚙みちぎるのではなく、きちんと処理をして火を通し、皿に載せ、道具を使って口に運ぶ。それが「食べる」ということなのだが、そうして人間は自分の行動が動物の本能的な行動からは遠く離れた文明的なものであるということを示し、それこそが「人間らしさ」の証しであると、思い込もうとしてきた。教養も、学問も、すべてはそのための装備であり、文化や芸術もそうやって発達してきたのである。いうまでもなく、食味を知り、食材を知り、その食べ方を知るためのブリア＝サヴァランの美味学は、まさしくその究極の到達点であり、禽獣の本能とは対極に位置するものとなるだろう。

が、ブリア＝サヴァランは言うのである。教養ある人の食べ方も、もとはといえば動物の本能に繋がっているのだと。

だからこそ、食べることは生きることであり、その目的は個の保存と種の存続であるのだと、繰り返し強調する。

人間の行為を本能から遠ざけるためにさまざまな工夫を凝らしながらも、決して本能から目を逸らすことなく、動物と人間は一直線に繋がっているのだということを、隠そうとしない。いや、繋がっているからこそ、どこまで人間はそこから遠くへ行けるのか、美味学という学問をひっさげてサヴァラン先生は挑戦するのである。

ここに至ってようやく、「生殖感覚はすべての学問に侵入した」という不可思議な一文が、ようやく理解できるのではないだろうか。

さて、ベッドインした二人だが、私が不思議に思うのは、この二人はベッドインする前にまずメシを食い、それからいったん眠るのである。で、目が覚めてからやおらセックスを開始する。そんな手順が、あるのだろうか。この方面にはとくに浅学菲才《せんがくひさい》な私などは、そんな悠長なことをしていていいのか、という疑問が浮かぶ。

まあ、すでに連れ添った夫婦なら、毎日の日常の中でそういうこともあるかもしれないと思うけれども、コケットリーに誘われて、首尾よくお目当ての彼女と二人きりのディナーに漕ぎつけた日には、まず食事をして、ワインを飲み、それからころあいを見計らって彼女を誘い、なんとかホテルに連れ込んだとしたら（表現が下品で申し訳ない）、いくら食後だからといって、まず二人揃って寝込んだりはしないでしょう。

また、それがすでに懇ろになっている彼女で、ひさしぶりにデートができるのだとしたら、食事の前にホテルにチェックインしてまず一戦交え、それからシャワーでも浴びてレストランに赴くのが、私はよく知らないけれども、おそらく常道ではないだろうか。

しかしサヴァラン先生は、食事をしたら眠くなるからまずゆっくり眠る。そして眠って元気を回復してからセックスする、という手順をお考えのようである。たしかに、個の保存と種の繁栄のためには、その行動に十分なエネルギーを注ぎ込まなければならない。

腹が減っている状態では、精子にも卵子にも力が欠けているだろう。また、食事を摂った直後に運動をしては、消化吸収によろしくない。そう考えると、食事で得た滋養をゆっくり眠ることで十分に体内に蓄え、その力がからだの隅々にまで行き渡って、某器官が自然と「発達」するようになってから、寄り添い、抱き合えばよろしい、というのである。

まったく理に適っていて、反論もできない。

食事の前であれ後であれ、焦って事に及ぼうとするなどそれこそ動物の仕業ではないか。動物からより遠いところへわが身を置こうとするなら、もっと冷静に、落ち着いて、個の存続と種の保存にとってはどういう方法がベストか、頭を使ってよく考えなさい、と、サヴァラン先生はおっしゃるのだ。御意。

『美味礼讃』すなわち『味覚の生理学』は、単なる食通の美食談義ではない。どうでもよい些細な事柄をあげつらい、ためにもならない蘊蓄をひけらかす、世に多いグルメ談義とは、きわめてよく似ているが、根本的には非なるものだ。食べることは生きることである。よく生きるためには、よく食べなければならない。よりよく食べることは、生きることを肯定し、人間であることの歓びを謳歌することだ。冒頭の章の力説からは、著者の信念と覚悟がはっきりと伝わってくる。

第2章　味覚について

味覚の定義

味覚とは、人間がもっている感覚のうち、私たちを味わいのある物質と結びつける感覚であり、味わいを評価する特定の器官に、なんらかの印象が与えられることによって生じるものである。

食欲、飢え、渇きなどの刺戟によって生じる味覚は、人間にとって必要なさまざまな作用の基盤となり、それによって人は成長して大きくなり、各部を発達させ、身体を維持し、生命の発散によって生じる消耗を補うのである。

この世に存在する有機体は、かならずしも同じ方法で自らを養っているわけではない。造物主は、きわめて多様な方法によって、それぞれに確実な効果が得られるよう、さまざまの有機体に互いに異なる自己保存の方法を割り当てたのである。

植物は、生命存在の最下層に位置するもので、動くことができないためその根から土中の栄養を吸収する。根はその植物が生まれた土地の地中に深く伸びて行き、特別なメカニズムの働きによって、自らの生長と維持に役立つさまざまな物質を選び出す。

植物よりもやや上位の段階になると、動物としての生命は与えられているものの、自らは動くことができない有機体がある。しかし彼らはその存在にふさわしい環境を与えられており、そこから特殊な器官が生きるために必要な養分を抽き出してくる。つまり、自分から動かなくても食べものが向こうからやってくる、というやりかたである。

世界を自由に動きまわることのできる動物たちの維持と活動のためには、また別の方法が定められた。これらの中では人間がもっとも完全な存在として筆頭に位置することはいうまでもないが、人間は、特殊な本能が食を摂る必要があることを彼に告げると、ただちに探索行動に入り、その必要を満たすものがありそうだと直感するとすぐにそれを捕まえて、食べる。そうやって人間は英気を養いながら、彼に与えられた人生の役割を果たすべく生きていくのである。

味覚は、三つの観点から考えることができる。

肉体的な側面では、それによって味わいを評価するための感覚器官として。

心理的な側面では、味わいのある物体によって刺戟を受けた器官が精神の中枢に働きかけることによって生じる印象として。

そして即物的に見れば、味わいを評価する器官を刺戟して精神の中枢に印象を生じさせる物質として。

また味覚には、以下の二つの重要な働きがあるものと思われる。

（1）快感に働きかけることによって、生命の営みのために絶えず生じる消耗を補うよう私たちを導くこと。

（2）自然が私たちに提示するさまざまな物質の中から、私たちにとって栄養となるものを正しく選び出す助けをすること。

この選択においては、後で詳しく述べるように、味覚は嗅覚に強力な援護を受ける。まったく、「栄養になるものは味覚にも嗅覚にも決して嫌われることはない」という新しい格言をつくってもよいくらい、味覚と嗅覚は食べるべきものを正しく選び出す。

味覚のメカニズム

味わいを評価する器官がなにから成り立っているかを、正確に特定することは容易ではない。簡単そうに見えて、実は思いのほか複雑なのである。

いうまでもなく、ものを味わうメカニズムにおいて、舌がもっとも大きな役割を果たしていることはたしかである。実際、舌は自由に動く強い筋肉をもっており、食物をこねたり、ひっくり返したり、押しつけたり、呑み込んだりするのに役立っている。そのうえ舌は、その全体に散在している数多くの味蕾《みらい》によって、舌に触れた物体の表面から溶け出す味わいのある物質を吸収することができる。

しかし、これだけでは十分でない。舌以外の、近隣に存在するさまざまな部分が参加しなければ、私たちは正しく味を評価することができないのだ。すなわち、頰、口蓋、なかでも鼻腔の大切さについては、多くの生理学者がまだ気づいていないようである。

頰の内側からは、唾液が出る。唾液は、咀嚼のためにも、また咀嚼した物体を粘着させてまとめるためにも役に立つ。頰の内側の部分は、口蓋と同様に、わずかながら味を感じる能力をもっていると考えられる。私は、ときには歯茎さえも、多少は味の評価に与ることがあるのでないかと考えているくらいだ。さらに、これはたしかなことだが、口の奥の咽頭部でおこなわれる嗅覚の作用がなかったら、味わいの印象は画竜点睛を欠いた、まったく不完全なものになってしまうだろう。

舌のない人間、あるいは舌を切り取られた人間でも、かなりの程度、味覚を有しているといわれている。前者の例はすでに多くの書物で取り上げられているし、後者のケースについては、私自身がその本人から直接話を聞いたことがある。

その男は、捕虜として囚われていた仲間の脱獄を助けて脱走を企てた、という罪状で罰せられ、アルジェリア人から舌を切られた、というのである。

私はこの男とアムステルダムで会ったのだが、この町で使いっ走りをして糊口を凌いでいたこの男は、多少の教育を受けてもいたので、私と筆談で会話をすることが容易にできたのだった。

まずは口を開けてもらい、男の舌が奥のほうまで、いわゆる舌繋帯のところまですっぱりと切り取られているところを見せてもらってから、私は、彼がいまでも食べものの味を多少なりとも感じ取ることができるのか、その残酷な処刑を受けた後でも味覚というものは残っているのか、と訊ねてみた。

彼が言うには、いちばん難儀なのはものを呑み込むときで、これにはなかなか骨が折れるけれども、味覚そのものはかなりよく残っていて、ふつうの人と同じようにうまいまずいは識別できる。ただ、ひどく酸っぱいものや苦いものを食べたときは耐え難い苦痛があるということだった。

彼が教えてくれたところによると、舌を切ることはアフリカの諸王国においては決して珍しいことではなく、とくに謀反を企てた張本人に対する刑罰としてよくおこなわれ、そのための特別な道具まであるそうだ。私は、それがどんなものか、説明をもっと聞きたいと思ったが、本人は思い出すことさえひどく辛そうだったので、敢えて聞かないことにしたのだった。

彼の言うところから考えてみると、冒瀆者の舌を抜いたり抉ったりすることがあたりまえのようにおこなわれ、そんな法律さえ制定されていたという未開な時代に遡れば、そうした習慣はもともとアフリカの諸王国に起源を発し、それが十字軍の帰還とともにヨーロッパに伝えられたと考えるのが妥当だろう。

さて、このようなことから、味の感覚はおもに舌の上にある乳頭（味蕾）で感知されることが明らかになった。ところが、解剖してみると、味蕾はすべての舌に平等に備わっているわけではないことがわかったのである。多い人と少ない人を較べると、三倍もその数が違うそうだ。同じ宴席で会食しながら、ある者はいかにもおいしそうによろこんで食べているのに、ある者はまるで義理で食べているかのようにつまらなそうな顔をしている、そんな違いが出てくる理由が分かろうというものだ。すなわち後者は舌の機能が不全なのであり、味覚の世界にも不自由な人とそうでない人がいる、ということである。

味を感じるということ

味の感覚がいかなる機序で作用するかについては、五つや六つの説がすでに開陳されているようだが、私にも私の説があるので、以下、これを述べたい。

味わいの感覚は一種の化学作用であって、昔風の術語を使えば「湿潤法」というやりかたでおこなわれる。すなわち、味わいをもたらす物質は、なんらかの溶液に溶け込んでいなければならない。溶液に溶け込んでいなければ、味蕾とか吸盤とかいった、味覚器官の内部に敷き詰められた神経細胞の絨毛から吸収されることができないのである。

この説が新しいものなのかどうかは知らないが、誰でも実験をしてみればすぐにわかるはずである。

水は、それだけではなんの味わいももたらさない。なぜなら水は、味わいをもたらす分子をひとかけらも含んでいないからである。しかし、そこに一つまみの塩を加えたとすれば、あるいは数滴の酢を落としたとすれば、そこにはたちまちのうちに新しい味の感覚が立ち昇る。

これに対して、水以外の一般の飲みものは、飲めばなんらかの味を感じるものだ。それは、識別できる味わいを含んだ分子が、多かれ少なかれ液体の中に溶け込んでいるからである。

一方、まったく水に溶けない物質を細かく砕いて口の中をいっぱいにしたところで、意味はない。そのとき、舌はなにかに接触している感覚はもつにしても、味はなにも感じないはずだからである。

味はもっているが、乾いていて堅い物質の場合は、まず歯がそれを嚙み砕き、次に唾液などの分泌液がそれに滲み込み、その湿った物質を舌で口蓋の壁に押しつけて、中から汁を搾り出さなければならない。そのときその汁の中に味わいを含んだ分子があれば、そこでようやく味蕾はその味を感じ取ることができ、この段階ではじめて、粉砕された口内の物質は胃の中に落ちていくことを許されるのである。

この私の説は、もう少しだけ補強しさえすれば、どんな質問にも答えうる、かなり有力なものだという自信がある。

したがって、味のある物質とはなにか、という問いに対しては、味覚器官に吸収されるに適した、水に溶けるすべての物質である、と答えておこう。

また、そのような物質はいかなる作用によって味覚を生じさせるのか、と訊かれた場合は、それが溶けた状態になって、感覚の受容と伝達を受けもつ口腔内に入るたびに、味覚が生じるのだ、と答えよう。

一言でいえば、すでに溶けているもの、またはほどなく溶けるもの以外には、味をもつ物質というものはあり得ない、ということである。

味わいについて

味の種類には限りがない。すべての水に溶ける物質はなんらかの特別な風味をもっており、その味わいにはひとつとして同じものがないからである。

そのうえ、それが単一の味の組み合わせなのか、二種類、あるいは三種類の味の組み合わせなのか、という違いによっても、結果はまったく変わってくる。だから、もっとも魅惑的な素晴らしい味からもっとも耐え難いひどい味まで、イチゴからコロシント（観賞用のオモチャカボチャ。食べると苦い）に至る味の段階を一枚の表であらわすことはそもそも不可能であり、試みようとした者たちはことごとく失敗した。

この結果は、驚くに当たらない。単一の味の中にも無限の諧調があるし、それがまたどのくらいの数や量で組み合わさるかもわからないのだから、もし、それらのすべてを余すところなく表現しようとするならまったく新しい言語が、正確に定義しようとするなら万巻の書物が、ひとつひとつ分類しようとするなら無限の数字が、必要になるだろう。

しかし、これまでのところ、ある特定の味わいを厳密な正確さで鑑定しなければならない必要はとくになかったので、私たちは、「甘い」とか「酸っぱい」とか「苦い」とか、ごくわずかな語彙によって一般的な表現をするに止まっていた。

これらの表現は、煎じ詰めれば結局のところは「うまい」か「まずい」かのどちらかになってしまうのだが、それでもこの二つの言葉さえあれば、私たちがものを口に入れたときの味がどんなものであるか、おおまかなところは表現できるし、なんとか人にわかってもらうこともできるのである。

おそらく、私たちの子孫は味わいを言葉にするもっと豊かな表現をもっているに違いないし、未来には化学の力によって味の原因や要素が分析され、その本質が明らかにされるであろうことは、まったく疑いの余地がないと思う。

味覚に対する嗅覚の影響

さて、こうして論を進めているうちに、私は必然的に、嗅覚というものにその権利を回復させてやり、味の認識において彼が果たしている多大な奉仕と貢献を認めてやらなければならないという、積年の主張を披瀝する場に至ったようである。

私は、嗅覚の参加がなければ味の評価を完全に遂行することはできない、と信じているばかりか、実は嗅覚と味覚は合わせてひとつの感覚を形成しているのではないか、さらに言えば、口が実験室であるとすれば鼻はその煙突ではないか、とさえ考えているのである。もう少し正確に言うならば、口は可溶性物質を味わうためにあり、鼻はそこから出るガス（気体）を味わうためにあるのではないかと。

この学説には自信があるが、私には、これで一派を旗揚げしようという野心があるわけではない。ただ、私がどれほどこの問題に関して仔細な観察を加えてきたかを読者に知ってもらい、この問題に対する強い関心を促したいだけである。

では、次に、嗅覚が、味覚の構成要素そのものではないにしても、少なくとも味覚にとって必要欠くべからざる付属物である、ということの論証を進めていこう。

すべての水に溶ける物質は、かならず匂いをもっている。だから味わいのある物質は嗅覚の領域と味覚の領域の両方に属している。

人は、ものを口に入れるときには、多少なりともその匂いを嗅いでみるものである。それが知らない食べものであったら、かならず嗅覚が歩哨の役を買って出て、「おまえは何者か」といって誰何する。

嗅覚が奪われると、味覚を感じることができなくなる。このことは、誰にも簡単にできる三つの実験によって確かめられる。

実験1　鼻の粘膜がひどい風邪などで炎症を起こしているときは、味覚は完全に麻痺してしまう。

実験2　鼻をつまんでものを食べると、味がはっきりせず、不完全にしか味わえないことに吃驚《びっくり》するものだ。この方法を用いれば、どんなに苦い薬でもほとんど気づかないうちに吞み込むことができる。

実験3　同様の効果は、ものを吞み込むときに、舌を本来の位置から動かして、上《うわ》顎《あご》の奥にぴったりとくっつけるようにしても、得ることができる。この場合は舌によって鼻腔への空気の流れが遮断されるため、嗅覚は刺戟を受けず、したがって味覚も感じられないのである。

これらの実験で得られる結果は、同一の原因に基づいている。

つまり、ものを味わうときに嗅覚の協力がなかったために、味のある物質はその汁だけで評価され、それが発する匂いが評価の対象にならなかったためである。

さて、いよいよ味覚論の本論に入る。

いろいろな器官、あるいは解剖学的部位の名前が出てくるが、日本人にはあまり馴染みがない、しかしフランス人にとってはきわめて重要な役割をになっているのが、口蓋（硬口蓋）だろう。口蓋は、日本語でいえば「上顎」ということになるが、ドーム型の空間になっている口腔内部の天井部分のことであり、その大半を占める前方の部分を「硬口蓋」といい（上顎骨などの骨に支えられていて硬いのでこう呼ぶ）、後ろのほうにある柔らかい襞になっている部分を「軟口蓋」という。

フランス人は、口蓋（硬口蓋）のことを、「パレ palais」と呼ぶ。この言葉はもともと「宮殿」という意味である。小人になって口の中に入ったら、きっと口蓋（硬口蓋）は巨大な宮殿の天井のように見えるだろう。

奥にある軟口蓋のほうは、ものを呑み込むときに鼻腔に通じる気道を閉じる役割を果たす部分だが、硬口蓋は、口の中で咀嚼される食べものはかならずこの部分に接触するので、人間はこの部分でものの味を感じるのだとフランス人は考えてきた。

日本語なら「お口に合いましたか」と訊くところを、フランス語では「硬口蓋の気に入りましたか」と訊く。「舌を悦ばす」は「硬口蓋を悦ばす」、「鋭い味覚をもっている」は「敏感な硬口蓋をもっている」である。フランス人が、硬口蓋こそものの味を判断するのにもっとも重要な部位であると考えていることが、よくわかる表現である。

科学的には味の大部分は味蕾によって判断されるのかもしれないが、これまで食べてきた料理や食べものによってつくられた習慣的な感覚は、国や民族によってそれぞれ異なるものだ。

日本人は、歯の感覚を大事にする。食べものが最初に触れる箇所の感覚、歯ざわりがなによりも重要だ。

フランス人は、歯ざわりにはそれほど頓着しない。最近でこそ、日本料理の影響などもあり、ギリギリの火入れで歯ざわりを残した野菜などがレストランでもてはやされるようになり、「カリッとした」あるいは「パリッとした」という意味の「クロッカン croquant」という言葉がよく使われるようになっているが、伝統的なフランス料理では、野菜はくたくたに、繊維がとろけてなくなるまで火を通してから食べるのがふつうだった。ほうれん草しかり、いんげん豆しかり。歯で嚙んでも嚙みごたえがないから歯ざわりなど問題にならず、味わいは、そのどろどろした粘性のある物体（湿潤化している）が舌の上に載せられ、舌の運動によって硬口蓋に押しつけられてはじめて感じられる。一瞬で過ぎ去る淡白な歯ざわりの感覚と違って、まったりと口いっぱいに広がって持続する濃厚なうまみの感覚が、フランス人の求めるものなのである。そう考えると、フランス料理は硬口蓋で味わうものだ、ということが、よくわかるのではないだろうか。

鼻腔の問題も重要である。

日本人は、鼻でものの匂いを嗅ぐ、というと、まず鼻の穴を思い浮かべる。鼻の穴の下に物体をもっていき、鼻から息を吸う。それが「匂いを嗅ぐ」という行為であると、おおかたの人は無意識に思っているのではないだろうか。

しかし、自明のことだが、鼻の穴に嗅覚はない。鼻の穴にできることは吸った息を鼻の奥のほう（すなわち鼻腔）に運ぶことだけで、だから、いくら匂いのある物質を吸い込んだとしても、途中で鼻の穴が詰まっていたらなんの匂いも感じることができないのである。

……と、こんなふうにしつこく書くとだんだんサヴァラン先生のようになってくるが、サヴァラン先生は端から鼻の穴や穴を含む鼻の外部突起については言及もせず、ひたすら口の奥にある鼻腔しか問題にしていない。「口が実験室であるとすれば鼻はその煙突ではないか」というときの「鼻」はまさしく煙突のような空洞のある鼻腔そのもののことであり、「可溶性物質から出るガス（気体）を味わう」のも同じくその鼻腔にほかならない。

鼻は、外から見える突起部としての外鼻と、外鼻孔から後鼻孔にいたる気道のはじまりとしての内鼻に分けられ、後者の顔面内の空間を鼻腔と呼ぶのだが、外鼻と内鼻（鼻腔）の対比は、歯ざわりと硬口蓋の対比と同様、日本人とフランス人の感覚の違いを象徴しているように思われ、それは当然、日本料理とフランス料理の味わいかたの違いにもあらわれる。

感覚論をセックスに引きつけて論じたように、ブリア＝サヴァランは味覚論を語るにあたって嗅覚をしきりに強調する。このことは、二十一世紀の現代フランス料理でもっとも重要視されているのが「香り」の問題であることを考えると、ブリア＝サヴァランの先見性を示すものとしておおいに評価してよいと思う。フランス料理のみならず現代の料理人たちは、いかに香りを際立たせるか、異なる香りを組み合わせていかに斬新な印象を与えるかを、至上の命題と考えるようになっている。そのことを、サヴァランは二百年近く前に予言していたのである。「未来には化学の力によって味の原因や要素が分析され、その本質が明らかにされるであろう」という予言もまた正鵠を射ていることは、付け加えるまでもないだろう。

味覚の働きの分析

このような原理から、私は、味覚は三つの異なる段階で評価される、と確信した。すなわち、「直接」感覚、「完全」感覚、「省察」感覚の三つである。

直接感覚とは、口腔内の諸器官が最初の接触によって直ちに活動を開始するときに生まれる直接的な感覚。このとき、味わうべき物体はまだ舌の前方に止まっている。

完全感覚とは、味わうべき物体が舌の前方から咽頭部の後方に移動し、鼻腔を含むすべての器官が働いてその味と香りを完全に評価するときに得られる感覚。

省察感覚とは、口腔内での評価が済んだ後で器官から中枢に送られてくる印象を、精神が判断して感じる感覚。

この三つの感覚が実際にどう働くか、ものを食べたり飲んだりするときの私たちの動作を見てみよう。

たとえば桃を食べる人は、最初は、まず桃が発する芳しい香りに心を奪われる。次にそれを口に入れると、爽やかさと甘酸っぱさが口の中に心地よく広がり、さらにうっとりとするが、しかし、その素晴らしい香りを本当に感じ取ることができるのは、それを呑み込むとき、つまり口の中の桃のかけらが鼻腔の真下にまで来たときで、その過ぎ去る一瞬にはじめて私たちはその桃がもつ本来の香気をあますところなく味わい、呑み込んだあとでしみじみと、「なんておいしい桃だろう」と思わず言葉に出してしまうのだ。

酒を飲むときも同じである。ワインが口の中にあるときは、たしかに心地よいけれども、決してそれを完全に味わっているわけではない。その味わいが本当にわかるのは呑み込んだあとのことで、口の中からワインがなくなってはじめて、私たちはそれぞれのワインによって異なる微妙な風味を利き分けることができるのだ。

　どんなに味のわかる酒飲みでも、飲み終わってからちょっと時間をおかなければ、「うまい」とも「まあまあだ」とも、「これはまずい」とも言えないし、「凄い酒だ、シャンベルタンじゃないか」だの、「なんてこった、シュレーヌの安酒なんか飲ませやがって」だのと言うこともできないのだ（シュレーヌの安酒については二三三ページを参照）。

　本当の酒飲みが、一気に飲まずにチビチビやる（英語ではこれを"sip"するという）のは、まさしくこの理にかなった、当を得た飲みかたであるといえる。彼らは、ちびちびと一口ずつ酒を飲むたびに、その都度、一気に飲み干したときと同じだけの快楽を享受しているのだから。

　同じことはまずいものを飲んだときにも起こり、その反応はもっとひどい。たとえば、医者から言われて、大きなコップになみなみと注がれた真黒な薬を飲まなければならなくなった哀れな男を想像してみたまえ。ルイ十四世の時代には、よくそんな薬を飲まされたものだ。

　まず、つねに忠実な見張り役である嗅覚が、この怪しい飲みもののむかつくような臭いについて警告する。目は危険が迫ったことを感じて大きく見開かれ、嫌悪の情で唇が歪んでいる。早くも胃袋がむかつきはじめた。しかし、どうしても飲めといわれて、彼はありったけの勇気を振り絞り、まずブランデーでうがいをしてから、鼻をつまんで思い切って飲み込んだ……。

　この忌まわしい飲みものが口腔の中を満たし、舌の表面を覆っているあいだは、まだつかみどころのない漠然とした印象しかないのでなんとか我慢できるが、いよいよ最後の一滴まで飲み込まれた後は、じわじわと後味がせり上がってきて胸の悪くなる悪臭がいっぱいに広がり、患者の顔にはあらゆる嫌悪と恐怖の表情があらわれる。まったく、死ぬのが怖いからしかたなく飲むのだが、これならまだ死んだほうがましだ、というくらいの恐怖体験である。

　これに対し、なにも味がしない飲みもの、たとえばコップ一杯の水を飲むような場合は、味わいもなく後味もなく、飲んだ人はなにも感じないし、なにも思わない。ただ、飲んだ、という、それだけのことである。

味覚はつぎつぎと印象を受け取る

　味覚は、聴覚ほど豊かな能力に恵まれていない。聴覚は同時にいくつかの音を聞き分けることができるが、それに較べると味覚の働きは単純で、二つ以上の異なる味を同時に認識することはできないのだ。

しかし、そのかわり味覚は、異なる味わいがいくつも続いて起こる場合に、ひとつの味を前の味に重ねて感じ取ることができる。つまり、同じ一回の賞味行為の中で、二番目の刺戟や三番目の刺戟を継続的に受け取り、全体としてそれらを重ね合わせることで、味わいのグラデーションを描くことができるのだ。時間が経つにつれてしだいにそれらの印象は薄れていき、最後にはそこはかとない後味や、残り香、余韻といったものだけが感じられるようになる。それはちょうど、ひとつの主調音が打ち出されたとき、よく訓練された耳の持ち主は、まだ全体がどんな和音で構成されているかを知る前から、そこにひとつまたは複数の協和音の系列を聞き取ることができるのと同じである。

移ろいやすい味覚の微妙なニュアンスは、それが去った後も長いあいだ味覚器官の中でかすかに打ち震えている。食通といわれるような人たちは、その微妙なニュアンスを味わうために、無意識のうちにそれにふさわしい姿勢を取るものだ。すなわち、首筋を伸ばし、鼻をやや左にかしげて、かすかな残り香を捉えようとするのである。

どんな食べものにどんなワインが合うか、あるいはどんなワインにどんな食べものが合うかという、ワインと食べものの「マリアージュ（結婚＝相性・取り合わせ）」を問題にすることがよくあるけれども、たとえばワインはチーズに合う、といって両者の相性をたしかめるとき、日本では、チーズのひとかけらを口の中に入れたまま、そこへワインを流し込む人が多い。口の中で噛んでいるチーズの味と、それといっしょになったワインの味を同時に味わって、たがいの相性をたしかめようとするのである。が、これはとんでもない大間違いなのだ。

たとえば白いご飯と、佃煮でもいい塩辛でもいい、なにか塩辛いものをいっしょに食べようとするとき、まず白いご飯を口の中に放り込み、それがまだ口の中にあるうちに佃煮や塩辛をつまんで口の中に入れる、という芸当を、日本人はごくふつうにおこなうことができる。「いっしょ食い」あるいは「口中調味」と呼ばれる食べかただが、これができるのは世界広しといえどもほとんど日本人だけである。

日本人以外、とりわけ西洋人は、いくら教えてもできない。彼らは白いご飯と佃煮や塩辛を別々のタイミングで口に入れて口中で同時に咀嚼することができないため、あらかじめ白いご飯に佃煮や塩辛を載せ、混ぜてから口の中に入れるのだ。世界中にご飯（炊いたコメ）を食べる国はたくさんあるが、日本以外の国では、汁やソースをかけて食べるか、おかずを載せて食べるか、ご飯に最初から味をつけておくか、いずれかの方法で食べるのが常識となっている。

日本人のソムリエが、マリアージュの実演をするときに、口の中に食べものが入った状態のままワインを飲んでいるのを見て吃驚したことがあるが、ワインと食べものの相性をたしかめるというのは、両者を口中で合体させることでは絶対にないということは、ブリア゠サヴァランの記述を見ればおのずから明らかだろう。

ワインの本当の味がわかるのは、それを飲み込んだ後、口の中を通り過ぎていくワインがその香りを鼻腔に伝えたときである。

食べものの味が完全にわかるのも、同じくその香りが鼻腔に到達してからだ。だから、両者のマリアージュというのも、最後に鼻腔の中で両者が合体してはじめて判明するものなのだ。

食べものを口に入れたら、まずは完全に咀嚼して硬口蓋で全体の味を味わい、それを呑み込む。

次に、パンをひとかけら食べて舌の上に残った脂などを取り去り、そのパンを食べ終わってからワインを口に含む。

そうして舌と硬口蓋でワインの味を確かめた後、ワインを飲む。その後で、食べものとワインの残り香を聞く。

……というのが、ブリア゠サヴァラン推奨の（すなわちフランスにおける伝統的な）正しいマリアージュ評価法なのである。

ワインをテイスティングしようとするソムリエ、あるいは自称他称のワイン通が、グラスに少量だけ注いだワインを、グラスを揺すって香りを立たせてからまず鼻で嗅ぎ（鼻の穴から香りの一部を鼻腔に送り込み）、次いで、口に含んでくちゅくちゅと嚙むようにして空気を混ぜてから、音を立てて吸い込むようにするのを見ることがあるだろう。あれは、最後に口中にあるワインの香りを強制的に鼻腔の中に送り込むための動作なのである。その後に、「首筋を伸ばし、鼻をややかしげて残り香を探す……」姿勢が無意識のうちに取れるようになれば、サヴァラン先生のお墨付きがいただけるに違いない。

味覚から生じるさまざまな愉しみ

それでは、味覚がきっかけとなって生じる快楽と苦痛について、哲学的な見地から一瞥を加えておこう。

まず言うべきことは、人間は快楽に対してより、苦痛に対してのほうがより頑強につくられているという、間違った説が広まっているということである。

実際、極度に苦かったり、えぐかったり、渋かったりする物質を体内に摂り入れると、人は我慢のできない苦痛に襲われて感覚が破壊されるような印象を受ける。青酸カリが一瞬で人を殺すのは、あまりにも苦痛が激しいので人間の生命力がそれに耐え切れなくなってみずから消滅するためだ、という説を唱える人もいるくらいだ。

これに対して快楽の感覚は、段階の幅が限られていて、それほど極端なことは起こらない。「まずい」ものと「うまい」ものの間にはそれなりの格差があるとしても、「ふつうにうまい」ものと「とくにうまい」ものの間には、それほどの大きな隔たりはないものである。たとえば次の三者のあいだには、どのくらい「おいしさ」の差があるだろうか。

その1：茹で肉（ブイイ）が乾いて硬くなったもの。
その2：仔牛肉の一片。
その3：ほどよく焼き上げられた一羽の雉。
自然から授かった味覚というものは、人間のもついくつかの感覚の中で、もっとも多くの歓びを私たちに与えてくれるものではないかと思う。なぜなら、
（1）食べることの愉しみは、節度をもってする限り、疲労を伴うことがないから。
（2）それは、いつでも、誰でも、年齢にも身分にも関係なく愉しめるから。
（3）それは、少なくとも一日に一回はやってくるし、ときには一日のうちに二回でも三回でも、なんの不都合もなく愉しむことができるから。
（4）それは他の愉しみといっしょにでも、また、他の愉しみがないときはそれだけでも、私たちを慰めてくれるから。
（5）味覚の印象は、他の感覚とくらべると長く続くし、私たちの意思に依存することが多いから。
（6）最後に、私たちはものを食べるときに、名状しがたい特別の幸福感を感じるものである。その幸福感は、ものを食べることによって私たちは生命の営みによって生じる日々の消耗を補っているのだ、それによって自分自身の存続をたしかなものにし

ているのだ、という、本能的な確信から来ているのである。

この最後の点については、とくに「食卓の快楽」が現在の文明によってどこにまで達したかを吟味する、後段の章であらためて論じることにしたい。

人間の至上権について

私たちはこれまで、およそこの世に存在する、歩き、泳ぎ、這い、あるいは飛ぶすべての被造物の中で、人間こそがもっとも優れた味覚をもっているという、甘ったれた信仰の中で生きてきた。

ところが、この信仰が、いまや揺るがされようとしているのである。

ガル博士は、いったいどんな検証に基づくのかは知らないが、動物の中には、人間よりも発達した、より完璧に近い味覚器官を備えたものがいる、と主張している。

この学説は聞くだけで怪しげな、異端の匂いがするではないか。

人間は、神によってその権利を授かった、すべての自然に君臨する王であり、その王のためにこの地上は禽獣草木に覆われているのであるから、それらのもつ味わいをあまねく賞味することのできる味覚器官を、当然備えていなければならないはずである。

動物の舌は、彼らの知性の範囲を超えるものではない。魚にあっては単なる動く骨であり、鳥にあっては一般的に膜質の軟骨に過ぎない。四足獣の場合は、ウロコに覆われていたり表面に凹凸があったりして、曲線的な回旋運動などはまったくできない。人間の舌はそれらと違って、その組織の繊細さから見ても、周囲や近隣に数多くの膜が張り巡らされていることから見ても、より複雑で崇高な使命を果たすべき機能が備わっているものと考えられる。

実際、私は人間の舌が、少なくとも三種類以上の、独特の動きをすることを発見した。スピカシオン（spication＝穂状運動）、ロタシオン（rotation＝旋回運動）、ヴェリシオン（verrition＝掃除運動／ラテン語 verro＝掃く、掃き出す）の三つである。スピカシオンというのは、すぼめた唇のあいだから舌を穂のように突き出す運動、ヴェリシオンは頬の内壁と硬口蓋によってつくられる空間の中で旋回する運動、ヴェリシオンは、舌を上側または下側に曲げながら、唇の内側と歯茎のあいだにできる半円形の溝の中に挟まったものを拾い出すときの運動である。これほど複雑微妙に舌を動かせる動物がほかにいるだろうか。

動物の味覚には限界がある。あるものは植物しか食べないし、あるものは肉しか食べない。穀物しか食べないものもいる。彼らはそれらが交じり合ったときの深い味わいを知らないのだ。

人間は彼らと違って雑食である。つまり食べられるもののすべてが人間の幅広い食欲の対象となるわけで、その直接的な結果として、幅広い必要に釣り合った広汎な味覚識別能力が形成されることになったのである。事実、人間の味覚器官は稀に見る完璧さを備えている。そのことをよく理解するために、それらの器官が実際にどのように働くかを見てみよう。

なにかひとつの可食物（食べられるもの）が口の中に入ると、それは液体から気体までを含めて余すところなく没収され、再び戻ることはない。

まず唇が戸を立ててその逆行を妨げる。次に歯がそれを捉えて嚙み砕く。そこに唾液が染み込んでいく。舌はそれを押しつけたりひっくり返したりし、吸引運動がそれを喉のほうへと運び、舌が盛り上がってそれを喉の中に押し込む。そのときに一瞬、香りが立ち上るが、すぐさま胃の中に落ちていき、そこで次の消化活動に委ねられる。この過程が進行するあいだ、食べられたものは一片も、一滴も、原子の一個さえ、人間の賞味力から逃れることはできないのである。

人間の味覚が完璧であるからこそ、「グルマンディーズ（美食愛）」は人間に固有の属性なのである。

おいしいものを愛するというこの「グルマンディーズ」は、たしかに動物にも伝染する。象や犬や、猫や、オウムなど、人間が飼い慣らして利用し、生活をともにするようになった動物の場合は、とくに早く習慣が移ることがある。

が、いくら一部の動物が大きな舌をもっているからといって、口蓋がとくに発達しているからといって、あるいは喉が広いからといって、それは舌の筋力が大きいから重いものを動かせるとか、発達した口蓋や広い喉はより大型の可食物を潰したり呑み込んだりできる、という意味であり、それによって味覚という感覚が発達しているという結論はどこからも出てこない。

それに、味覚の優劣は受けた感覚の印象が神経の中枢に伝わってはじめて評価されるものであるから、動物の受ける印象などというものは人間のそれと較べものにならないことは言うまでもないだろう。人間が受け取る印象はより明晰かつ精確であることから考えると、それを伝える器官の性能も当然それだけ優れたものであるはずだ。

古代ローマの美食家たちは、ふたつの橋のあいだで獲れた魚と、もっと下流で獲れた魚を、その味から識別することができたという。今日でも、ヤマウズラは、眠っているときに下になる、からだの重みがかかるほうのモモ肉が格別においしい、という発見をしたグルマンがいるではないか。それほど完璧に精妙な人間の識別能力に、どうしてこれ以上を望むことができようか。私たちのまわりにも、このワインはどこそこの土地で醸され熟したと、ビオやアラゴの弟子たちが日食や月食を言い当てたのと同じような正確さで指摘するグルメたちがいるではないか。

以上の事実から引き出される結論は何か？

カエサルのものはカエサルに返すがよい、といわれるように、自然界でもっとも偉大な美食家（グルマン）は人間である、という、本来の真実をここであらためて宣言しよう。いかに優れた学者であるG……博士とはいえ、ときにホメロスのように居眠りをすることがあっても驚くには当たるまい。

「G……博士」とはもちろん「ガル博士」のこと。フランツ・ヨーゼフ・ガル（Franz Joseph Gall 一七五八〜一八二八）はドイツの医学者。脳神経学の分野で功績を挙げたが、とりわけ、人間の精神は特定の器官に宿り、その能力や人格は頭蓋骨のかたちから分かる、という「骨相学」を提唱したことで知られている。

ガル博士の特異な学説は教会からも学界からも異端視され、英米ではその説が人種差別のために援用されたこともあり賛否を呼んだが、ウィーンを拠点にした後はパリに活躍の場を求め、社交界でも話題の人物であった。敬虔なカトリック教徒のブリア゠サヴァランにとって、ガル博士の「骨相学」は認めがたいものであるとしても、必要以上にむきになって動物と人間の違いを力説するあたり、ガル博士に対する対抗心には並々ならぬものがある。パリのサロンに出入りする当時人気の医者でもあったガル博士は、きっと目障りな存在だったのだろう。

最後の一文は、原著ではドイツ語（ガル博士の母国語）で記されているが、「優れたるホメロスもときに座して眠ることあり aliquando bonus dormitat Homerus」というラテン語の成句をもじったもの。ホメロスのような優れた詩人でも、ときには居眠りをしながら書いたような凡庸な一節がある、というホラチウスの言葉を援用して、「ホメロス」を「G……博士」に変えた。この成句は「上手の手から水が漏れる」といったようなニュアンスで、ガル博士といえどもこの説はいただけない、というサヴァランの異議申し立てをあらわしている。

なお、ビオ（Jean-Baptiste Biot 一七七四〜一八六二）とアラゴ（Dominique-François Arago 一七八六〜一八五三）はブリア゠サヴァランとほぼ同時代のフランスの天体物理学者。アラゴは政治家としても活躍した。

第3章　美味学について

学問の起源

知恵と戦いの女神ミネルヴァは、ユピテルの頭を割るとその中から、兜を被り手に槍をもち、全身を武装した姿で飛び出してきたといわれている。が、学問というものはミネルヴァと違って、最初から完全なかたちで生まれ出てくるものではない。

それは時間の娘であり、少しずつ、段階を経て、知らず知らずのうちにかたちづくられる。最初は、経験によって得られるさまざまな知識を集積することによって。次いで、それらの知識から導かれる共通の原理を発見することによって。

だから、その経験と知恵を頼りにされて病人の枕もとに呼び集められた老人や、傷ついた人を見たら手当をせずにはいられない同情心に厚い世話焼きたちが、今日の医学者の祖先なのである。また、いくつかの星が一定の期間の後に再び天空の同じ位置に戻ってくることを観察したエジプトの羊飼いこそ、最初の天文学者であるといってよい。

美味学の誕生

美味学も、そのようにして生まれてきた。

そして、その誕生を、姉妹であるあらゆる学問たちがこぞって祝福し、彼女のために広い席を用意してやった。

それもそのはずで、ゆりかごから墓場まで私たちの面倒を見てくれる学問、恋愛の歓びと友情の絆を増し、憎しみを解きほぐし、仕事の取り引きを円滑に進め、われわれの短い一生の旅路の間に、他のあらゆる享楽の疲れを癒してくれる、しかもそれ自身は疲れを生じさせないという、他に例のない享楽をもたらしてくれる素晴らしい学問を、いったい誰が拒否できるというのだろうか。

たしかに、貴族に雇われた召使たちが料理の準備をまかされていた時代、調理の秘密が地下の厨房に閉じ込められていて、料理人だけが作り方を考えて帳面に記入していた時代には、これらの問題は単なる職人的技術の一分野でしかなかっただろう。

が、やや遅きに失した感はあるものの、いよいよ学者たちがこの分野の研究に着手するようになったのである。

彼らは、食用になる物質を仔細に検査し、分析し、分類し、最小の単位にまで還元して研究した。

彼らは同化作用の神秘を探り、体内に入った生命のない物質がどのようにして生命を獲得するかを観察した。

彼らはダイエットについて、その効果が一時的なものか永続的なものか、数日間、数ヵ月間、あるいは一生にわたって調査をし、精神が諸感覚の影響を受けるにせよ、精神は諸器官の作用に関わりなく働くにせよ、いずれにしてもその影響は思考能力をも左右するものであることを突き止めた。

このようにして、さまざまな研究の結果から、彼らはこの世に生きる人間と動物的存在のすべてを包括する、高度な理論を導き出したのだった。

一方、学者たちが書斎で研究に没頭するあいだ、サロンでは、人間を養う学問は少なくとも人間を殺すことを教える学問よりも価値がある、と声高に叫ばれるようになり、詩人たちは食卓の歓びを高らかに吟じ、美食をテーマとして取り扱う書物は、より深い知見と興味深い格言を提供するようになった。

まさに、こうしたさまざまな動きの中から、美味学は誕生したのである。

ギリシャ神話によれば、兄弟たちを父神クロノスに飲み込まれたゼウス（ラテン名ユピテル）は、知恵の女神メティスがつくった薬をクロノスに飲ませて兄弟たちを吐き出させた。

そして兄弟たちと力を合わせてクロノスを破り、メティスを妻に娶ったが、今度は自分が王座を奪われるのではないかと心配になり、メティスを飲み込んでしまった。

このときメティスはゼウスの子供を身ごもっており、やがて臨月になるとゼウスは激しい頭痛に襲われた。あまりの痛みに耐えかね、むすこのヘパイストスに頭を叩き割るように命じたところ、ゼウスの頭から、知恵と戦いの女神アテナ（ラテン名ミネルヴァ）が飛び出してきた。

……というのがミネルヴァの誕生だが、「美味学」はそんなふうに一挙に生まれてきたのではない、と、いよいよ味覚の生理学の本論である「美味学」について、ブリア＝サヴァランは語りはじめる。

「美味学」と訳したフランス語は"GASTRONOMIE"（ガストロノミー）である。GASTRO（ガストロ）は「胃袋」を意味するので、胃袋をめぐる諸相を秩序立てて「法則＝NOMIE（ノミー）」に仕立てるのが「ガストロノミー」ということになる。

ギリシャ時代の詩人アルケストラトスが諸国を漫遊した食べ歩きの長編詩に「ガストロノミア」というギリシャ語のタイトルをつけたのがこの言葉の初出で、それをフランスの詩人ジョゼフ・ベルシュー（一七六二〜一八三八）が取り上げて、料理を主題にした自分の詩集の名前にしたのだという（辻静雄『ブリア＝サヴァラン「美味礼讃」を読む』岩波書店）。『美味礼讃』はベルシューの『ガストロノミー』から二十五年後に出版されたものだから、その頃にはこの言葉がかなり一般化していたのではないか、と辻静雄先生は推測している。

ところで、学者たちによる研究成果の一例として、ダイエットというテーマが、ほとんど唐突に持ち出される。原書で用いられている「ダイエット」という語は今日の意味とほぼ同じで、食餌療法、節食、といったニュアンスを含むが、ここではとくに絶食に近い食事制限を念頭に置いているようだ。

本書の後半では、肥満、断食、食餌療法などのテーマが繰り返し取り上げられていることからもわかるように、ブリア＝サヴァランは自分自身の健康や体重についても並々ならぬ関心を抱いていた。

したがって著者にとっては、また、これは彼の読者である現代の私たちにとっても言えることだが、美味学はおいしいものを食べるために役立つだけでなく、おいしいものを食べても太らないためにも、役立たなくてはならないのである。

美味学の定義

美味学とは、ものを食べる存在である人間に関わるあらゆる知識を、体系的に理論づけたものである。

その目的は、できるだけ上質な栄養を摂ることによって、人間の生命を存続させるよう務めることである。

そして、その目的を達するには、およそ食べものになり得るすべてのものを探索し、提供し、準備する役目の人びとを、一定の原理に従って、よろしく指導しなければならない。

であるからして、実を言えばこの美味学こそ、農夫、ブドウ摘み、漁師、狩人、そして数多くの料理人たち、またその名称や肩書はなんであれおよそ食べものの供給や準備に関わるすべての人たちを、その行動に駆り立てる原動力なのである。

美味学は、

(1)食用になる物質を分類することから、自然史(博物)学につながる。

(2)それらの物質の成分や性質を研究することから、物理学につながる。

(3)それらの物質を分解したり分析したりすることから、化学につながる。

(4)それらを調理して味覚を愉しませるものにすることから、料理術につながる。

(5)それらを買うときはいかにして安く仕入れるかに心を砕き、売るときはいかにして高く売りさばくかに心を配ることから、商業にも深く関係する。

(6)そして、それらは課税の対象ともなり、また国と国との交易の対象ともなることから、国家の経済政策にもおおいに関係するのである。

美味学は、人の一生を支配する。

人は生まれ落ちたそのときから泣き声を上げて母の乳を求め、いままさに死なんとする臨終のときでさえ、もう消化する力もないというのに、最後の一匙を啜ることにたとえわずかでも至上の悦びを見出そうとするのである。

美味学は、社会を構成するすべての階層に関わりがある。王侯貴族の華麗なる食宴を差配するのも美味学なら、卵は何分間ゆでればちょうどよいゆで加減になるのかを教えるのもまた美味学なのだから。

美味学がかかわるさまざまな事柄

美味学は、味覚というものを快楽と苦痛の両面から考えようとする。

美味学は、味覚が享受する興奮は段階を追って漸進的に進行することを突き止めた。したがって美味学は行動に規律を与え、たしなみある人は決してこの矩《のり》を超えてはならない、という限界を設定した。

美味学はまた、食べものが人間の精神、想像力、知性、判断力、勇気および感受性に、寝ていても覚めていても、働いていても休んでいても、絶えず影響を与えていると考える。

それぞれの食品の食べごろを決めるのも美味学である。食品は、すべてが同一の条件の下で提供できるものではないからである。

ある食品は、完全に発育を遂げる前に食べなければならない。ケイパー、アスパラガス、乳飲み仔豚、ハトの雛、その他ごく若いうちに食べることになっている動物たちがそれである。

またある食品は、十分に発育して本来の成熟に達した段階で食べる。メロンほか大多数の果物類、羊、牛、その他の成育した動物がこの部類に入るだろう。

そして、ある食品は、腐敗して分解がはじまる頃に食べるのがよいとされる。ネーフル、ヤマシギ、とりわけキジの肉がそうである。

最後に、ジャガイモやマニオックなどのように、毒のある部分を除去してから食べなければならない食品もあることをつけ加えておこう。

美味学は、食品をそれぞれに異なる品質に応じて分類し、たがいに取り合わせるのに適当な食品を選び、またそれぞれの滋養の程度により私たちの毎日の食事の基本になうべき食品と、副食物として食卓を飾るべき食品、とくに必要でないけれどもあると楽しくなる食品、会食の雰囲気を盛り上げるのに欠かせない食品など、それぞれの役割を区別する。

美味学はまた、時と場所、天候に応じて、どのような飲みものが合っているかについても深い関心を抱いており、それらのつくりかたや保存の方法、とくに、それらをどのように計算された順序で供するかを教示する。そうした細心の配慮があってこそ飲酒の快楽というものは、時とともにじわじわと興趣が高まって、快楽の果ての濫用に至るまさにその直前に、最高潮に達することができるのである。

ネーフルは、中央アジア原産のビワに似た果物。実が硬いうえに渋くて酸っぱいので、完熟したときに収穫して藁の上で二週間ほど天日に曝し、発酵してやわらかくなってから食べるものとされた。

マニオックは、タピオカをつくる原料となる、一般にキャッサバと呼ばれる熱帯性のイモである。マンジョーカともいう。塊茎《かいけい》の外皮と芯にシアン化合物を含むため、水にさらすなどの方法で毒抜きをしてから食べる。日本など水が豊富な地域では、イモ類に含まれるアルカロイド系の毒は、流水にさらして抜くことが古くからおこなわれてきた。南米原産のジャガイモがヨーロッパに上陸しながらなかなか広まらなかったのは、生煮えで食べて不消化を起こしたり、芽の部分にあるソラニンという毒素（アルカロイド）に当たることが多かったためともいわれている。

ブリア＝サヴァランは「味覚が享受する興奮は段階を追って漸進的に進行す

る」といい、「美味学は行動に規律を与え」ると強調する。すなわち、美食とは、仲間と食卓を囲みながら、おいしいものを腹いっぱい楽しく食べることであり、決して無際限に貪食するものではない、とここでも繰り返し述べている。

美食家たる者は、「人間は食べ、動物は腹を満たす。知性ある人間だけがその食べかたを知る」という箴言（アフォリズム）の通り、食べるときも飲むときも決して「矩を超えてはならない」のだ。が、いくら適正に計算された順番で酒類が提供されたとしても、「快楽の果ての濫用に至るまさにその直前に」杯を置けるかといわれれば……私も含めて酒飲みはたいがい失格するに決まっている。

美味学の効用

美味学の知識はすべての人間にとって必要である。が、それは人間に与えられた快楽の総量を増大してくれるものであるから、この効用は、富裕な階層になればなるほど顕著なものとなる、といってよい。とくに莫大な収入があって多くの客人を接待するような金満家たちには、その宴席が体面上必要なものであれ、趣味や道楽によるものであれ、単に流行に引きずられたものであれ、美味学の知識は必要欠くべからざるものとなってくる。

そのような人たちが美味学の知識を持つと、接待の宴席にもなにかしら個性的な魅力が加わるだけでなく、なにかと自説を押しつけようとしてくるうるさい相手にも、一目置かせるばかりか、ときには黙らせることさえできるのである。

スービーズ公爵が、ある日、祝賀の会を催そうと思い立った。式の次第は軽い晩餐をもって終わることとし、まずはその献立を考えさせることにした。

朝、公爵が目を覚ますと、見事な縁飾りのついた紙挟みを抱えた料理長があらわれた。示された食材のリストを見ると、ハム五〇本、と書いてあるのが目に入った。

「なんだ、ベルトラン、いくらなんでも……ハム五〇本……」

と、公爵は仰せられた。

「いくらなんでも、ハム五〇本とは大袈裟な。まさか、わしの連隊の全員を呼ぶつもりではなかろうに」

「いえ、お言葉を返すようですが公爵さま、食卓にのぼるのはそのうちの一本だけでございます。でも、そのくらいに余分がありませんと、自慢のソース・エスパニョールも、黄金色のフォンも、こまごまとしたガルニチュール（付け合せ）の数々も、それから……」

「ならぬベルトラン、これではまるで盗っ人じゃ。この項目は認めるわけにはいかんぞ」

「ああ、閣下、なんということを」

誇り高い料理人は、憤怒に打ち震えながらも押し殺した声でこう反論した。

「閣下は手前どもの腕前をご存じないとでもおっしゃるのですか。仰せとあらば、御意にかなわぬ五〇本のハムを、親指にも足らぬ小さなガラス瓶の中に押し込んでご覧にいれましょう」

これだけ自信を持って言われたら、誰が反論できようか。公爵はニッコリ微笑み、黙って軽く頷いた。こうして、ハム五〇本の要求は見事に通ったのだった。

美味学の政治に及ぼす影響

誰もが知っているように、いまなお自然状態に近い種族のあいだでは、多少なりとも重要な議題は食卓で協議される。未開な人びとは、宴会の最中に戦争か平和かを決するのである。いや、それほど遠い国まで行かなくても、わが国でさえ村ではあらゆる決めごとを居酒屋の談義で決めているではないか。

このような事実を、もっと重大な問題をしばしば協議しなければならない者たちが見逃すはずはない。彼らは、満腹になった人と空腹を抱えた人は、同じではないことを見て取ったのだ。

食卓は、供応する人と供応される人のあいだに一種の結びつきを生じさせ、ともに会食した者はそれによってある種の印象を受け取りやすくなり、その影響を受けやすくなることがわかったのである。このことから、政治的美味学というものが生まれたのだった。

食事は政治的手段のひとつとなり、人民の運命は宴席において決せられることになった。これは逆説でも新説でもない、ありのままの事実の観察である。ヘロドトスから現代まで、古今のあらゆる歴史書をひもといてみれば、かつて宴席において企てられ準備され命令されなかった大事件は、謀反をも含めてたったの一件もないことがわかるだろう。

ブリア゠サヴァランは、代々弁護士や法務官僚を業とする家系に生まれ、美食の都リヨンとワインの聖地ブルゴーニュの首府ディジョンに留学して法律を修め

た後、フランス革命の後には生まれ故郷である小都市ベレーの市長にもなった人物である。革命をめぐる権力争いに巻き込まれて一時はアメリカに亡命する辛苦を味わったとはいえ、帰国してからは判事、高級官吏として悠々自適の余生を送り、大金持ちではなかったけれども、裕福な暮らしの中で美食を愉しめる境遇に終生恵まれた。

フランス革命をはさむ十八世紀の後半から十九世紀の前半に至るこの頃、ブリア＝サヴァランの同時代人は、なにを食べていたのか。

フランス料理とフランス人の食は、革命を契機に大きく変わっていく。

現代のフランス人は、ステーキとフリット（フレンチフライ）を、ほぼ毎日、食べている。昼食でも、夕食でも、これがテッパンの定番メニューなのである。ステーキといっても赤身の硬い肉をただ焼いただけのシンプルなもので、塩胡椒とマスタードくらいで食べる。それに拍子木に切って油で揚げたジャガイモを山盛り。あとは菜っ葉（レタス）のサラダがあれば御の字だ。

が、フランス人が牛肉やジャガイモを食べるようになったのは、フランス革命より後のことである。ジャガイモは、十六世紀の大航海時代にはすでにアメリカ大陸からヨーロッパの一部に伝えられていたとされるが、この「地中の闇の中で生殖する」聖書にない植物は、長いこと人びとに受け容れられず、十八世紀初頭以降、飢饉と戦乱が繰り返されるたびに、食糧不足を凌ぐ救荒食として少しずつ浸透していった。フランスでその栽培が本格化するのは、ナポレオンが皇帝になって薬剤師のパルマンティエを先頭に啓蒙活動をはじめてからのことで、ブリア＝サヴァランにとってはまだ馴染みのない、飢えた農民が腹ふさぎに食べるものに過ぎなかった。

牛肉は、イギリス人が最初に食べはじめた。牛を飼うには広い土地が必要なので、囲い込み（エンクロージャー）によっていち早く大面積の草原が生まれた英国で牛の飼育がおこなわれるようになったのだ。

ナポレオンが敗れたワーテルローの戦い（一八一五年）の直後、凱旋するイギリス軍の兵士がパリのチュイルリー公園で野営したとき、枝の先に刺した牛肉を焚き火で焼いてうまそうに食っていた。戦いに負けたフランス人は、指をくわえてその光景を眺めていた。フランス人が豚を捨てて牛に走ったのは、このナポレオン最後の戦いが契機になったといわれている。

それまで、牛は農耕や労役に使う動物で、食べる対象ではなかった。農民や庶民に縁のある食肉といえばもっぱら豚肉で、それさえめったにありつけるものではなかった。

牛と違って豚は森で飼えるので、農民の多くは春になると森に豚を放ち、ドングリを食べて太った豚を、冬が来る前に屠って保存食を用意した。もも肉のハムだけは別格のご馳走で、冬の寒さを凌ぐための常備食は、屑肉と脂身を腸に詰めたもの（ソーセージ）や、背脂だけを切り出したもの（ベーコン）である。その脂のところをちょっと削いで、大鍋のスープに加えて味をつけた。鍋の中にタマネギやキャベツなどの野菜が入っていれば上々、具がろくになくなっていたら硬いパンをその中でふやかして食べるという、それが日常の食事だった。

豚を屠るときに出る血は腐りやすいので、すぐに腸詰（血の腸詰＝ブーダン）にして茹でて食べる。今年も豚を屠ることができる、ということは、これからの厳しい冬をその栄養でなんとか過ごせるということであり、その日は農民にとって中世からの伝統的な祭りだった。冬至の頃に重なるこの祭りが、後にキリスト教のクリスマスとして受け継がれたため、いまでもフランス人はクリスマスにブーダンを食べるのである（ただしクリスマスのときは、黒い血のソーセージではなく鶏や仔牛などの白い肉を使った食べやすい「白ブーダン」を食べるのが現在の習慣）。

『美味礼讃』では、ジャガイモはわずかに登場するが、豚肉はほとんど無視されている。現代のフランス人は、もちろん豚肉は食べるが、高級レストランのメニューには豚肉が（ハムやベーコン以外のかたちで）のぼることはほとんどない。昔からの「貧乏人の肉」というイメージが去らないからだろう。ブリア＝サヴァランの時代には、すでに牛肉の優位が定着していた。

レストランといえば、都市に住む人が街の中で食事をするようになったのも、この頃からのことである。パリの市中にいまのような形態のレストランが増えたのは、フランス革命以降、それまで貴族の館で働いていた料理人たちが職を失い、市中に店をつくって営業をはじめてからのことである。それまでは、旅行者に食事を提供するオーベルジュ（旅籠屋）以外には、対価を取って食事をさせてくれる施設はなかった（下巻第28章を参照のこと）。

だから、ブリア＝サヴァランが生きた時代は、ルイ王朝の時代に繰り広げられた宮廷での豪華な貴族の宴は昔話となりつつあったが、一方で、カネさえあれば街のレストランで外食をすることができるようになって間もない、いまで言えば（少なくとも富裕層にとっては）「グルメの時代」のはじまりだった、といっても間違いではないだろう。また、フランス革命をめぐる動乱の時代がすなわちグルメの時代のはじまりに符合していたことが、宴席において決まる謀議や政策など、今日のフランス式「食卓外交」が芽生える要因になったことも特筆しておく必要がある。

ところで、「逸話」に出てくる五〇本のハムだが、似たような話を私は辻静雄先生から聞いたことがある。本当に贅沢なコンソメスープをカップ一杯つくるためには、大きなバスタブが満杯になるほどの肉を一昼夜以上煮込まなければならない、という話だ。それも鶏ガラとか仔牛の骨とかではなく、牛でも仔牛でもそのまま食べられる上質な肉塊を惜しげなく投入するのだという。私が、「それでは寝ずにアク取りをしなければいけませんね」というと先生は、「君、本当によい肉からは、アクなんか出ないんだよ」と言って一笑した。

美味学者のアカデミー

一見しただけでも美味学の領域にはこれだけの広がりがあるので、これからも学者たちの発見や研究が進めば、あらゆる種類の成果を取り込んでさらに拡大の一途をたどることになるだろう。そうなれば遠くないうちに、アカデミーの会員や講座、教授、奨学金などに関わる制度がしだいに整備されてくるに違いない。

まず、裕福で熱心なひとりの美味学者が自宅で定期的な会合を催しはじめる。そこではもっとも博識な理論家が実作者である料理人と協力して、食品科学のさまざまな分野についての議論を深めるだろう。

　すると間もなく（すべてのアカデミーの歴史が証明しているように）政府がこれに介入し、正規の団体として認知し、保護を与え、制度をつくり、砲火によって孤児となった子供たちやそのために悲嘆に暮れた女性たちすべてに対して、政府は格好の償いを示す場を見出すことになる。

　美味学者のアカデミーのような有益な施設に、その名を冠することのできる権力者は幸いである。その名は、ノアやバッカスやトリプトレモス（鋤を発明して農耕に寄与した）などの人類への貢献者たちとともに、末代まで語り継がれるであろうから。

第4章 食欲について

食欲の定義

日々の運動と生活によって、生体の内部にはつねに物質の消耗が生じている。したがって、この精妙なメカニズムによって働く人体は、要求される消耗に体力がついていけなくなる瞬間が来ることを警告してくれる装置がなかったとしたら、たちまちその機能をストップさせてしまうだろう。

そのためのモニター（検知器）が、食欲なのである。食欲によって、私たちは食べたいという欲求の最初の知らせを受け取るのだ。

食欲は、まず胃の中の弛緩あるいはわずかな倦怠感、そして軽い疲労感として感知される。と同時に、その欲求にふさわしい精神作用が働いて、これまでに食べておいしかったものの味を思い出したり、そのときの光景が目の前によみがえったり、なにかしら夢を見ているような感覚に襲われる。

このような感覚は、決して悪いものではない。私たちは無数の同好の士たちが、こんなふうに心からの歓びをあらわして叫ぶのを聞いてきた。

「よき食欲を持つことは、なんと素敵なことだろう。とりわけ、もう少しすれば間違いなく素晴らしいご馳走にありつけるとわかっているときは、なおさら！」

しばらくすると、消化器官のすべてが活動を開始する。胃袋は敏感になり、胃液は沸き立ち、腹の中のガスは音を立てて移動する。口中には唾液が充満し、消化器官の一連隊は戦闘の開始に備えて武装する。そしてさらに時が経つと、痙攣のような症状が出たり、あくびが出たり、苦痛を感じたりして、腹が減った、という明確な感覚を持つに至るのである。

こうした症状のあらゆる段階は、食事の準備に手間取っているサロンの待合室に行けば、容易に見て取ることができるだろう。

これらの兆候は自然の摂理に基づくものであるから、いかなる洗練された礼儀作法をもってしても隠し蔽すことはできない。だから、私は次のような格言を考え出した。

料理人の備えるべきもっとも重要な資質は、時間を厳守することである。

逸　話（腹が減り過ぎると食べられなくなるという話）

　この重要な格言の裏づけとして、私自身がその会食者のひとりとして参加した……まさしくウェルギリウス言うところの「私がそこで大いなる役割を演じた Quorum pars magna fui（『アエネイス』第2部第6章）」ある会食で観察したことを、事細かに報告しようと思う。このときも、周囲のようすを観察することの楽しさが、空腹の惨めな苦痛から私を救ってくれたのだった。

　ある日、私はさる高官から晩餐に招かれた。

　招待状には五時半からとあり、この時刻には、すでに全員が顔を揃えていた。というのも、この高官はすこぶる時間にうるさいお方で、遅刻でもしようものならお叱りをうけること必定だからである。

　しかし、私が着いたとき、一同の間にはなにやら拍子抜けしたような雰囲気が漂い、座が白けているようだった。耳に口を寄せてひそひそ話をする者、窓ガラス越しに中庭のようすをうかがう者、呆然とした表情を隠さない者。なにか、尋常ならざる事態が出来したに違いない。

私は、会食者の中でいちばん私の好奇心を満たしてくれそうな人物に近づいて、なにがあったのか訊いてみた。するとその人は、これ以上悲しい出来事はこの世にない、といった調子でこう言うのだった。

「いましがた王宮からのお達しで、閣下はこれからお出かけになるのですが、お帰りがいつになるやらわからないと……」

「なに、それだけのことですか」

私は、本心とは違うのだが表面上はさもさりげなく、

「それなら十五分もあれば済む用事ではないですか。なにかちょっとお尋ねになることでもできたのでしょう。今晩ここで正式な晩餐会があることは陛下もご存じのはずですから、まさか私たちに断食をさせるようなことはありますまい」

とは、言ってはみたものの、心の奥には一抹の不安がなかったわけではなく、そんなことにならなければよいがと願っていたのだった。

一時間目は、なにごともなく過ぎた。顔見知りどうしがたがいに寄り集まり、そのうち他愛のない世間話も種が尽きると、いったいどうしてこの家の大将はチュイルリー宮に呼ばれたのか、さまざまな憶測に興じていた。

二時間目になると、そろそろ焦燥の気分が生まれはじめた。たがいに不安なようす

で目を交わし、最初にぶつくさ文句を言いはじめたのは、後から来て座る席が見つからず、待つのが辛くなった三、四人の会食者だった。

三時間目になると、さすがに不満は全員に広がり、いったいいつ帰って来るつもりだろう、なにを考えているんだ、腹が減って死にそうだ、と誰もが口々に嘆いて、帰るべきか待つべきか、という、結論の出ない問いを繰り返しながら悩んでいた。

四時間目になると、状況はさらに悪化した。思わず両手を広げて伸びをしたら、隣の人の眼を突きそうになった者もいた。あちこちで高い低いあくびの合唱。それにしてもどの顔もやけに真剣な面持ちで、

「いや、閣下がいないので私たちは悲嘆にくれているけれども、考えてみれば、気を揉まれている閣下こそいちばん不幸なのでは」

と私が座を和まそうとして口を挟んでも、誰も耳を貸す者がいなかった。

この緊張が、ある人があらわれたとき、一瞬、解けた。その人はこの家によく出入りしている常連で、勝手知ったる台所まで行って、中を覗いてきたのである。で、さもがっかりしたようすで喘ぎながら帰ってきた。まるで、この世の終わり、といった風情である。

「閣下は、なにも命ぜられずに、お出かけになったとか。つまり、いくら遅くなって

も、とにかくお帰りになるまではなにも出ない、ということで……」

音を立てるのを怖がっているような、それでも聞いてもらいたいと思っているような、はっきりしない低い声の物言いだったが、その報告のもたらした効果はと言えば、高らかに鳴り響く最後の審判のラッパにも劣らなかった。

これらすべての殉教者たちのうちで、もっとも不幸だったのは、パリでその名を知られたあの善良なデグルフィユ氏であった。からだは苦痛に打ち震え、顔は毒蛇に絞め殺されるラオコーンの悶絶の表情と同じだった。顔面は蒼白、目は虚ろ、見るものも見えず、小さな両手を太鼓腹の上にちょこんと乗せ、最後は目を瞑って、眠るというよりは死を待つ格好だった。

が、さいわい、死が訪れることはなかった。夜の十時頃になって、中庭にクルマが入ってくる音が聞こえた。全員、弾かれたように立ち上がった。悲嘆の時間は過ぎ、歓喜のときがやってきた。その五分後には、全員がそろって食卓についた。

しかしながら、すでにそのときは、食欲が過ぎ去ったあとだった。こんな遅い時間の会食なんてあるものか。顎の骨はもはや言うことを聞かず、ちゃんと咀嚼ができなくなっている。明らかに何人かの会食者が、思い通りにならない顎を抱えて当惑していた。

このような場合に取るべき方法は、禁が解かれたからといってすぐに食べはじめるのではなく、まず砂糖を入れた一杯の水か、カップ一杯のスープを飲んで胃の腑をなだめ、その後、十分か十五分待ってから食事をはじめるのがよい。そうしないと、引き攣って縮こまっている胃袋は、次から次へと送り込まれてくる食べものの重みに圧迫され、ますます動かなくなってしまうだろう。

巨大な食欲

昔の本を読むと、わずか二、三人の客を迎えるために膨大な量の料理が用意された話とか、とても一人前の料理とは信じられないほどの分量の多さなど、どう考えても、地球が生まれた頃に近い時代に生きていた人びとは、私たちよりはるかに巨大な食欲に恵まれていたとしか思えない逸話がよく出てくる。

しかもこの食欲というものは、身分の高い人になればなるほど増すものと考えられており、五歳の牡牛の一頭分の背肉を丸ごと召し上がるような御方は、重くて持てないほど大きな杯でお酒をきこしめすことになっていた。

後世においても、そのような例が過去には本当にあったことを伝える、何人もの大食漢の伝説が残っている。なかには信じられないほどの貪欲さを示す、あらゆるものに触手を伸ばして、ときには汚らしいものまで平気で食べる、聞いて不快になるような暴食の話もたくさんある。

が、さすがにそういう話は私の読者には紹介したくないので、ここでは二つの例だけ、それも実際に私がこの目で見た事実を伝えるにとどめるけれども、もちろん、お信じになるかどうかは読者諸賢のご自由である。

さて、いまから四十年ほど前のことになるが、私は約束もなしにブレニエ司祭を訪ねたことがあった。司祭は大男で、この教区では誰ひとり知らぬ者のない大食漢として通っていた。私が訪ねたときは、まだ正午になるかならないかの時刻だったが、ブレニエ司祭は早くも食卓についていた。食事の最初の二皿として定番のスープとブイイ（茹で肉）はすでにかたづけられ、続いて羊の股肉のロワイヤル風と、なかなか見事に肥えた去勢鶏と、たっぷりと山盛りのサラダが運ばれたところだった。

司祭は私がやってきたことに気づくと、すぐ私にも席を用意するよう指図したが、私はお断り申し上げた。それで、よかったのである。というのも、司祭は誰の助けも借りずにたったひとりで、目の前に並べられたご馳走をあっというまに、羊の股肉は骨の髄まで食べ尽くし、去勢鶏は肋の一本までしゃぶり尽くし、サラダはボウルの底まできれいに舐め尽くしてしまったのだから。

そのあとに、これまた相当に大きい白チーズの塊が運ばれてきた。司祭はこれをナイフで十字に切って四等分したかと思うと、一本のワインと水差し一杯の水でのどを潤しながら、全部を瞬く間にたいらげて、それからようやく一息ついたのだった。

私が感心したのは、これらの作業をかれこれ四十五分程度の短い間にやってのけた尊敬すべき司祭が、慌てたり急いだりする気配を微塵も見せなかったことである。肉やチーズの大きな塊を口の奥のほうに押し込みながらも、おしゃべりは止まらないし、笑い声も絶えず、口の中の食べものはなんの障碍にもなっていなかった。しかも、食卓の上の大量の料理をかたっぱしから胃袋に放り込んだというのに、まるで小さなヒバリを三匹食べただけですよ、とでもいうような、いとも涼しげな顔をしているのだ。

ビッソン将軍も、やはり同じような御方だった。

将軍は毎日の昼食にワインを八本召し上がるのだが、一滴も飲んだように見えないのである。ふつうよりも大きなグラスで、矢継ぎ早に杯を重ねるのに、いっこうに酔った気配がなく、冗談も言えば命令も下すそのありさまは、六リットルもの液体を腹の中におさめながら、まるで小さな水差し一杯くらいしか飲んでいない風情だった。

後者の話で思い出されるのは、わが郷土の朋輩である、勇敢なプロスペール・シビュエ将軍のことである。彼は長いことナポレオン軍団でマッセナ元帥の幕僚長を務めていたが、一八一三年のボベールの渡河戦で名誉の戦死を遂げた。

プロスペールが十八歳のある日のこと、一人前の男としての体格を備えようとするにふさわしい健全な食欲を持っていた彼は、ジュナンの旅籠の料理場に入っていった。その旅籠はベレーの町の老人たちの溜まり場で、栗をかじりながら「しぼりたて」と呼ばれる白ワインの新酒を飲む酒場にもなっていたのだが、プロスペールが店に入ったそのとき、ほどよい具合に焼き上げられた、なんとも美しい黄金色の、見事な七面鳥がちょうど焼き串から外されたところだった。まあ、その立ちのぼる香気のかぐわしさといったら、どんな聖人でもいちころで参ってしまうくらいのものだった。

が、老人たちにはもうそれほどの食欲はなく、焼き上がった七面鳥にはさして関心を示さなかった。しかし若きプロスペールの兇暴な食欲は痛く刺戟され、口の中が唾でいっぱいになって、こう叫んだ。

「俺はたったいまメシを食い終わったばかりだが、そんなことはお構いなしだ。この太った七面鳥を丸まる一匹、いまからひとりで食ってやるぞ！」

それを聞いて、たまたま居合わせた太っちょの百姓ブーヴィエ・デュ・ブーシェが、わが愛するベレーの方言でこう切り出した。

「ほんだら、オメエさんがじぇんぶ食ったらカネはオラが払うだ。だども、もし食えなんだら、オメエさんがカネを払って残りはオラが貰うだに」

戦いはすぐにはじまった。若武者は、まず手羽肉の一本をきれいに外したかと思うと、たった二口で呑み込んだ。すると今度は太った七面鳥の首根っこを、まるで歯を磨くような按配に嚙み砕き、それからワインを一杯だけ飲んでひと休みした。

お次は、股肉である。彼は相変わらず情け容赦もなくむしゃむしゃと肉を食い、それから二杯目のワインを、まるで残りの肉の通り道をつけるかのように流し込んだ。ほどなく二本目の手羽肉が同様の運命をたどって消え去り、ますます調子に乗った若者は、早くも残ったもう一本の股肉に取りかかる。と、そのとき、哀れな百姓がたまらず訴えるように叫んだのだった。

「なんてこった。ほんだらもうこれで仕舞いじゃて。お願いだからシビュエ旦那、カネはオラが払うだに、せめて一口だけでも分けてくれんかの」

プロスペールは、後に優秀な軍人になるだけあってさすがによくできた青年で、対戦相手の願いを快く聞き入れ、残りの骨まわり……といってもまだ十分な量の肉がついているところを分けてやった。百姓ブーヴィエは残りものにありつき、上機嫌で全部の代金を、「しぼりたて」の分までひっくるめて払って帰ったのだった。

シビュエ将軍は、後々もこの若い頃の自慢話をしてよく笑ったものだが、お百姓さんに残りを分けてやったのは純粋な儀礼心からで、そんな助けを借りなくても丸ごと一羽の七面鳥を食うくらいなんともなかった、と断言するのだった。たしかに、四十歳になってもいっこうに衰えを見せない将軍の健啖ぶりを見れば、さもありなんと思わざるを得ない。

大食いの話はフランス文学にはつきものである。とくに中世の頃の作品にはその手の話がごろごろあって、たいがいは眉唾だとはわかっていても、フランス人ならそのくらいのことはやりかねない……と思わせるところが、美食家が大食家であることを妨げない、料理王国の面目躍如というべきだろう。

日本では、食通というと、なにやら難しい顔をして、ちょっぴり箸をつけただけでたちまち料理の真贋を言い当てる……といったイメージがあるが、フランスには少食の美食家というのは存在しない。食通あるいは美食家を意味する言葉として使われる「グルマン（gourmand）」という語も、おいしいものをたっぷり食べることを意味する「グルマンディーズ（gourmandise）」という表現から窺えるように、もともと大食のニュアンスを含んでいる。

たとえ話としてよく持ち出されるのが、草食民族と肉食民族の違いである。牛や羊が一日中もぐもぐ口を動かして少しずつ草を食むのに対し、ライオンはいったん獲物を捕らえて食べたら、腹が減るまで二十日間は寝そべって暮らす。完全な空腹状態にならないと、全力で獲物を追いかけるモチベーションが得られないからである。

日本人は朝食をわりあいしっかり食べ、昼はソバかウドンで軽く済ませても、会社が退けると居酒屋で一杯やって肴をつまみ、飲んで帰ってから家でまたお茶漬けを食べたりする。仕事の合い間に間食をする人も多いだろう。

フランス人は、朝は軽くカフェオレとパン程度で済ませるが、昼は時間がなくてもステーキとフリットの定食くらいはかならず食べるし、夜はしっかりと時間をかけて、また肉を中心とした食事を摂る。子供は午後に間食をすることがあるが、大人は原則として食間にはなにも食べない。食べる回数は少ないが、それだけに食べるときはがっつり量を食べる、ライオンと同じ方式である。少し食べるとすぐ腹が一杯になり、ちょっと時間が経つとまた小腹が減って、結局一日中のべつまくなしに口を動かしている草食系日本人とは大違いだ。

最近のフランス人は、ワインを飲む量も減ったし、食事の量も、統計を取ればおそらく昔より少なくなっているだろう。仕事がそれだけ忙しくなり、健康にも気を遣うようになって、かつての肉食動物もしだいに草食系に歩み寄っているのかもしれないが、それでもまだ一皿の料理はたっぷり量がなくてはならない、と考えているし、フランス料理はある程度以上の量を食べなければわからない、と信じている。

第5章　食物一般について

定　義

食物とは何か？

通俗的な答え：食物とは、私たちを養ってくれるすべての物質をいう。

科学的な答え：食物とは、胃袋の働きに従って消化作用を受けることで動物化し、人体が生活を営むことによって生じる消耗を回復することのできる物質をいう。

つまり、食物というものを他と区別する特性は、それが動物的な同化作用を受けるところにある、といってよい。

分析的研究

動物界と植物界が、人類に食物を供給する二大領域である。鉱物界からは、薬品か毒物しか、いまのところ抽出されていない。

分析的化学がたしかな科学として認知されて以来、人体を構成するもろもろの要素と、自然がもっていると思われる人体の消耗の回復に役立つ物質との、両方の性質がきわめて深いところまで解明されるようになった。

両者の研究は、たがいに類似したものである。なぜなら、人体の大部分は食物として摂取する動物のからだと同じ要素から構成されており、また植物についても、それら自身が動物化されるという点で、両者を繋ぐ相似点を研究する必要があったからである。

サヴァラン先生は、本書に学術的な価値を与えたいためか、ときどきやたらに衒学的になって難しい言葉を使いたがる傾向があるが、ここでは「動物化

animaliser」という、平易ではあるが誤解を招きやすい言葉について、その意味を確認しておくことにしよう。

第3章「美味学の誕生」で、「彼らは同化作用の神秘を探り、体内に入った生命のない物質がどのようにして生命を獲得するかを観察した」という表現で美味学者たちによる研究が語られている。ここではまだ「動物化」という言葉は使われていないが、「同化作用によって体内に入った生命のない物質が生命を獲得する」ことが、すなわち「動物化する」ということと同義なのである。分かりやすくいえば、野菜などの植物でも、食物として摂取すれば「血となり肉となる」ということだ。

もちろん植物にも生命はあるのだが、動物のように動くことができないため、「生命の跳躍(エラン・ヴィタル élan vital＝ピクッと動く命あるものの証拠)」のない「死んだもの」と見なされる。が、そうした「生命のない物質」でも、食物として体内に取り込まれると、同化作用(消化による化学変化)によって「生命のある」動物(人間)のからだの一部となる……ということである。

食物を摂取する意味が「生きることによって生じる消耗を補う(そして体力を回復して子孫の繁栄に寄与する)ことにある」と考えるブリア＝サヴァランは、

口の中に入れて嚙み砕くことはできても、体内に吸収されないでそのまま排出されるような物質は、食物とは言えない、と考える。血となり肉となって（動物化して）はじめて、食物としての価値が生まれるのだ。

オスマゾーム

化学による食物科学への最大の貢献は、オスマゾームを発見した……というより、その正体を明らかにしたことである。

オスマゾームは、肉類に含まれる優れて滋味に富んだ部分で、冷水に溶けるのが特徴である。これは肉類を煮出したときに得られるエキス分とは異なるもので、エキス分の場合は熱湯にしか溶けない。

このオスマゾームこそ、おいしいポタージュを生み出す力であり、肉類が焼けたときにキャラメル化してこんがりと美しい焦げ色をまとわせるのも、肉をオーブンに入れる前に焼き目をつけるとき表面を固めて中の旨みを閉じ込める役目を果たすのも、このオスマゾームにほかならない。また、鹿や猪などのジビエからたちのぼるかぐわしい香りも、このオスマゾームによるものだ。

オスマゾームは、成年に達した動物の、赤から黒に近い色の成熟した肉から、とくによく抽出されるものである。仔羊、乳飲み仔豚、若鶏、あるいはもっと大型の鳥類でも白っぽい色をした部分からは、まったくといっていいほど出てこない。だから味覚にうるさい人は、鳥を食べるときはしっかりした味のある股肉しか食べないのだ。彼らの場合は、本能が科学に先んじて事実を発見させた、というべきだろう。

料理人たちも、早くからその存在に気づいていた。ブイヨンの一番出しをこっそり取っておいた、という咎で多くの料理人が解雇されたのも、パンを煮込んで滋味を滲み込ませたポタージュを湯治のときの強壮剤として用いたのも、修道僧会のシェブリエ師に鍵のかかる煮込み鍋を発明させたのも、すべてオスマゾームあればこその出来事であった。このシェブリエ師は、ホウレン草に関してはことのほかうるさい御方で、金曜日にホウレン草を食べるためには日曜日のうちから火にかけ、それも毎日忘れずに新鮮なバターの塊を加えながら煮込み続けなければならない、と決めていた。

「よいブイヨンはつねに微笑む鍋からしか生まれない」という格言がある。これはよい味を出すには強火で沸騰させてはいけない、つねに煮汁がわずかに「微笑む」程度の按配で加熱しなければならない、ということで、この気の利いた格言の存在は、オスマゾームというまだ世間に知られていなかった物質を正しく扱うためにおおいに役立った。

その意味で、わが父祖たちがさんざん賞味した末に発見されたオスマゾームは、アルコールによく似ている。アルコールも、幾多の世代がいやほど酔いを重ねた挙句に、蒸留という技術によってはじめてそのエキスを手に入れることができたのだった。

低温によるオスマゾームの抽出が終わると、続いて熱湯によるエキス分の抽出が完了する。こうして両者が合体したものが、肉汁の旨みを構成するのである。

食物の成分

肉の組織を構成しているものが繊維の筋である。筋は熱湯で処理すると浮き出して目に見える。筋は熱湯に耐えるので、一部が剝がれることはあってもおおむね形状を維持している。肉を切るときは、包丁の刃を筋とほぼ直角になるように当てなければならない。こうして切った肉は見た目もよく、味もよいし、食べやすい。

骨は、おもにゼラチンと燐酸石灰でできている。ゼラチンの量は歳をとるとともに減少し、七十歳の老人の骨は不完全な大理石の如しである。脆くなった骨は折れやすいので、老人は転ばないように気をつけたほうがよい。

ゼラチンは、硬い骨だけでなく、もっと柔らかい軟骨組織にも見られる。その特性は、通常の気温でもゼリー状に固まることであり、熱湯一〇〇に対してゼラチン二・五の割合で混ぜれば十分である。

脂肪は油の凝固したもので、細胞組織の間隙に形成される。肥育された豚や飼育された鳥類には、またときにはオルトランやイチジククイといった野生の小鳥にも、層を成して凝集した脂肪の塊が見られることがあり、そのような場合は、味のないはずの脂肪がえもいわれぬ芳香を放ち食通を魅了する。

血液の成分は、たんぱく質を含んだ血漿、繊維素、少量のゼラチンとオスマゾームである。熱湯に入れると凝固し、きわめて滋養に富んだ食べもの（ブーダンなど）となる。

以上、これまでに見てきた食物の諸成分は、人間と、人間が食糧としてきた動物に、共通するものである。

であるからして、動物の肉を食べるということが、私たちの元気を回復しからだを強くするという目的にかなうものであることは、論を俟《ま》たない。動物の肉の成分は私たちのからだの成分とほとんど同一であり、もともと動物化しているものであるだけに、体内に入って消化作用を受ければ、再び容易に動物化するのである。

植物界

とはいえ、植物も、動物に劣らず多様な栄養源を提供している。

澱粉は、穀類や豆類、根菜類、ジャガイモなどを粉にしたもので、完全無欠な栄養をもち、パンや、お菓子や、あらゆる種類のピューレ（マッシュ）のもととなって、多くの国において国民を養うもっとも重要な栄養食品となっている。

澱粉は、人間の気質を軟化し、性格を温和にするといわれている。その証拠としてよく引き合いに出されるのがインド人で、コメばかり食べて生きてきた彼らは、どんな植民者に対しても抵抗せずに奴隷化する。

ほとんどの家畜類は、澱粉をよろこんでガツガツ食うが、澱粉を食べると逆に気が荒くなる。それは、彼らがふだん食べている青い草や干し草と較べると、澱粉のほうがはるかに栄養分が高いからである。

砂糖は、食物としても薬品としても、澱粉に劣らず重要なものである。

砂糖は、昔はインドや南の植民地でしか採れないものだったが、今世紀の初頭からヨーロッパでも生産されるようになった。ブドウやカブ、栗、とりわけビーツ（砂糖大根）から、甘味を抽出できるようになったのである。その意味で、わがヨーロッパは、アメリカにもインドにも頼ることなく、砂糖を自給できるようになった、と言ってよいのである。このことは、科学が社会に与えた画期的な貢献として、今後はさらに広範な影響を与えることになろう。

砂糖はきわめて高い栄養価をもつもので、動物も砂糖が大好きである。イギリス人は愛馬にたっぷり砂糖を与えるが、そのおかげで彼らの馬はどんな厳しい訓練にもよく耐えるということだ。

植物性のゼラチンも、食物として利用される。

おもにリンゴ、スグリ、マルメロその他の果実から採るもので、砂糖とともに用いるとその効果が高い。動物の骨や角や仔牛の足や魚膠《ぎょこう》から採る動物性のゼラチンと較べると使われる量はずっと少ないが、植物性のゼラチンは軽やかな風味で心を和ませ、からだにもよいので、家でも店でも厨房ではひっぱりだこの人気である。

肉料理と魚料理、またはある特別な実例について

魚肉には、筋繊維、ゼラチン、蛋白質など、地上に生きる動物に見られるあらゆる

構成要素が含まれているが、オスマゾームとエキス分から成る肉汁だけは含まれていない。したがって、肉汁の有無こそが、肉料理（脂もの料理）と魚料理（精進料理）を区別する唯一の基準となる、といってよい。

魚肉は、獣肉に含まれている諸要素に加えて、燐と水素をたくさんもっているのが特徴である。この燐と水素は自然界ではもっとも燃えやすい物質であるから、魚料理はすなわち一種の興奮剤であり、かつて魚食を奨めるある修道会が、禁欲を旨とする教義にそぐわない、と非難されたのも、無理からぬことであった。

魚肉のもつ生理的効果についてはこれ以上語らないが、ただひとつ、私が実際に経験した以下の事実だけは省略することができない。

数年前のことだが、私はパリ郊外の小さな村に、別荘にする家を見に出かけて行った。そこはセーヌ河の畔、サン・ドニ島の向かいで、わずか八軒の漁師小屋しかなかったが、私は道端にたむろしている子供たちの数の多さに度肝を抜かれた。

河を渡るとき、船を出してくれた村びとに尋ねると、こんな答が返ってきた。

「旦那さま、ここには八軒の家族しか住んでおらんが、子供は五三人もおりますだ。そのうち四九人が女の子で、男の子は四人だけ。そのうちのひとりがアイツでさ」と言って、舳先に寝そべってナマのザリガニを齧っている五、六歳の少年を自慢げに指差した……。

私は、このほかにもある似たような体験と、言葉にするのがためらわれるようないくつかの観察から、魚食が影響する生殖行為は、回数が多く確率が高いだけでなく、それ自体が刺戟的なのではないか、と考えるに至った。バイイ博士の研究によれば、体力が消耗した状態での生殖行為では、女児の生まれる確率が著しく高まるとのことである。

はてさて、仰天のトンデモ理論の登場だ。この魚食民族の精力絶倫説によって、日本人の「ウタマロ伝説」がさらに補強されるかもしれない。そういえば、コメばかり食っているから奴隷にされても文句を言わない、とこちらもトンデモ理論をかまされたインド人も、「カーマスートラ」をはじめとする性愛文化の先駆者である。肉食の欧米人よりも、魚食菜食のアジア人のほうがセックスに強いということか。

日本では魚を食べることを「なまぐさ」といい、魚食を肉食とほぼ同等に考えている。「精進料理」というのは、野菜類と植物由来の加工品だけから成る食事のことだ。が、フランスでは魚を食べるのが「精進料理」なのである。

キリスト教には、キリストの苦難を偲んで復活祭までの四十日間を断食して過ごす「四旬節」という宗教行事があり、また、毎週金曜日は「精進日」として肉食を断つ習慣がある。いまでは（よほど敬虔な僧職者は別にして）さすがに「四旬節」のほうは実行する人を見かけないが、金曜日には魚料理しか出さない、という学校や工場などの食堂はたくさんある。

が、そういう「断食」や「精進」では、魚は食べてもよいのである。菜食主義者（ヴェジタリアン）にはヴィーガン（完全菜食）、ラクトヴェジ（乳製品はＯＫ）、オヴォヴェジ（卵はＯＫ）、ペスコヴェジ（魚までＯＫ）という許容の段階があるが、フランスをはじめとするヨーロッパでは「精進・断食」といえば魚食のことである。

断食といっても魚が食べられるならなんの問題もないではないか、と日本人なら思うところだが、食べるときはがっつり肉を腹に詰めるのがあたりまえと思っている彼らは、魚は腹持ちが悪い、といって敬遠し、そんな食事をひと月以上も続けるなんてとんでもない、という気分になるようだ。だから「四旬節」がはじまる日（灰の水曜日）の前日に肉料理の食べおさめをする「謝肉祭（カーニバル）」

という祝祭を催し、最後の肉をたらふく食うこの日を「マルディグラ（脂ぎった火曜日）」と呼んで、この世の終わりのようなどんちゃん騒ぎをするのである。

ところで、オスマゾームという言葉は当時パリ大学の理学部長だった化学者ルイ＝ジャック・テナールが命名したそうだ（ギリシャ語の「匂い osme」と「ブイヨン zomos」を合体した造語）が、長いこと、これもトンデモ理論ではないかと疑われてきた。が、最近は、「おいしさの素」になる物質であるということから、オスマゾームこそ和食の「うまみ」を意味するのではないか、とか、オスマゾームはイノシン酸のことだ、とか、日本料理にかこつけて解釈する人もあらわれているようだ。これもまた、世界的な和食ブームの影響かもしれない。

植物性のゼラチンが、サヴァランの時代にはひっぱりだこの人気だった、というのも面白い。ヨーロッパにも植物性のゼラチンは古くからあり、昔の料理書を読むとクズの根（葛粉）でとろみをつける技法などが紹介されているが、一般には口溶けのよい動物性のゼラチンがフランス料理では使用されてきた。

が、これも、近年大流行を見たスペイン式最先端料理の旗手であったフェラン・アドリアらが、忘れられていた海藻由来のゼラチンに着目して多用したことから、健康的でダイエットにも役立つ日本的な素材が、世界に広く知られていくようになったのである。

こんなふうに、サヴァランの時代に使われた料理の素材や技法が（オスマゾーム も含めて？）、現代では日本料理から世界に向けて発信されている……と考えると、なんだか楽しくならないだろうか。

第6章　スペシャリテ（食べものあれこれ）

ポトフーとポタージュ

ポトフーとは、牛肉の一片をわずかに塩味をつけた熱湯で加熱し、その可溶性の部分を抽出したものをいう。

ブイヨンとは、この抽出作業が終了した後に残る液体のことである。

そして、可溶性の部分をすべて抜き取られた肉のことを、ブイイと呼ぶ。

肉塊を水のなかに入れると、最初に溶け出すのはオスマゾームの一部である。次にアルブミンが溶け出すが、アルブミンは摂氏六二・五度未満で凝固するため、泡となって表面に浮き、通常は掬い取られて捨てられる。それから、残りのオスマゾームが、抽出されたエキス分すなわち肉汁とともに、湯の中に溶け出していく。そして、さらに沸騰を続けているうちに、若干の繊維の外被が剝がれ落ちる。

上質なブイヨンを得るためには、水を緩やかに加熱して、アルブミンが溶け出す前に肉の中で固まってしまうことを防がなければならない。

そのためには、つねに沸騰しているかいないかわからない程度の状態に保つことが大切である。そうすることによってはじめて、肉の中に含まれるあらゆる要素が次々と順序良く湯の中に溶け出し、その結果全体がうまく調和したブイヨンができあがるのである。

ブイヨンに旨みを加えるために、根菜などの野菜を加えることがある。また、栄養価を高めるために、パンや小麦粉の練りものを加えることがある。これらが、いわゆるポタージュと呼ばれるものである。

ポタージュは、健康的で、軽くて、栄養のある、誰にでも向くよい食べものである。それは胃袋をよろこばせ、食物を受け入れて消化する態勢をととのえる。ただし、肥満のおそれがある人は、ポタージュの具は食べず、ブイヨンだけで我慢しなければならない。

世界中で、フランスほどおいしいポタージュが食べられる国はない、といわれている。実際、私は諸国を旅してこの説が正しいことを確信した。

これは、いささかも驚くことではない。ポタージュこそフランス国民の食生活の基本であり、幾世紀にもわたる先人たちの経験が今日の完成に至らしめた、まったく非の打ちどころのない食品なのである。

ブィイについて

ブィイは健康的な食べもので、空腹をすみやかに鎮め、消化もよい。が、食べて元気の出る食べものではない。ブィイの肉は、長時間の加熱によって、動物化されるべき肉汁の多くの部分をすでに失ってしまっているからである。一般的に、牛肉はブィイにするとその重さの半分を失うとされている。

ブィイを食べる人は、次の四つのカテゴリーに分類することができる。

（1）習慣で食べる人

両親が食べていたから自分たちも食べる、という人たち。だから自分の子供たちも同じように食べることを、暗黙のうちに望んでいる。

（2）せっかちな人

食卓について手持ち無沙汰でいることが我慢できない人たち。なんでも最初に出されたものに飛びついて食べる。

（3）無関心な人

食べものに関する情熱を天から授からなかった人たちで、食事の時間を止むを得ない義務のように受け止め、なんでも同じように構わず食べる。彼らが食卓につくのは、牡蠣が岩肌にへばりつくのと同じである。

（4）大喰らい

隠そうとしても隠し切れない旺盛な食欲に恵まれた人たちで、燃えさかる胃の腑の炎をおさめるためにとりあえず最初の生贄を放り込み、その後に続く食べものたちに筋道をつける土台にしようという魂胆。

しかし、美味学の教授たちは、決してブイイを口にしない。なぜなら、「ブイイとは肉塊からその肉汁を差し引いたものである」*という疑いのない真理を高らかに講釈した以上、美味学の原理にあくまでも忠実に従うからである。

＊（原註）この真理はようやく知られてきたようで、いまでは、配慮が行き届いた宴席ではブイイは食事のメニューから姿を消し、代わりに焼いたヒレ肉やヒラメの料理、マトロット（魚の

ワイン蒸し）などが供されるようになった。

ポトフー pot-au-feu は「火 feu（フー）にかけた鍋（ポ）」、ポタージュは「鍋もの（ポに入れたもの）」という意味で、「ポ」は「鍋 pot（＝ポット）」を意味する言葉である。「ブイイ bouilli」は、「茹でられたもの」という意味だ。

第4章では、四十年ほど前にブリア＝サヴァランが大食漢のブレニエ司祭を訪ねたとき、司祭はすでにテーブルについていて、「食事の最初の二皿として定番のスープとブイイ（茹で肉）はすでにかたづけられ」という記述があった。

つまり、その頃（十八世紀の後半）は、まず最初の一皿として肉のスープ（ブイヨンないしポタージュ）を、次に二皿目としてそのスープを取った肉そのもの（ブイイ）を食べるのが、定番の約束事だったことがわかる。それが、ブリア＝サヴァランの原註によれば、『美味礼讃』が上梓される一八二五年頃になると、ブイイを食べる習慣がほとんどなくなった、というのである。

ダシを取ったあとのカスカスの肉など、味もないし栄養もないし、そもそも食べるものではない、という「真理」は、もちろん贅沢のできる階層の特権である。

ダシを取った後の昆布や鰹節を捨てるのとは訳が違うのだから（使用済みの昆布や鰹節だって小さく切って佃煮にする）、ブイイの茹で肉はふつうなら当然食卓にのぼるところだ。美味学者を自任するお気楽な仲間うちの話とはいえ、それだけ社会が豊かになり、ブイイを食べずに済む階層が生まれてきた、ということなのだろう。

ヴォライユ（鳥類）について

私は神によってこの世に生を享けたものたちをこよなく愛するが、なかでもウズラ、キジ、ニワトリ、七面鳥などの「鶉鶏類《じゅんけい》」と呼ばれる鳥たちは、私たちの食糧庫を満たし、饗宴を豊かにするためにのみ創造されたものであると、私は固く信じている。実際、この鳥たちの仲間に出会うことができれば、私たちは間違いなくいつでも軽くておいしい料理にありつける。

回復期の病人にも、丈夫で頑健な人間にも、等しくよろこばれる風味ゆたかな鳥料理。病院の先生からまるで砂漠に住む聖人が食べるようなものしか与えられてこなかった人も、ようやく許しが出て、食べやすく切られた鶏の胸肉の一皿を前にした日には、これこそが社会生活への復帰第一歩であると、思わず微笑みがこぼれようというものである。

しかし、私たち罪深い人間は、自然が鳥たちに与えた特性だけでは満足しなかった。そこに人為が加えられ、改良という美名のもとに、数々の殉教が求められた。すなわち、鳥たちに生殖行為を禁じ、暗闇の中の孤独に閉じ込めて、強制的に食餌を与え、本来の姿からかけ離れた肥満体をつくりだす……。

でも、まあ、この自然の矩を超えた脂肪というものは、なんとも美味であるとしか言いようがない。

実にこの非道きわまりない残虐な手段によって、鳥たちの肉には奥深い滋味と舌なめずりをしたくなる旨みが加わり、私たちの最上の宴席に華を添えることになるのである。

七面鳥について

七面鳥は、新世界から旧世界にもたらされた、もっとも素晴らしい贈り物のひとつであることは間違いない。中にはわけ知り顔に、七面鳥は古代ローマの時代から知られていたとか、シャルルマーニュ大帝の婚礼の席でも供されたとか言って、このご馳走の到来をイエズス会の修道士の名誉とすることに反対する者もいるが、これらの俗説に対しては次の二点を指摘するのみである。

（1）七面鳥をあらわすフランス語である“Coq d'Inde”（インドの雄鶏）という言葉そのものが、出生の地を示している。すなわちアメリカ大陸はかつて「西インド」と呼ばれていたからである。

（2）だいいち、七面鳥の姿は見るからに異国的である。

こんな簡単なことを、学者が間違えるはずがない。もちろん私も確信を深めるために調査も研究もし、次のような結論に達するに至った。

（1）七面鳥がヨーロッパにあらわれたのは十七世紀の終わり頃である。

（2）七面鳥はイエズス会の修道士によって運ばれ、彼らによって大量に飼育された。

（3）最初ブールジュ近郊のイエズス会の農場で飼育されていた七面鳥は、しだいにフランス全土に普及した。そのため、いまでも多くの地方で七面鳥のことを「ジェズイット（イエズス会の修道士）」と呼ぶ古い習慣が残っている。

（4）アメリカ大陸は、自然の状態で野生の七面鳥が棲息する唯一の地域である（アフリカ大陸にはいない）。

（5）北アメリカでは農家が七面鳥を飼うことがふつうにおこなわれているが、卵からヒナを孵《かえ》す場合も、また、野生のヒナを森で捕まえて飼い慣らす場合もある。アメリカではまだ自然の状態で棲息しているためこのようなことが可能であり、七面鳥も原始の羽色の輝きを失わずにいるのである。

こうした歴然とした証拠があるので、私は善良なイエズス会の神父さまたちに二重の感謝の気持ちを抱いている。というのも、彼らは七面鳥だけでなくキナ皮も持ってきてくれたからである。キナの木の樹皮のことを、英語では「イエズス会修道士の樹皮 jesuit's bark」と呼んでいる（キナ皮については下巻五二〜五五ページを参照）。

こうした研究の結果、私は七面鳥が長い時間をかけて、いつの間にかフランスの風土に馴染んだことを知った。物知りに教えられたところによれば、前世紀の中頃には、卵から孵った二〇羽の七面鳥のヒナのうち、せいぜい一〇羽が育てばいいほうだったという。ところがいまでは、同じ条件でも二〇羽のうち一五羽は育つ。それだけ風土に順応したといえるだろう。

七面鳥がもっとも怖れるのは、嵐のときの強い雨である。大粒の雨が風に吹かれて彼らの柔らかく防御するもののない頭を叩きつけると、それだけで彼らは死にそうになる。

七面鳥マニア

あらゆる家禽のうちで、七面鳥はもっとも大きく、また、もっとも上質とは言わないまでも、少なくともきわめて美味なものである。

特筆すべきは、この鳥がいまなお社会のあらゆる階層を引きつけて放さない、ということである。

田舎に住むブドウ摘みなどの農家が、冬の夜長の慰みに、食卓の置かれた台所で燃えさかる火にかざして焼こうとするものはなにか？　七面鳥だ。

仕事に打ち込む職人や芸術家が、めったにない機会だけになおさら楽しい休みの日に仲間うちで集まるとき、夕食に振舞うご馳走としてなくてはならないものはなにか？　それは、栗とソーセージを詰めた七面鳥だ。

そして誰よりも口の奢った食通ぞろいのわれわれのあいだで、政治論さえ美食談義に道を譲る美食家たちが食卓に集うとき、誰もが望んでいるものといえば、誰もが欲するものといえば、誰もがメインディッシュに登場することを期待しているのは……言うまでもなく、トリュフ詰めの七面鳥にほかならない。ああ、トリュフ詰め七面鳥！ 私の秘密の手帖には、トリュフ詰め七面鳥の滋味に富んだおいしそうな肉汁が、外交官たちのしかつめらしい顔を何度となくほころばせたことが記録されている。

英国の移民がアメリカ大陸に上陸したとき、野生の七面鳥がいたるところにいた。彼らは人を怖がらない七面鳥を難なく捕え、それを食糧として生き延びた。感謝祭にもクリスマスにも七面鳥を焼いて祝うのは、困難な時代に助けてくれたありがたい七面鳥に感謝してのことである。

アメリカの独立を支援したフランスは独立百周年を記念して自由の女神像を贈ったが、フランス人が七面鳥を食べるようになったのも、アメリカに対する支援と連帯の意識を示すための一種の流行からはじまったとされている。

「私の秘密の手帖」というのは、いつも懐に忍ばせている小さな手帖のこと。サヴァランは、会食の最中の会話や人びとの動作や表情をことこまかにメモしたり、小耳にはさんだ話を忘れないように書きつけたりした……ということになっている。

実際にはそこにいるはずのない宴席のようすまで書かれている場合があり、これは一種のフィクションと考えたほうがよいが、晩年の数年間で本書をまとめたにせよ、サヴァランはそのずっと以前から構想を温めていて、使えそうなエピソードを少しずつ書き溜めていたことはたしからしい。

七面鳥の財政的影響

七面鳥の輸入は国家予算を増額する重要な要因となっており、それだけ活発な取り引きがおこなわれているということである。

七面鳥の飼育によって農家は借金を容易に返済でき、娘たちにも十分な額の持参金を分け与える。ということは、この珍しい鳥肉を食べたいと思う都会の連中は、その分だけ余分な出費を余儀なくされるというわけだ。

この純粋に財政的な問題においても、トリュフ詰め七面鳥に関しては特別の注意を払わなければならない。

信頼できる情報によれば、十一月初めから二月末までの間に、パリでは毎日三〇〇羽、すなわち合計三万六〇〇〇羽のトリュフ詰め七面鳥が消費されるという。料理用の七面鳥の平均単価は二〇フランを下らないから、金額を合計すれば七二万フランとなり、これだけでも相当のカネが動いていることがわかる。しかもそのうえに、七面鳥以外のニワトリやキジやヤマウズラなどの鳥類にも同じようにトリュフが詰められて料理されるのだから、全部合わせたらいったいどれほどの金額になるだろう。冬になればそれらが食料品店の店先にずらりと並んで、道行く人たちがとうてい手の届かない値段を恨めしげに見上げるようすは、すでに毎日の見慣れた風景になっているではないか。

ジビエについて

ジビエとは、森や野の自然の中でまったく自由に棲息する動物のうち、食べて味のよいものをいう。

食べて味のよい、というのは、それらの動物の中にはジビエに含まれないものもいるからである。たとえばキツネ、タヌキ、カラス、カササギ、フクロウなどの動物がそうで、これらは「臭物」と呼ばれて区別される。

私たちは、ジビエを三種類に分類する。

第一は、ツグミを筆頭としてそれより小さい鳥類で、小鳥類と呼ばれる。

第二は、ツグミよりも大きい、クイナ、ヤマシギ、ヤマウズラ、キジ、それにウサギ類である。これが本来いうところのジビエで、陸地に棲むもの、沼地に棲むもの、毛皮を持つもの、羽毛を持つもの、などがある。

第三は、ヴネゾン（狩猟肉）という呼び名でよく知られる、イノシシやシカを初めとするすべての偶蹄目の獣類である。

ジビエは私たちの食卓に華を添える美味であり、健康的で、からだをよく温め、風味がよく滋味に富み、とくに肉が若いときは消化によい食べものである。

しかし、それらの特質は本来固有のものであるというより、それらを料理する者の技量に依存するところが大きい。牛肉と塩と水を鍋に入れて火にかければ、誰でもおいしいブイイとポタージュをつくることができる。が、牛肉の代わりにイノシシかシカの肉を入れたとしたら、とても食べられたしろものにはならないだろう。その点では、肉屋で売っている肉がいちばん無難である。

しかしながら、素材の扱いを知る腕のよいシェフの手にかかると、ジビエはあらゆる精妙かつ巧緻な処置を施されて、きわめて滋味深い超絶的な料理に変身するのである。

ジビエは、生まれ育った土地の性質によって、その価値が大きく左右される。ペリゴール産の赤ヤマウズラと、ソローニュ産の赤ヤマウズラは、同列に論じることはできない。パリ郊外の野原で撃った野ウサギなどはおよそ大味な料理にしかならないが、ヴァルロメだとかオー・ドーフィネだとかの焼けつくような丘陵地帯に生まれた小ウサギときたら、すべての四足動物の中でもっとも香ばしいものではなかろうか。

小鳥類の中でもっとも美味なものは、なんといってもイチジククイである。イチジククイは、コマドリやホオジロと同じくらいに脂が乗るが、その上かすかな苦味と独特のえもいわれぬ香りがあって、私たちのあらゆる賞味器官を刺戟し、満足させ、至福の境地へと誘うのである。もしキジほどの大きさのイチジククイがいたら、即座に五〇〇〇平方メートルの土地を売ってでも購うに違いない。

この特権的な地位を占める小鳥が、パリではめったに見られなくなったのはまことに残念である。それでもたまに何羽か飛来することはあるけれども、肝腎な脂の乗りがいまひとつで、フランスの東部や南部で見られるイチジククイとは較べものにならない。*

ところで、小鳥類の食べかたを心得る輩は意外に少ないので、私が大聖堂司祭のシャルコから直々に教わった方法を伝授しよう。シャルコ師は職業柄おいしいものをよく知るグルマンであり、その名が知られるようになる三十年も前から完璧な美味学者のひとりだった。

よく太った小鳥の嘴をつまんで持ち上げ、軽く塩をまぶしてから砂肝を抜き、上手に口の中に入れたら、抑えた両手の指のすぐ近くに歯を当てて、そのまま勢いよく噛み砕くのである。するとたちまちのうちに芳しい肉汁が口中にほとばしり、あらゆる器官がその美味に覆われて、まったく俗人には解せぬ高雅なよろこびに満たされる。

私は無粋なる俗物を忌み嫌いこれを遠ざける。（ホラチウス）

Odi profanum vulgus et arceo.

＊（原註）私は若い頃、生まれ故郷のベレーで、同じ教区に生まれたイエズス会の修道士である

ファビという人が、きわめつけのイチジククイ好きだという話を聞いたことがある。イチジククイの鳴き声が聞こえる季節になると、村びとたちは口々に「イチジククイが鳴きはじめた。そろそろファビ神父さまのお出ましだぞ」と言い合った。そして毎年九月一日になると、神父はかならずひとりの友だちを連れてあらわれるのだ。ファビ神父は、村に滞在しているあいだ毎日イチジククイを召し上がる。村びとたちは、神父さまたちをお招きするのが楽しみなのだ。そして判で押したように、九月二十五日頃になるとお発ちになった。ファビ修道士は、フランスにいる限りこの愛鳥旅行を欠かすことがなかったが、その後ローマに赴任され、一六八八年にお亡くなりになった。この神父はたいそう学識の高い方で、神学や物理学に関する複数の著作をものしており、そのひとつでは血液循環の原理をハーヴェイと同じくらいかそれよりも早く発見している。

ウズラは、本来のジビエの中でもっとも愛すべき、かわいらしい奴である。よく脂の乗ったウズラは、味だけでなく、その色合いも姿かたちも好ましい。ウズラはローストするかパピヨットにする（紙に包んで焼く）のが常道で、それ以外のやりかたは物を知らない人がやることだ。ウズラの香りははなはだ移ろいやすく、ちょっとでも液体に触れるとその中に溶け出し、蒸発して消えてしまうからである。

ヤマシギはこれまた特別の存在だが、その魅力を本当に知っている人は、はなはだ少ない。ヤマシギがその真価を発揮するのは、ほかでもないその鳥を仕留めた猟師の目の前で焼かれるときで、しかるべき作法をもって焼き上げられたヤマシギは、口中の快まさしくこれに優るものはない。

ジビエという言葉は、かなり日本人にも知られてきた。

とくに近年、全国でシカやイノシシによる食害が問題になり、森を守るため駆除による個体数の調整が求められて、それなら森の命をありがたくいただこう、という考えが広まった。

そのためシカやイノシシを「ジビエ」というフランス語で呼ぶ慣わしが定着しつつあるのだが、日本でも昔から、山国では（仏教による禁忌があったにもかかわらず）獣肉を「山肉」などと呼んで食べる習慣があった。

「ジビエ gibier」とは狩猟で射止める食用鳥獣のことで、英語では「ゲーム game」という。文中に出てくる「ヴネゾン venaison（狩猟肉）」は、「ヴナール veneur（猟犬を用いて狩りをする者）」から来た語である。

ここではヴネゾンはジビエのひとつに分類されているが、ブリア＝サヴァランは、他の箇所（第27章「料理の哲学史」下巻九七ページ）では、料理に使う肉類を列挙するのに、「市場の肉、ジビエ、ヴネゾン……」と、わざわざジビエとヴネゾンとを区別している（私の翻訳ではヴネゾンはジビエに含まれるものと解釈して、「市場の肉でも野生のジビエでも……」とした）。

この場合「市場（肉屋・屠場）の肉」というのは屠場で解体され市場（肉屋＝ブッシュリー）で買うことのできる畜産肉のことで、おもに牛肉と羊肉を指す。同じ畜産肉でも豚肉（精肉およびハム・ソーセージなどの加工品＝シャルキュトリー）は別で、これらを扱う業者はシャルキュティエと呼ばれる。また、野生の鳥ではない、飼育された鳥類（鶏、ホロホロ鳥、七面鳥など）を扱う業者はヴォライエ（飼鳥店）という。

さすがに「肉食の国」フランスだけあって肉類は細かく分類されているが、まず野生のものか飼育されたものかによって分け、野生のものでも鳥類と獣類を分けて考える。格付けは、野生のものが飼育されたものより上に、野生のものでも鳥類が獣類より上に来る。だからジビエを細分化する必要があるときはヴネゾン（獣類）だけを下位の存在として取り出すのである。

フランス語の「ヴネゾン venaison」は英語では「ヴェニスン venison」となるが、英米ではヴェニスンといえばほぼシカだけを意味することになる。このように鳥獣肉に対するイメージは国によって異なり、日本ではジビエというとシカ、イノシシ、クマなどをまず思い浮かべるが、フランス人がジビエと聞いて喉を鳴らすのは、獣類よりもむしろ、「本来のジビエ」であるヤマシギ、ヤマウズラ、野ガモ……といった鳥類のほうだろう。時代を遡ると、同じ鳥類でも大きいものより小さいものをより高く評価する傾向が見て取れ、ブリア＝サヴァランによれば中でも群を抜くのがイチジクタイということになる。

イチジクタイは、メジロやウグイスの近縁にあたるムシクイ属の小鳥で、フランス語では「ベックフィーグ becfigue」という。フィーグはイチジク、ベックは嘴《くちばし》。秋になると南へ渡る途中フランスにやってくるが、その時期がちょうどイチジクが熟す季節で、好んでこの実を食べるためこの名がついた。古代ローマの時代からその美味は知られていたが、乱獲により激減し、現在では保護鳥となっている。

さて、以上のもののすべての上位に、いや、あらゆるジビエの最上位に、キジこそが置かれるべきであろう。しかしキジもまた、これを正しく調理する術を知る者があまりにも少ない。

キジというのは不思議なもので、ある特別の人びとにしか明かさない謎をもっている。本当の通人だけが、その美味の奥義を知ることができるのである。

キジのサント・アリアンス風

物にはそれぞれちょうどよい食べ頃というものがあって、成長し切らないうちに食べたほうがよいもの、たとえばケイパー、アスパラガス、ヤマウズラやハトの雛鳥などもあれば、メロンをはじめとするほとんどの果物や羊、牛、鹿、赤脚ヤマウズラなどのように十分成熟したほうがうまいもの、また、西洋花梨やヤマシギ、そしてとりわけキジのように、腐りかけた頃がおいしいものもある。その正しい時期を見定めるのも美味学の仕事なのだが、なかでもキジの場合は特別といってよい。

キジは、死んでから三日くらいしか経たないうちに食べたのでは、雄鶏ほどの味わいもなければウズラほどの香りもない。が、ひとたびそれがちょうどよい頃合いに達すると、一変して優美で高尚な、風雅きわまりない味わいを醸し出す。それは、飼われた鳥と野生の鳥の、両方の特質を一身に具えているからである。キジの価値は、まさしくこの鳥が発するたぐいまれな香気にこそ存するのだ。

学者はこの香気が発散するメカニズムを研究し、料理人は実際にその香気を発散させてたしかめた。だからこそ時間をかけて熟成させたキジの肉は、もっとも称揚されるグルマンにふさわしい料理となるのである。

キジがおいしくなる頃合いというのは、肉が分解をはじめるときである。このときに生じる芳香は滲み出る油と合わさることによって発散されるのだが、そのためには油がわずかに発酵をはじめていることが必要なのである。ちょうど、コーヒー豆の香気が、焙煎されることによって滲み出す油から発散されるのと同じである。

このタイミングは、かすかな香りとキジの腹の色の変化によって感じ取るしかないのだが、慣れた人は勘でわかる。それはちょうど練達の焼肉師が、火の上で回転している肉をいますぐ取り上げて串を抜くか、あと一、二回転させてから引き抜くか、一瞬でそれを見極めるのと同じようなものである。

キジがその正しい頃合いに至ったら、そこではじめて羽根を抜き、新鮮で締まった上質な豚の背脂を選んで、慎重にキジの身にピケ（細い管を使って赤身肉などに脂肪を射込むこと）しなければならない。

キジの羽根を早く抜かないように注意するのは、理由のないことではない。経験が示すところによれば、羽根で護られた身肉は、長いこと裸で空気に晒された身肉よりも、その香気がよく保たれることが知られている。空気との接触が香気を減殺してしまうからか、それとも、羽毛を養うための栄養の一部が身肉のほうに還元されて、その味をよくするために役立つのか。

ここまでの準備が整ったら、いよいよ詰めものをすることになる。手順は下記の通りである。

まず、ヤマシギを二羽、骨を抜き、腹の中のものを取り出して、身肉と、肝を含む内臓とのふたつに分ける。そして身肉を、蒸した牛肉の骨髄、豚の脂身を細かく刻んだもの少し、塩、胡椒、ハーブとともに叩き潰してミンチにし、キジの腹の空洞の中を隙間なく埋め尽くす量のトリュフとともに、詰め込むのだ。

注意すべきは詰めものを腹の外にはみ出させないことで、これは、とくにキジの分解が進んで身肉が柔らかくなっている場合はかなり難しい作業になる。が、たとえばパンの皮を紐で巻きつけることで腹を閉じるなどの対策を施すことも、できないわけではない。

まず、キジの体長よりも左右それぞれ二インチほど大きめのパンを用意する。そして、さきほど残しておいたヤマシギの肝と内臓を、ふたつの大きなトリュフの塊と、一片のアンチョビと、豚の脂身を細かく刻んだもの少しと、十分な量の新鮮なバターといっしょに、すり潰す。

それから、用意したパンを焼いて、表面に上記のすり身を均一に塗り込める。そしてそのパンの上に詰めものをしたさきほどのキジを置けば、キジをローストしている間じゅう、絶え間なく滴れ落ちる肉汁がパンの全体を潤す仕掛けである。

これが、キジの「サント・アリアンス風ロースト」のつくりかたである。これまではわずかな同好の士のあいだにだけ伝えられてきた料理だが、そろそろ人類の幸福のために公開する時が来たようだ。

サント・アリアンス風ローストに較べれば、単なるトリュフ詰めなど思ったほどうまくないものである。キジはトリュフに脂気を与えるにはやや淡白に過ぎるし、キジの香気とトリュフの芳香は合わさるとたがいに中和してしまい、相性が悪い。

が、上記のように調理すれば、すでにキジそのものの香気が十分際立っている上に、外側からは焦げたベーコンの香りが染み込むし、内側からはヤマシギとトリュフが発する芳香に満ちた蒸気が満ち溢れ、焼いたパンには塗りつけられた美味なペーストの上にさらに三種の肉汁が合わさって垂れ落ちる。そこにはすべてのおいしいものが一堂に会しているのだから、まさしく高貴な御方に差し上げるにふさわしい料理であると私は信じている。

キジが焼き上がったら、味の滲みたパンの上に載せたまま、キジのまわりに苦味のあるオレンジ（ビターオレンジ＝橙）を飾って、恭しく供するのがよいだろう。あとはただ、静かにこの素晴らしい出来事を愉しむだけである。

この極上の風味に彩られた料理には、とりわけブルゴーニュの銘酒がよく似合う。このことは、私の長年にわたる厳しい研鑽によって得た結論である。

料理のつくりかたのところで「豚の脂身」と訳したのは、豚の背脂を塩漬けにした、現代でいえばベーコンにあたるものだ。フランス語では「lard（ラール）」だが、これは英語読みにすれば「ラード」となる。

さて、ラードとベーコンはどう違うか。ラードは脂肪だけ、ベーコンは脂肪のあいだに赤い肉の部分が入っている……と私たちは区別するが、フランス語ではこの二つは同じもので、両者を区別するときは、脂肪だけのものを「太ったラール」、脂肪と赤身が層になったものを「痩せたラール」と呼ぶ。そしてブリア＝サヴァランの時代には、「太ったラール」のほうが「痩せたラール」より価値があるとされていた。長く飢餓に晒されてきた人類にとって、単位あたりのカロリーが高く「動物化しやすい」脂肪の分量が多い「太ったラール」のほうが、より貴重な食べものだったのである。

肉類はほどよく熟成したものがおいしいが、とくにキジの場合は腐る寸前まで羽根をつけたまま吊るしておくのがよいとされた。肉のたんぱく質は分解してアミノ酸となり、旨みが増す。が、発酵と腐敗は化学的には区別できないそうで、食べておいしければ発酵、食べて腹をこわせば腐敗、と私たちは便宜的に呼んでいる。現代の料理では、キジの場合でも発酵臭（腐敗臭）を発するまで待つことはまずおこなわれないが、ブリア゠サヴァランの時代には、きっと危なくなるギリギリの間際まで時間をかけるのが食通の常識であったと思われる。

キジの肉は、七面鳥と同様、淡白な味である。だから身肉に脂肪を加えて味を補う。ピケというのは、脂肪の足りない肉に豚脂を射込むフランス料理の伝統的な技法で、焼き上がったときには溶けた脂肪が全体に行き渡る。ピケしたキジ肉に、ヤマウズラの肉の香りとレバーの旨み、溶けたベーコンとバターの風味、それらが渾然一体となって滲み込んだ下敷きのパン……そこにトリュフの香りが加わるのだから、想像するだけで垂涎の料理である。

なお、サント・アリアンスは「神聖同盟」のこと。ナポレオン戦争の終結に伴ってフランスの講和条件を策定する第二次パリ条約が締結された日（一八一五年十一月二十六日）に、戦勝国であるオーストリア、ロシア、プロイセンの三国によって結成された神聖同盟は、その後ロシア皇帝アレクサンドル一世の呼びかけによりルイ十八世治下のフランスも参加して、革命勢力に対抗するヨーロッパのキリスト教君主国どうしの結束を目的とする同盟に変質した。

このキジの一品のほかに「サント・アリアンス」の名を冠する料理としては、トリュフとシャンパンを加えて茹でた「サント・アリアンス風フォワグラ」や、バターで炒めたフォワグラを添えたトリュフ風味の「サント・アリアンス風肥鶏」などがある（『ラルース料理大事典』より）というが、いずれも贅を尽くしたというか、無理やり高価な食材をてんこ盛りにしたようなレシピである。ナポレオンの没落とともに敗戦国となり多額の賠償金を請求されるなど辛酸を舐めたフランスが、ようやく「戦後」を脱して王国の誇りを取り戻した、その浮き浮きした気分を表現する命名だろうか。

魚類について

何人かの学者たちの中には、といってもたいして正統的な学者ではないのだが、大洋こそがすべての生命に共通する揺籃である、と主張する者がいる。人類もまた海から生まれたのであり、人類の現在の形態は、空気という新しい環境と、その環境に対応して生きるために身につけた習慣によってかたちづくられたに過ぎない、というのである。

その説の真偽はともあれ、少なくとも海水の帝国には、あらゆる形状の、あらゆる大きさの夥《おびただ》しい数の生命が存在していること、またそこに棲むさまざまな生物たちの生の営みは、陸上の温血動物のそれとはまったく異なっている、ということはたしかである。

また、大洋が、いかなる時もいかなる所でも途方もない量の食糧その他を提供し、今日の科学の発達のおかげもあって、私たちの食卓にさまざまの好ましい変化を与えてくれていることもまた間違いがない。

魚は、肉よりも栄養が少ないが、野菜よりは旨みがあり、ほとんどすべての体質に適合する中庸を得たものであり、回復期の病人にも奨めることができる。

ギリシャ人やローマ人は、魚の調理法においては私たちほど進んではいなかったが、これを珍重することにかけては決して負けてはいなかった。それどころか、魚を食べただけでそれがどの海で獲れたものかを当てることができるほど、繊細な味覚をもっていた。

彼らは、魚を養魚池に入れて養殖した。かのヴァディウス・ポリオンなる男が、気に入らない奴隷を池に放り込んでウツボの餌にしたという残酷な逸話は誰でも知っているだろう。皇帝ドミチアヌスはこの残虐行為を口を極めて非難したが、非難するだけでなく彼をも極刑に処すべきであった。

海の魚と淡水の魚のどちらが勝っているかについて、かつて、大論争がおこなわれたことがあった。が、この議論の決着は、おそらく永遠につかないであろう。スペインには「味わいは議論の外」という諺があるが、まさしくその通りである。誰もがそれぞれに異なる好みを持っているし、そもそも移ろいやすい味わいの感覚は、共通の言葉ではっきりとわかるように説明することはできないものである。タラやカレイや舌平目が、コイやマスや川カマスよりおいしいかどうかなど、決める尺度はどこにもないのだから。

魚の肉が、動物の肉とくらべると栄養が少ないことは、すでに定説となっている。魚肉にはオスマゾームがないし、同じ量でも重量が軽い。それだけ中身が少ないということだろう。貝類、とくに牡蠣などはほとんど栄養分を含んでいないので、いくらたくさん食べてもそのあとの食事の妨げにならない。

昔の宴会といえば、決まって最初に大量の牡蠣が供されたものだ。会食者の多くは、少なくとも一グロス、つまり一ダースの皿を一二皿は食べないと満足しない者ばかりだった。

前菜として食べる牡蠣の量はいったいどのくらいのものか、私は実際に計量したことがあるのだが、一ダースの牡蠣の重量（殻の中の海水を含む）は四オンス（約一二〇グラム）であった。ということは、一グロス（一二ダース）だと約三ポンド（一・五キロ弱）。これだけの量の牡蠣を胃袋に収めた後、何事もなかったようにフルコースのご馳走を召し上がる客人でも、もしこれが牡蠣ではなく動物の肉であったら、たとえごく軽い若鶏の肉であったとしても、前菜にそれだけ食べたら到底あとが入らなくなるだろう。

ラペルト氏の逸話

一七九八年、私は執政政府の委員としてヴェルサイユに常駐していたが、県の裁判所の書記をしていたラペルト氏と、かなり親密な付き合いがあった。彼は大の牡蠣食いとして知られた人物で、あるとき彼と会ったら、自分は牡蠣を満腹になるまで食べたことがない、そう、彼の言いかたによれば「まだ嫌になるほど牡蠣を食べたことは一度もない」と言うではないか。

それなら、いっぺん彼に嫌というほど牡蠣を食べさせてやろうと思い、翌日、わが家の夕食に招待した。

彼はやって来た。そして、私も三ダースまではお付き合いしたのだが、それ以上は断念して、彼ひとり食べるにまかせたのだった。結局、食べるわ食べるわ、三二ダースまで休みなく、たっぷり一時間以上かけて召し上がった。時間がかかったのは、殻剝きの係が不慣れで、あまり手早くなかったせいもあるのだが。

彼が三二ダースを食べるあいだ、私は手持ち無沙汰のまま、無為の時間を過ごさなければならなかった。食卓でなにもやることがなく、他人が食べるのを黙って見ていることほど辛いものはない。私は、いよいよ佳境に入ってこれからという顔をしているラペルト氏に、「さあ、もうこれで止めにしよう。君の運命によれば、きょうは、嫌になるほど牡蠣を食べる日……ではないようだ。そろそろディナーにしようじゃないか」

といって彼の手を止めさせた。

そのあと、私たちは揃ってフルコースに取りかかったが、ラペルト氏の食欲はといえば、まるでさっきまで断食をしていたかのような見事な食べっぷりであった。

ムリアとガルム

古代人は、魚から二種類のきわめて風味のよい調味料を抽出した。ムリアとガルムがそれである。

ムリアは、マグロを塩漬けにしただけのもので、より正確に言えば、塩をまぶしたために魚から滲出した液体のことである。

ガルムはムリアより高価なものだが、私たちにはムリアほどよく知られていない。一説によればそれはサバ類の内臓を塩漬けにしてから絞ったものだというが、それだけのものがこれほど高価である訳がない。想像するところ、これは外国からもたらされたソースの一種で、インドから伝わったという「ソワ」と同じものではないだろうか。このソースは、魚とキノコをいっしょに発酵させてつくるらしい。

世界の民の中には、その地形的な位置からして、ほとんど魚しか食べることができない人びとがいる。彼らは家畜までも魚で飼育するので、動物たちも最後にはこの変わった食べものに慣れてしまう。彼らは農地の肥料にさえ魚を利用するのだが、それでも周囲の海に棲む魚の数はいささかも減ることがないのである。

これら魚食の民は、動物の肉を食べている人びとより、元気に欠ける。彼らがいつも青白い顔をしているのは驚くに当たらない。というのも、魚肉を構成する要素を考えると、血液を補うよりリンパ液を増やす働きのほうが多いからである。

同様に、魚食民族には長寿の例が多いことも知られている。実質の少ない、軽い食事のおかげで、多血症の害から免れるからであろうか。あるいは、魚の体液はあの程度の硬さしかない骨や軟骨しか形成しないものなので、私たちの場合に起こる、からだの各部分が固くなってついには自然死に至る原因となる骨の硬化を、いくらかでも遅らせる効果があるのだろうか。

それはともあれ、魚というものは、腕のよい調理人の手にかかれば、味覚を悦ばせる無限の源泉ともなるものだ。丸ごとでも切り身にしても筒切りにしても、また、水で茹でても油で揚げてもワインで煮ても、冷たくしても温かくしても、魚料理は誰にでも歓迎される。が、なによりもマトロット（ワイン蒸し）に仕上げたときがもっとも素晴らしいもてなしと受け取られることは間違いあるまい。

マトロットは魚のシチューの一種といってよく、わが国の河川を往き来する漁師たちが毎日しかたなく食べるようなものだが、川辺にある居酒屋の主人がつくるマトロットほどうまいものはない。魚好きの連中の、この料理が出てきたときのうれしそうな顔といったら……淡白で滋味があるからか、味わいが変化に富んでいるからか、あるいはいくらでも食べられて満腹や不消化の心配をする必要がないからか、とにかく恍惚の表情でうまそうに食べるのだ。

分析美味学は、魚肉中心の食事が私たちの身体組織にいかなる影響を及ぼすかを検分してきたが、その結果、魚食は生殖機能に強い影響を与え、男女の性的本能を目覚めさせる効能をもっていることが、すべての実験結果から明らかになった。

このことが知られると、その結果を直接的にもたらす二種類の原因物質が特定された。

それらはいずれも私たちのすぐ手の届くところにあるもので、

（1）キャビア、ニシンの燻製、マグロの塩漬け、干鱈、塩鱈など、さまざまな魚肉類の調製過程で生まれる明らかに刺激的な風味物質

（2）きわめて燃えやすく、消化によって酸化する、魚の体内に滲み込んでいる液汁の、ふたつである。

さらに分析を進めると、三つ目の、さらに活動的な原因が発見された。それは燐の存在であって、魚の精子の中にはつねに燐が形成されているし、魚肉が分解するときにはかならず燐が生じるのである。

こうした物理的な事実は、おそらく宗門の立法者たちには知られていなかったのであろう。そうでなければ、修道士たちの共同生活の場において四旬節の精進を奨めることはなかったはずだ。ただでさえ遵守することが難しい、そもそも反社会的であるとさえいえる純潔の誓いを、さらにいっそう難しくするために彼らがそのような規則を僧たちに課したとは、どうにも考えられないことだからだ。

たしかに、こうした規則のもとにおいても、本能の赴くところに対して輝かしい勝利がもたらされ、奔放な感覚が見事に制御されたこともあっただろう。しかし、その

陰で、いかに多くの者が敗北し、脱落し、地獄へと堕ちていったことか。そのために、ダナオスの娘のもとに足繁く通ったヘラクレスや、女優ルクーヴルール嬢にまとわりついて離れなかったサックス将軍のように、色恋にだらしないという評判をとる宗団さえあらわれる始末だった。

エジプト王アイギュプトスには五〇人の息子がいて、アイギュプトスの双子の兄弟ダナオスには五〇人の娘がいた。アイギュプトスはダナオスと娘たちを殺害して王権を奪おうとするが、ダナオスは娘たちを連れてエジプトから逃れ、ギリシャに移住してアルゴスの王となった。が、アイギュプトスは諦めず、五〇人の従兄弟たちは彼女たちに執拗に求婚してアルゴスまで追って来た。ダナオスの娘たちは父の計略にしたがって結婚を承諾すると見せかけ、初夜の交わりのときに短剣で五〇人のうち四九人までを刺し殺した。唯一助かったのは長女と結婚したリュンケウスで、その理由は、彼が彼女の処女性を尊び事に及ばなかったからだという。

ヘラクレスはご存じギリシャ神話の英雄である。彼は穴の開いた袋で水を汲む苦行に悩んでいたダナオスの娘たちを助けたことがある。

サックス将軍は、ポーランド王アウグストゥス二世の私生児。ルイ十五世軍の指揮官として数々の武勲を挙げ、十八世紀フランス最強の名将と謳われた。ルクーヴルール嬢というのは、当時のコメディ・フランセーズ（パリ国立劇場）随一の人気女優。サックス将軍も女好きだったが、ルクーヴルール嬢もサックス将軍をめぐって貴婦人と張り合うなど数多くの浮名を流し、若くして舞台の上で倒れてそのまま死んだ。死因は恋敵から贈られた花束の中に隠された毒物ではないか、という説がある。

魚食は生殖機能に強い影響を与え、男女の性的本能を目覚めさせる効能をもっている、という説はサヴァランがとりわけ強く信じているもので、それほど広く一般に広まっている説とは思えないが、牡蠣がその方面に特別な効能を有しているであろうことは、古くからある種の常識として多くの人に共有されてきた。

たとえばパリの、どこか小洒落たレストランで、男女が食卓をはさんで向かい合っているとしよう。テーブルにはクーラーに入ったシャンパンのボトルがあり、ふたりが目を合わせて乾杯をすると、そこへギャルソンが牡蠣を載せた大きな銀盆を運んでくる……という状況にあれば、このふたりは食事の後、確実にホテルへと足を向けるであろう。

牡蠣は注文に応じてエカイエ（殻剝き係）が殻を外し、金属製のお盆に砕氷と海藻を敷いた上に並べて、恭しく運ばれてくる。一人当たり一二個（一ダース）というのが標準の量である。これにレモンか酢を少しかけて、小さな牡蠣用のスプーンで身を掬い取って食べ、最後に殻の中に残った汁をチュッと吸うように飲むのである。塩気を和らげるために、ライ麦パンに無塩バターを塗って合いの手に食べるのが慣わしとなっている。

牡蠣には亜鉛がたくさん含まれている。亜鉛は精子の形成に必要な男性にとって大事なミネラルであり、その意味でもデートのときの前菜として最適の一品だが、女性が牡蠣の汁を吸うようすも、このようなケースでの雰囲気づくりに一役買う。シャンパンには催淫作用はないが、まぁ前祝い、というところか。

すでに見てきたように、ブリア＝サヴァランの美味学では、食べることは生きることであり、その目的は個の保存と種の存続である、と繰り返し強調される。おいしい料理を楽しく食べ、十分な力と栄養を身につけた後に、ベッドインして、子孫繁栄を目的とする行為を営むのだ。

こうした考えは、ブリア＝サヴァランほどあけすけに言いはしないものの、大多数のフランス人が心底では共有しているもので、フランス文化の特色のひとつとさえ言ってよいだろう。だから、レストランへはかならず男女の組み合わせで行くべきであり、もし女性ひとりで行ったら、男を物色しに来たのではないかと疑われる。それが、伝統的な受け取りかただった。

最近は、場所によってはひとりでレストランに食事に出かけるビジネスウーマンも増え、また子孫繁栄を目的としない性的組み合わせのカップルも珍しくなくなったので、以前とは少しようすが違ってきたようだ。が、それでもまだ、前に書いたように、男が女を一対一で夕食に誘うときは、"On fait l'amour ?"「オンフェラムール？（ラムールをしませんか？）」というのとほぼ同じである、という事情に変化はない。「ラムール」は一般的に訳せば「恋愛」だが、「ラムールをする」といえばフランス語では「セックスをする」という意味になるのも、このようなフランス文化が生んだ表現である。

フランス人が日本で飲食店に入ると、男子同士、女子同士が、それぞれ別々に食卓を囲んでいるのを見て、不思議に思う。が、ひと昔前なら、その不思議なありさまに彼らは「異文化」を感じたのだが、最近は、はじめは吃驚するものの、すぐに、これは新しい時代の進んだ文化かもしれない……と考え直す。スシもアニメもコスプレも、日本の文化は先進的だ、というイメージがすでに植えつけられており、男女別々の会食も、性差が消滅する時代の象徴として、世界の最先端を行くスタイルかもしれない、と思われる可能性がある。

ここでもまた、ブリア＝サヴァランは魚食民族に言及する。

前章でも、魚ばかり食べているセーヌ河の船頭の子沢山について「魚食が影響する生殖行為は、回数が多く確率が高いだけでなく、それ自体が刺戟的なのではないか」と述べているが、なんだか魚食民族が羨ましくてしかたがないような口ぶりである。

肉より栄養が少なくて腹持ちが悪い、美味の源泉であるオスマゾームを含まない魚の肉ばかり食べている、だから青白い顔色をしていて元気がない（といって明らかに馬鹿にしている）魚食の連中が、どうしてセックスだけ激しいのか、そんな道理に合わないことがあってよいのだろうか、と、サヴァラン先生は憤懣やるかたない。だから何度もこの話を持ち出して嘆くのである。

キリストの受難を悼んで、復活までの四十日間は肉断ちをし、魚だけを食べて精進する、というキリスト教の「四旬節」の習慣も、そのせいでかえって性欲が昂進しては逆効果ではないか、という疑問をサヴァランは再び持ち出すのだが、

「純潔の誓い」について「ただでさえ遵守することが難しい、そもそも反社会的であるとさえいえる」と言い切ってしまうところなど、食べることと愛することを人生の至上の目的と考えるサヴァラン先生の面目躍如である。

古代ローマで調味料として使われていたガルムは魚醤の一種だが、これが「ソワ」と同じものではないか、というサヴァランの想像は面白い。

原文には"soy"とあり、フランス語読みでは「ソワ」だが、英語読みにすれば「ソイ」で、このソースは「ソイソース soy sauce」すなわち醤油ということになる。

もちろん「ソイソース」は大豆（フランス語"soja"、英語"soya"または"soy bean"）からつくられる醤《ひしお》をいうが、これはソース（醤油）の名前が先に伝わってそれが原料の豆の名前になったものである。大豆が欧米に知られるようになるのは十八世紀のことで、ヨーロッパへは日本と中国からオランダ経由で伝わったとされているから、サヴァランの時代にはすでに欧州に上陸していたとはいえ、「ソワ」との関連がどんなものか、確たる情報はなかったのだろう（なお大豆がアメリカに伝わったのはヨーロッパ経由だからさらに遅く、一八五三年に「黒船」でやってきたペリー提督がこれを持ち帰って一八九六年から栽培実験をはじめた。アメリカ合衆国が世界一の大豆生産国になるのは二十世紀以降である）。

ところで、ブリア＝サヴァランが魚食民族について、性的な特質とともに、長寿について言及しているのも、さすがに目のつけどころがよいというべきだろう。日本人は魚の骨のようなやわい骨のせいで長生きしているわけではないが、多血症といい、骨の硬化といい、極度に肉食に偏った彼らの食生活から引き起こされる健康の害が、魚食によって緩和されるのではないか、と感じていたとすれば、これまた鋭い直感ではなかろうか。

フランス人は、まさしく肉食の民族である。魚が食卓にのぼるのはせいぜいキリスト教の精進日である金曜日くらいのもので、それさえ一般家庭ではもはや忘れ去られている。もちろんレストランでは魚介の料理も用意しているが、地中海沿岸やブルターニュ半島など海に面した地域を除いては、一般家庭が日常に魚介を食べることはほとんどないといってもいいくらいだ。最近のフランス人が多少は魚料理に関心を抱くようになったとすれば、それは健康に対する意識の高まりとスシのブームのせいだろう。サヴァラン先生には、ぜひスシを召し上がっていただきたかった。

フランス料理は、基本的に山国の料理である。だから、魚料理も淡水魚がよく使われる。流通の事情がよくなった最近では山の中のレストランでも海の魚が出るようになったが、私が学生だった五十年ほど前は、田舎の宿で出てくる料理は川魚の料理ばかりだった。

伝統的な高級フランス料理でも、最高の魚は湖に棲むオンブルシュヴァリエ（ホッキョクイワナ／アルプスイワナ）であり、ブロシェ（川カマス）のクネル（棒状のはんぺんのようなもの）とかニジマスの青煮（オーブルー）とかいった料理が垂涎のレシピとされていたし、山中の宿ではアンギーユ（ウナギ）やランプロワ（ヤツメウナギ）のマトロットがご馳走だった。

マトロットは、フランス北部（ノルマンディー地方など）では海の魚でつくることもあるが、もともとは淡水魚の料理である。参考までに、ウナギのマトロットのつくりかたを紹介しておこう。

ウナギは皮を剝いて筒切りにし、鍋でバターで焼きめをつけながらフランベする（蒸留酒をふりかけて燃やし香りをつける）。みじん切りにしたタマネギ、セロリ、ニンジンを加え、赤ワインをたっぷり注ぐ。香草と少量のニンニクと塩胡椒で香りと味を調え、沸騰するまで加熱したら弱火にして二十分煮る。ウナギが煮えたら取り出し、煮汁をミキサーにかけたものをソースにして、その中でウナギを温めてから深皿に盛り、小タマネギ、シャンピニョン（マッシュルーム）、ベーコン、クルトンなどを添える。

……どうだろう。やっぱり日本人なら蒲焼きのほうがおいしそうか。

哲学的反省

魚は、そのあらゆる種類を集めてみると、哲学者にとって尽きることのない瞑想と驚嘆の源泉となる。

これら不可思議な動物たちの、無限の変化に富んだ形状、彼らに欠落している感覚、あるいは与えられていたとしてもきわめて限られた感覚、その存在のかたちの多様さ、彼らがそこで生きることを運命づけられている環境の違いにより、呼吸から動作まですべてが規定されている、そのありさまを想像しただけで、私たちの思考の範囲は際限なく広がり、物質や運動や生命に関するあらゆる言説が修正を迫られる。

私について言えば、私は魚たちに対してある種の尊敬に似た気持ちを抱いている。それは、彼らが明らかにノアの大洪水以前から存在していたという私なりの確信から生じるものである。まったく、天地創造後千八百年を過ぎた頃に私たちの遠い祖先を溺れさせたあの大災害も、魚たちにとっては単なる歓喜、征服、饗宴の一時期に過ぎなかったとは……。

トリュフについて

トリュフ、という言葉には摩訶不思議な力があって、スカートを穿いた方々がこの言葉を聞くとエロチックでグルマンなシーンを思い出し、髭を生やした方々がこの言葉を聞くと、グルマンでエロチックなシーンを思い出す。

このように素敵な二重の効能は、トリュフというこの卓越した小塊が、香りや味わいが素晴らしいことで知られているだけでなく、味覚よりももっと甘美な悦楽をもたらす、ある種の力を昂進させると信じられているところから来るのである。

トリュフの起源は不明である。

人はたしかにそれを発見したが、それがどのようにして生まれたのか、どのようにして繁殖するのかについては、なにも知らない。もっとも賢い人たちがこの問題を追究し、トリュフの種子が見つかったとか、種を蒔いて好きなだけ増やすことができるとか、いろいろなことを言う人がいたが、どれも無駄な努力か偽りの約束で、トリュフを植えつけてもそれに続く収穫はいっこうになかった。

しかし、このことはたいした不幸とはいえないかもしれない。トリュフの価格というものは私たちの気まぐれで決まるようなものだから、もし栽培に成功して大量のトリュフが安い値段で出回るようになったら、これほど珍重されることもなくなるだろうから。

「奥さん、お喜びください」

と、ある日、私はド・ヴィルプレーヌ夫人に声をかけた。

「最近、国内産業振興協会の展示会に最新式のレース編み機が出品されて、あの機械を使えば見事なレース編みがタダみたいな値段でつくれますよ」

すると美しい夫人は、冷ややかな目で私を見下しながらこう言った。

「あら、レース編みがそんな安物になったら、誰が身につけて歩くものですか」

トリュフのエロチックな効能について

古代ローマ人はすでにトリュフを知っていた。が、フランス産のトリュフが彼らの食卓にのぼっていたとは思われない。彼らの食卓を彩っていたのはギリシャ産とアフリカ産で、なかでもリビア産のトリュフは味わいも繊細でもっとも香りがよく、つねに特級品として評価が高かった。

古代ローマから私たちのあいだには長い空白があり、トリュフが復権したのは比較的最近のことに過ぎない。私はかなり古い薬局方を調べてみたが、トリュフに関する記述はどこにも見当たらなかった。

一七八〇年頃でも、トリュフをパリで見つけるのは稀なことだった。「アメリカン」とか「プロヴァンス」とかいったホテルにはあったが、いずれもわずかばかりの量だった。だからトリュフ詰めの七面鳥などといえばとんでもない贅沢品で、よほどの王侯貴族かお金持ちのお妾さんの家でもなければ食卓にのぼらなかったものである。

トリュフの流行は、最近とみに増えた食料品店のおかげである。彼らはトリュフが儲かると知ると高いカネを払って国中を探し回らせ、荷物運びの飛脚や郵便馬車を使ったりして全国からトリュフをかき集めた。なにしろ栽培ができないものだから、手を尽くして探索するしか売り上げを増やすことができないのだ。

いま、私がこんなふうに書いている一八二五年、この時代こそ、トリュフの栄光はその絶頂に達しているといってよいだろう。トリュフがひとかけらも出ない食事に招かれた、などということはとても口に出せないし、料理そのものはどんなに結構であっても、トリュフが載っていなければ人前に出すのは憚られる。トリュフのプロヴァンス風……という言葉を聞いただけで、思わず唾を呑み込まない人がいるだろうか。

トリュフのソテーといえば一家の女主人がみずから料理する取っておきの一皿だし、そう、端的に言えば、トリュフは料理のダイヤモンドなのである。

どうしてトリュフがこんなに好まれるのか、私なりにその理由を探索した。ほかにも同じくらいの栄誉を与えられてもよさそうな食べものがあるのに、なぜトリュフだけが……と考えたとき、結局、トリュフは性的な快楽を誘うと多くの人が信じている、そこに理由があるのだという結論に行き着いた。そして、私たちのトリュフへの尊崇、偏愛、賛嘆のすべてが同じ理由から生じているのだということにも、私は確信を得たのだった。性的な快楽というこの気まぐれで暴君的な感覚は、それほどまでに人を支配する強力なものなのである。

このような結論を得たからには、はたしてトリュフはその方面に本当にどの程度の効果があるのか、世間の定説は事実に基づいているのか、実際に調べてみなければなるまい。そのような詮索はみだらなことで、口さがない連中はあれこれ言うに決まっているが、言いたい奴には言わせておこう、真理を発見するのに憚ることはなにもない……と決心して、まず知り合いのご婦人方から話を聞きはじめた。

が、聞いてみて気がついたのだが、この手の調査は四十年前にやるべきだった。同じ世代のご婦人方の話は、肝心なことをはぐらかした皮肉な返事か、自分の話を他人にかこつけて言い逃れるような、当てにならないものばかりだった。

その中で、たったひとりだけ、正直に体験を話してくれた人がいた。

そのご婦人は、主人の友だちを招いて三人で軽い夕食を摂っていたのだが、主人に急用ができて食事の途中で出かけてしまった。食べていたのはトリュフ添えの鳥料理。飲みものはシャンパン一杯だけ。もとよりたがいに特別な感情など抱いていない関係だったが、ふたりでトリュフを食べながら、あれこれ楽しい話をしているうちに、その友だちがだんだん本気になって、最後は執拗に迫ってきた。自分も思わず身をまかせそうになったけれども、間一髪のところで正気に返り、なんとかその場を言い逃れて事なきを得た。が、いま考えてみると、あれこそトリュフの仕業だったに違いない。なにしろその日に食べたトリュフは、本場ペリゴールから送られてきた特級品だったから……。

こんな話をいくら集めても学理や定説にはならないことはわかっているが、その後も友人や知人を尋問したり、糾弾したり、拷問したりしながら膨大な調書を書きとめた結果、判事として以下のような判決を下すことにした。

「トリュフは、積極的な催淫剤とまでは言えないが、時と場合によっては、ご婦人方をより優しく従順にし、殿方をいっそう魅力的にする効果がある」

ピエモンテ地方へ行くと、白いトリュフがあって、きわめて珍重される。ちょっとニンニクのような風味があるが、不快なものではないので、それによって価値が減じることはない。

フランスで最上のトリュフはペリゴールおよびプロヴァンス北部に産するもので、その香りがもっとも高いのは一月頃である。

私の故郷であるビュジェイ地方（この地方の首府がベレー）でも上質なトリュフが穫れるのだが、保存が効かないので、運ぶうちに傷んでしまう。私はパリの通人たちにご馳走しようとしたことが四回あるのだが、うまく行ったのはそのうちの一度だけだった。ただそのときはみんなからおいしいとお褒めの言葉をいただき、わざわざ難儀して調達した私の苦労は報われた。

ブルゴーニュとドーフィネのトリュフは質が落ちる。硬いし、芳香も足りない。トリュフ、トリュフと騒いでも、ピンからキリまであるということだ。

トリュフを見つけるにはそのために訓練したイヌやブタを使うのがふつうだが、なかには、ただその土地を一瞥しただけで、トリュフがあるかないかだけでなく、その大きさや品質までかなり正確に言い当てる人もいる。

いよいよトリュフの登場である。西洋松《しょう》露《ろ》。すでに日本でも多くの人が知るようになったが、フランス人が愛してやまない、特別な意味をもったキノコである。日本人にとってのマツタケに近いとも言えるが、芳香はマツタケのそれよりはるかに濃厚で、しかもフランス文化における食事の目的と強く結びついている。形状は日本のマツタケのほうが直接的な比喩になっているにもかかわらず、日本の文化ではマツタケを食べて精力をつけるという発想はない。

キャビア、フォワグラ、トリュフを世界の三大珍味という慣わしがあるけれども、キャビアは魚卵だから使える料理が限定されるし、フォワグラも調理法は限られる。ところがトリュフはそのまま塊として食べるだけでなく、薄くスライスすればどんな料理にも加えることができるし、もったいなければ細切りやみじん切りにして量を節約することもできる。それどころか、卵のかごに入れておいて匂いを移すとか、オイルに香りを閉じ込めるとか、元を減らさずに芳香だけ利用する方法もあるのである。

しかも、トリュフはとても高価なものだから、ほんのちょっぴり加えるだけで、ふつうの料理が飛び切り高価な一皿に変身する。だから値段の高いレストランへ行くと、ほとんどありとあらゆる料理にトリュフの砕片が散りばめられている（そうすれば高い値段に客も納得する）、という現象が見てとれるのだが、フランス料理の目的から言えば、それもまた理に適っていると言えないこともない。

さて、それぞれが牡蠣を一ダースずつ食べるところからはじまったふたりのデートの場合、メインディッシュは肉料理で、きっと肉の上にはトリュフの砕片が山のように盛られていることだろう。

さあ、お膳立ては、できあがった。

しかるべきものを食べてから、しかるべき場所に赴く……。これこそが、何度も繰り返すけれども、フランス式デート術の基本なのである。

トリュフは消化に悪いか

さて、あとは、トリュフが消化に悪いかどうかを調べさえすればよい。

この設問に対しては、はっきりと「否」と答えよう。そのように最後の断を下した理由は、以下の通りである。

（1）トリュフそのものの物理的性質。トリュフは食べやすく、重量も軽く、石のように硬いところも革のように嚙み切りにくいところもない。

（2）五十年以上にわたる私たちの観察の示すところによれば、トリュフをよく食べる人で消化不良を起こした人はいない。

（3）パリでもっとも有名な医師や美食家たち、とりわけトリュフに目のない多くのセレブたちが、口を揃えてそう証言している。

（4）最後に、公平に見て他のいかなる市民階級よりもたくさんのトリュフを召し上がる、法学者たちの日常の行動が証明している。とくにマルーエ博士の如き、象でも消化しきれないほどの大量のトリュフを召し上がり続けた御方が、八十六歳の天寿をまっとうしたことからもわかるだろう。

これらのことから、トリュフは食べて美味であるばかりでなく、きわめて健康的な食品であり、適当な量でありさえすれば、手紙が郵便ポストを通るように、難なく胃の腑を通過する。

砂糖について

今日の科学が到達した定義によれば、砂糖というものは、味覚に甘く感じられ、結晶化する性質を持ち、発酵することによって炭酸ガスと水に分解される、ある物質を意味している。

かつては、砂糖といえばサトウキビを搾って煮詰め、結晶化させたものだけを指していた。

このサトウキビという葦のような植物は、インドの原産である。古代ローマの人びとは、砂糖を見たこともなければ利用したこともなかった。たしかに古代の書物の中には、ある種の葦を搾ると甘い汁が出ることを知っていたことを仄めかすような記述がある。

人はそれぞれ柔らかい葦の甘い汁を啜った。（ルカヌス）

Quique bibunt tenera dulces ab arundine succos.

しかし、サトウキビから出る甘い汁と、今日の白い結晶となった砂糖とでは、まったく別物と言っていいほど違うものである。古代ローマ人の技術は、到底そのようなレベルまでは達していなかった。

砂糖が生まれたのは、新世界の植民地においてであった。彼の地へは、かれこれ二世紀も前にサトウキビが持ち込まれ、繁茂していた。彼らは葦の茎から流れ出る甘い汁を有効に利用するにはどうしたらよいかを考え、模索に模索を重ねて、搾り汁から糖液へ、糖液から粗糖へ、粗糖から糖蜜へ、そして最後には、さまざまの段階に精製された白い結晶の砂糖を生み出したのだ。

こうしてサトウキビの栽培は、もっとも重要な目的を持つに至った。なぜなら、それを栽培させる者にとっても、それを精製する者にとっても、それを交易する者にとっても、またそれを課税の対象として管理する政府にとっても、砂糖はきわめて大きな富の源泉となったからである。

内地の砂糖

私たちは長いあいだ、砂糖をつくるにはどうしても熱帯の灼熱が必要だと信じていた。しかし、一七四〇年頃にマルグラフが温帯にも砂糖をつくれる可能性のある植物がいくつか存在することを発見し、なかでもビーツ（甜菜）からは実際に砂糖が抽出できることが、一七九六年のアシャール教授のベルリンにおける実験によって確認された。

十九世紀の初めといえば、まだ砂糖はきわめて稀少なものであり、フランスではそれだけ高価だった。だから政府も学者たちにそのための研究を奨励したのである。

政府による呼びかけはおおいに功を奏し、砂糖を含む植物は自然界に広範囲に存在することが、次々と明らかになった。ブドウ、栗、ジャガイモ、とりわけビーツの中に、多くの糖分が存在することがわかったのである。

その結果、ビーツの栽培が広くおこなわれるようになり、そこから糖分を抽出する試みがさまざまに重ねられて、とうとう旧世界は、砂糖に関して新世界のお世話にならずに済むようになったのである。フランスでは各地に製糖工場ができてそれぞれに成功を収め、砂糖製造は新しい時代を画する国内産業として定着することになった。

ビーツから抽出した砂糖が市場に出まわると、偏見を持った手合いや物を知らない連中は、味が悪いだの、甘さが足りないだのと悪口を並べ立て、中には健康によくないと言い出す者さえあらわれた。

が、厳正な実験を何度も繰り返しおこなって明らかになった結果は、正反対のものだった。高名な化学者として知られるシャプタル伯爵は、名著『農業への化学の応用』において、実験の結果を示しながら次のように述べている。

「これらのさまざまな植物から得られる砂糖は、その精製の段階を高めて同程度の純度に達しめれば、サトウキビから得られる砂糖とその本質において何ら変わりなく、差異はまったく認められない。味、結晶、色、重さ、そのどれをとってもまったく同一であり、どんなにこの製品について優れた鑑別の技量を持っている者でも、官能審査によって両者を識別することは不可能である」

それにしても、偏見というものがいかに根強く、真実の知識を確立することがいかに難しいかは、無差別に抽出した大英帝国の臣民一〇〇人のうち、ビーツから砂糖ができると信じる者は一〇人もいなかった、という事実からもわかるだろう。

サトウキビの原産地はインド東部ベンガル湾沿岸とする説が有力で、サトウキビの搾り汁から砂糖の結晶を取り出す技術も、インダス川の流域では遅くとも紀元前一世紀頃までには確立していたと考えられている。

砂糖が知られるまで、ヨーロッパが知っていた甘いものといえばせいぜい蜂蜜か果物くらいのものだった。だから砂糖が生み出す強い甘さは驚きをもって迎えられ、産地も限られ技術も複雑なだけに、これを独占して富を得ようとする覇権争いが当初から激しくおこなわれた。

最初は、インドの西隣にあるペルシャが、サトウキビ栽培と砂糖製造のノウハウを独占しようと試みた。が、民族間の侵略や抗争が繰り返されるうちに、砂糖の秘密はペルシャ湾からアラビア半島へ、シナイ半島からエジプトへと、アラブ人の支配地域に伝えられていく。

サトウキビが生育できる気候は地中海の南半分くらいまでで、イタリア半島やフランスはその範囲に入らない。だからヨーロッパの中心を占める諸国では古くから噂話を聞くだけで、砂糖は神秘的な東洋の医薬品かスパイスのようなものとして長いこと憧れの対象となってきたのである。たまにアラブ商人と結託したヴェネチア人の手によって運ばれてきた「インドの白い塩」には、とんでもない高値がつけられた。

砂糖が途方もない値段で売れることを知ったアラブ人は、七世紀から八世紀にかけてバグダッドにカリフの王朝を築く頃から、マルタ、シチリア、キプロス、ロードス、アンダルシアなど地中海南部にサトウキビを持ち込んで、栽培法と精製技術を定着させた。彼らはインドその他で生産される砂糖の供給ルートを支配すると同時に地中海南部沿岸に新しい産地をつくり出し、銀と同じ価格で取り引きされたという砂糖の交易から上がる莫大な利益で、豪華絢爛たる「アラビアン・ナイト」の世界を築いたのだった。

十字軍の遠征は、胡椒やクローブなどのスパイスだけでなく、砂糖を確保することもその大きな目的だった。そしてようやく十五世紀末の大航海時代に至ってヴァスコ・ダ・ガマがインドまでの航路を切り開いたことで、初めてアラブ人とオスマントルコの牙城を打ち破り、ヨーロッパ諸国は産地から直接砂糖を手に入れることができるようになったのである。

すると、禁断の宝の山に足を踏み入れたヨーロッパ諸国は、ポルトガルも、スペインも、オランダも、フランスも、イギリスも、海上の覇権を争う中でそれぞれが確保した新大陸の植民地にサトウキビを移植し、精糖工場をつくって砂糖の生産に乗り出した。

十八世紀に入ると、増産によって価格は下がったが、かえってそのために特別な富裕層でなくても買えるようになった砂糖の需要は、さらに増大の一途をたどることになった。

しかし、サトウキビの収穫は重労働で、精糖工場の過酷な労働環境はさらに悲惨だった。最初に労働力として頼った新大陸の先住民たちは、ほどなくほぼ全員が倒れて、あっというまに底を突いた。そこで植民者たちは、アフリカ大陸から頑健な黒人たちを奴隷として大量に送り込むことを考えつき、この西インド諸島で繰り広げられた砂糖戦争からはじまった奴隷貿易は、その後、綿花やタバコのプランテーションに引き継がれて、十七世紀なかばからの二百年間に一〇〇〇万人がアフリカ西海岸から消えるという、今日までその爪痕が残る悲劇の発端となったのだった。

ブリア＝サヴァランが「新世界のお世話にならずに済むようになった」というビーツによる砂糖の生産は、マルグラフとアシャールの成功にいち早く着目したナポレオンが先鞭をつけたものである。

一八〇六年、イギリスはナポレオンによる欧州支配に楔《くさび》を打ち込もうと、仏領カリブ海からの砂糖運搬船がフランスの港に入港するのを防ぐために「海上封鎖」を宣言した。するとナポレオンはすぐさま、みずからの支配がおよぶヨーロッパ全域の港でイギリス商品の入港を拒否する「大陸封鎖」を宣言して対抗したのである。が、当時の砂糖生産量はイギリスが他を圧していたため、大陸封鎖はヨーロッパ全域における砂糖不足を招来し、結局フランスは自分で自分の首を絞めることになった。そこで一計を案じたナポレオンは、国内にある植物から砂糖を抽出した者には多額の賞金を与える、といって懸賞金を用意したのだった。その結果、甜菜糖の増産により砂糖の価格は下落し、それが西インド諸島の精糖業に打撃を与えると同時に産業革命による技術革新を促して、アフリカからの奴隷収奪を終焉に向かわせ、砂糖は庶民の手にも届く存在になったのである。

『美味礼讃』が出版された一八二五年は、ナポレオンがワーテルローの戦いに敗れて失脚した一八一五年から十年後のことだが、ビーツからの抽出によってあの高価だった砂糖をフランスの手の裡《うち》に確保した誇りと満足が、行間からも溢れ出ているような記述である。

砂糖のさまざまな用途

砂糖は、最初は薬剤師の工房から世の中にもたらされたものである。薬局では、砂糖は重要な役割をになう存在だったに違いない。だからいまでも、なにか肝腎なものが欠けている人物のことを、「まるで砂糖のない薬剤師みたいだ」というではないか。薬局に置かれていたというその出自からして、砂糖がそもそも評判の悪いものだった理由が分かろうというものだ。そのせいで、ある人は砂糖はからだを熱くして興奮させるからいけないといい、ある人は心臓に悪いという。またある人は、脳卒中の原因になるともいった。が、どんな悪口雑言も真理の前には退散せざるを得ず、マルグラフの発見から約八十年が経ったいまでも残っている言葉といえば、「砂糖はただ財布を損なうのみ」という、かの有名な箴言だけである。

箴言の通り、砂糖の消費は日に日に頻繁となり、広範囲となって、いまではこれほど多くの食品に混入されたり変形されたりして一体化している物質は、他に考えることができない。

多くの人びとは、砂糖をそのままの純粋なかたちで食することを好む。病院でも、ある特別の場合には、ということはたいがい絶望的な病状のときだが、砂糖をそのまま薬として処方することがある。純粋な砂糖は無害であり、どんな病人でも砂糖を拒むことはないからである。

水に混ぜれば、砂糖水になる。これは健康的で快適な清涼飲料であり、ときには薬品としても有効である。

もっと多くの量を水に混ぜ、火にかけて煮詰めれば、シロップが得られる。これにはどんな香料を加えることもできるから、誰にでもよろこばれるさまざまな風味の清涼飲料水をつくることができる。

水に混ぜて、さらに熱量を減じる技術を加えれば、アイスクリームができる。アイスクリームはもともとはイタリアのもので、メディチ家のカトリーヌ妃がオルレアン公アンリ（後のアンリ二世）に嫁ぐときフランスに持ち込んだとされている。

砂糖をワインに混ぜたものは、精力の回復に役立つよく知られた強壮剤である。実際にいくつかの国では、焼いたパンにこれを滲み込ませ、初夜を迎える新郎新婦に届ける習慣があるという。同じ目的のためにペルシャでは、焼いた羊の足に酢をかけたものを用いるそうだが……。

砂糖を小麦粉と卵に混ぜれば、ビスキュイやマカロンやクロッキニョルやババなど、いろいろな軽いお菓子ができる。最近では、プチフールをつくる「プチフルニエ」という菓子職人がこれを得意としている。

砂糖をミルクに混ぜれば、クリームやブランマンジェ、その他いろいろのおいしいお菓子ができ、メインディッシュが終わった後のひとときを楽しませてくれる。そうした甘いものは、肉類のこってりとした重い後味に対して、より繊細で軽やかな香りをもたらし、心地よい口直しになるからである。

コーヒーに砂糖を加えると香りがいっそう引き立つし、カフェオレに加えると、軽くておいしい、簡単にできる食事代わりの飲み物となり、とくに朝食の後すぐに書斎へ向かうような人にとっては重宝この上ない。砂糖入りのカフェオレはご婦人方が大いに好むものでもあるが、科学的な見地からいうと、あまりたくさん飲み過ぎると彼女たちがなによりも大切にしているもの……見目の麗しさを損なうおそれがある。

砂糖を花や果実に加えると、ジャムやマーマレードや各種の砂糖漬けの類ができ、それらの花や果実に自然から与えられた季節が過ぎた後も、その香りを長く保存することができる。おそらくこの点の効能を考えると、今後、砂糖は死体保存術の分野でいっそう利用されることになるだろう。私たちは、この分野ではまだまだ進歩の余地があるからだ。

さて、最後に、砂糖はアルコールに混ぜると、ルイ十四世の晩年に若返りの妙薬として発明されたといわれる、さまざまな種類のリキュールを生み出す。その酒精の力で口中を刺戟し、そこに加えられた香料から立ちのぼる香気は嗅覚を捉え、これらは味覚に対して「比類なき愉悦」をもたらすのである。

砂糖の使用はこれだけに止まらない。砂糖は万能の調味料でもあり、なにものの味も害さない。砂糖を肉に使用する人もいるし、野菜に使用する人もおり、また手許にある果物にもよく利用する。いま流行のパンチ、ニーガス、シラバブといった複合飲料、その他の舶来の飲料に砂糖は欠かせないものである。しかもその使い方は千差万別で、民族や個人の好みのままにあらゆるやり方で用いられる。

このように、砂糖という食品は、ルイ十三世の時代にはフランス人はその名前さえ定かに知らなかったというのに、十九世紀の現在では、私たちにとってもっとも大切な、もはや欠かせない存在となっている。今日のご婦人方、それも裕福な身分のご婦人方で、パンよりも砂糖に余分にお金をかけていない方がおられるだろうか。

甜菜糖の増産によってサトウキビの砂糖は価格が下落し、一八八〇年頃からは両者の価格差はほぼなくなった。

一八〇〇年までに世界の市場を通じて消費者の手に渡った砂糖の総量は約二五万トンと推定されているが、一八三〇年には単年の生産量だけで約六〇万トン、一八六〇年には（サトウキビの砂糖と甜菜糖の合計で）一四〇万トン近くまで跳ね上がり、一八九〇年には六〇〇万トンを超えた。

二十世紀に入ってからの世界の砂糖生産量（サトウキビ七割＋甜菜糖三割）は、一九八〇年頃に一億トン、二〇〇〇年代は一・五億トン前後で推移しているとされるが、これほどまでに急激に世界中に普及した食品は他に例を見ないといわれている。

「いま流行のパンチ、ニーガス、シラバブといった複合飲料」のうち、パンチpunchについては第14章（三一二ページ）で説明する。ニーガスは、ホットワインの一種。ワインに砂糖、レモンジュース、ナツメグなどを加えて湯で割ったもの。シラバブは、ミルクまたはクリームに砂糖とワインを加えたものである。

コーヒーについて

コーヒーの木は、最初アラビアで発見された。その後この灌木は世界の各地に移植されたが、いまだに最上級のコーヒーはアラビア産のものである。

昔からの言い伝えによれば、コーヒーはひとりの羊飼いが発見したことになっている。彼の飼う羊の群れが、コーヒーの木に実っている漿果《しょうか》を食べるたびに、興奮して大はしゃぎすることに気づいたからだという。

このような昔話の真偽はともかく、コーヒーを発見した栄誉は、その半分は観察の鋭い羊飼いに与えてもよいが、残りの半分は、なんといってもこの豆を煎《い》ることを最初に考えついた者に与えなければなるまい。

実際のところ、コーヒー豆を生のまま煮出したところで、何の意味もない飲みものにしかならない。コーヒー豆が加熱によって炭化してこそあの芳香がたちのぼり、私たちがコーヒーの特徴と考えるあの油が滲み出してくるのである。もし豆を焼灼することを考えつかなければ、コーヒーなる飲みものの存在は永遠に知られなかったに違いない。

トルコ人は、この分野ではわれわれの大先達であるが、彼らはコーヒー豆を粉砕するのにミルのような道具は使わない。彼らは乳鉢に豆を入れて、木製の杵で搗くのである。このため、長きにわたってこの用途のために使われた乳鉢と杵は、とんでもない高値で取り引きされることがあるという。

さて、私たちはここで、これら二つの方法にどのような違いがあるか、どちらがより望ましい方法であるかを、結果として実証しなければならない。

そのため、私は上質なモカの豆を一斤、重さが均等になるよう正確に二つに分け、一方はミルで粉砕し、もう一方はトルコ人のやりかたで粉にしてから、注意深く焙煎した。

そして両方の粉をそれぞれ正確に同じ重さだけ測り、まったく同じ量の熱湯を注ぎかけ、何から何までまったく条件が同じになるよう細心の注意を払ってコーヒーを淹れた。

そのコーヒーを、私も賞味したし、味にうるさい先生方にも飲ませてみた。その結果は、杵で搗いたコーヒーのほうが、ミルで挽いたコーヒーより格段に上等であると、全員の意見が一致したのである。

いろいろなコーヒーの淹れかた

数年前のこと、おいしいコーヒーを淹れるにはどのような方法が最適か、みんなで論じ合ったことがある。ときの総理大臣が大のコーヒー好きであったため、期せずしてそんな話題になったのである。

そのときは、コーヒーを淹れるには豆を煎ってはいけないとか、粉にしてはいけないとか、熱を加えずに冷水で抽出せよとか、反対に四十五分間は沸騰させ続けなければならないとか、高圧鍋で煮なさいとか、ありとあらゆる意見が出たものだった。
私もかつてはこれらの方法をあれこれ試みたが、結局はデュベロワ方式を採用して今日に至っている。デュベロワ方式とは、陶製または銀製の、小さな穴がたくさん開《あ》いた容器にコーヒーを入れて、上から熱湯を注ぐやりかたのことである。この一番煎じのコーヒー液を取り、沸騰するまで温めてから、もう一度濾すと、きれいに澄んだこの上なくおいしいコーヒーが得られるのである。

そのほかに私は、高圧湯沸かし器を使ってコーヒーを淹れたこともあるが、過剰な抽出物による苦味が強く、がさつなコサック兵の喉を掻き擦るのが関の山、といった程度の代物にしかならなかった。

コーヒーの効能

医者たちはコーヒーの健康上の効能についてさまざまな説を述べているけれども、まだ意見の一致を見た定説というものはないようだ。だから私たちはこの問題をさて措いて、もっとも重要な問題、すなわちコーヒーが思考能力に与える影響について考察することにしよう。

コーヒーが、脳に対して大いなる興奮作用をもたらすことは疑う余地がない。また、生まれて初めてコーヒーを飲んだ人は、彼の睡眠の一部をかならず奪われる。

こうした反応は、慣れることによって緩和されたり修正されたりする場合がある。が、なかには長いこと常用してもかならず興奮が起こる人がいて、そのためにコーヒーの飲用を諦めなければならないこともある。

私はいま、興奮作用は慣れることによって修正される場合がある、といったが、それは夜の不眠とはまた異なった結果を生じさせる、という意味にもなる。コーヒーをいくら飲んでも夜間の眠りを妨げられない人は、昼のあいだ目を覚ましているためには絶えずコーヒーを飲んでいなければならないとか、晩餐の後にコーヒーを飲まないと宵のうちから眠くなってしまう、といったことが、私が見た範囲でも実際にあるのである。さらには、朝起きたときにコーヒーを飲まないと、一日中うつらうつらと居眠りばかりしている、という人も少なくない。

コーヒーが原因となる不眠は、決して辛いものではない。感覚は冴えわたって、いささかも眠くない。ただ、それだけである。他の原因による不眠のように、いらいらしたり不幸を感じたりすることはない。が、この時間外れの興奮も、あまり長く続くようだと害を及ぼすことがあるのはいうまでもない。

コーヒーは、人びとがふつうに考えている以上に、強いエネルギーをもった飲みものである。頑健な男なら、ワインを毎日二本ずつ飲み続けても長生きができるのに、それと同じ量のコーヒーを飲み続けたら、とうてい同じ歳まではからだが保たないだろう。頭が馬鹿になるか、消耗して衰弱するのが落ちである。

私はロンドンのレスター広場で、コーヒーを飲みすぎたために足が萎えて歩けなくなった男を見たことがある。そのときにはもうその状態に慣れていて、苦しみもなく、一日五、六杯のコーヒーを飲むだけで満足していた。

世の中の親たるものは、すべからく子供にコーヒーを飲ませることは厳に慎むべきである。大切な小さな宝物を、干涸びた、発育不全の、二十歳で早くも老け込んでしまうような、そんな子供にしたくなければ。

コーヒーについては、長年その害を声高に語る説が多かった。ブリア＝サヴァランも、さすがに凝り性だけあってその淹れかたに関する蘊蓄はなかなかのものだが、最後は飲み過ぎを戒める言葉を忘れない。

コーヒーがフランスに伝えられたのは十七世紀のなかばで、南仏マルセイユ、次いで首都パリに、何軒かのカフェができた。その後十八世紀に入ると、この異国の飲みものはますます人気を博し、貴族までがサロンでコーヒーを嗜むようになるが、もともとは街中で大衆が集まるカフェから広まっていったものだけに、どこか胡散臭い出自を匂わせる雰囲気がコーヒーにはつきまとう。そのせいで、一方で夢中になりながら他方では害を説く、というスタンスが生まれてくるのだが、ブリア＝サヴァランの時代には、コーヒーは毎日の生活にしっかりと根づき、朝はカフェオレ（ミルク入りコーヒー）を飲み、食後にはブラックコーヒーを飲むという、現在のような習慣がすでに生まれていた。

コーヒーを飲むと眠れなくなるからといって、午後からはコーヒーを飲まない、というフランス人はいまでも相当多い。最近は、朝もカフェオレではなく紅茶を飲む、という人が増え、健康に気をつける人の中には、コーヒーは「デカ」（デカフェイネ＝カフェインレス）しか飲まない、という人も少なくない。

最近は、運動の直前にコーヒーを飲むと体脂肪の燃焼を助けるとか、コーヒーは肝臓によいとか、一日三～四杯のコーヒーを飲む人はガンにかかる率が低くなるとか、そんな「コーヒー善玉説」も唱えられるようになったが、やはり昔からのコーヒーのイメージはそう簡単には変わらないようだ。

実を言うと、私もコーヒーを止めなければならなかった者のひとりである。だからこの項目を終えるにあたって、私がいかにコーヒーの魔力に屈服したかを語ることにしよう。

私は、法務大臣だった頃のド・マッサ侯爵から、重要な書類だから丁寧に検分するようにといって仕事を言いつけられた。

ただし、時間がないから一晩で仕上げよとの命である。私は、これは徹夜になるぞと覚悟して、午餐のとき大きなカップにしっかり濃くて香りの高いコーヒーを二杯飲んだ。

そして、午後七時に執務室に戻ったが、私宛てに送られたはずの書類はまだ届いていなかった。代わりに届いていたのは一通の手紙で、それによると、事務手続きの手違いか何かで書類は翌日になるということだった。

私はひどくがっかりして、さっき食事をした自分の家に戻り、ヒマ潰しにトランプをやってみたが、いつもとは違ってそんなことで気が晴れるわけもなかった。

私はそれを、コーヒーのせいにした。こんなに効き目があるとは天晴れなものだが、それにしてもこのままだと今晩はどうなるか、少し心配になってきた。しかし、私はいつもの時間に床に就いた。たとえ十分な安眠は得られないとしても、四時間でも五時間でも眠れればそれでよいと思ったからだ。

が、私の考えは間違っていた。ベッドの上で二時間を過ごしても、目はますます冴えるばかり、神経は烈しく興奮して、自分の脳がまるで粉挽きの臼のように感じられ、挽くものが何もないカラの臼の中で歯車がぐるぐると廻っているような、得体の知れない気分に襲われていた。

私はなんとかそれを収めようと、詩篇を訳すなどの手慰み仕事をしてみたが、いっこうに眠くならないばかりか、詩想もすぐに涸れ果て、結局その晩は一睡もしないまま過ごしてしまった。そして、朝が来ても、食事をしても、仕事をしても、眠くならないまま次の一日も過ぎ、その晩はいつもの時間に床に就いたが、数えてみるとなんと四十時間も私は目を閉じなかったことになるのだった。

ショコラについて

アメリカ大陸を最初に目指した者たちは、黄金の渇きに誘われてこの新しい大陸に吸い寄せられた。この時代には、鉱山から産出されるものにしか経済的な価値を見出すことができなかった。農業も、商業も、まだよちよち歩きの段階だったし、経済学もまだ生まれていなかった。だから、スペイン人たちは貴重な金属を掘り出したものの、期待したほどには役に立たないものであることをすぐに知るようになる。それらは産出量が増えるとそれだけ価値が減じるからで、それなら富の総量を増加するための方法は他にいくらもあるのだった。

しかし、この地方は、灼熱の太陽がただでさえ肥沃な大地をさらに豊かにし、サトウキビやコーヒーの栽培に最適であるばかりでなく、ジャガイモや、インディゴや、バニラや、キナやカカオなどもよく穫れる、まさしく宝物に溢れた土地なのである。

このような土地が発見された以上、いくら嫉妬深い国がわれわれの好奇心に障壁を設けようとしても意味はない。当然のことながら、私たちは、これから続く何年かのあいだにそれらの価値が何倍にもなるであろうことを、そして旧大陸であるヨーロッパの学者たちが新しい大陸の未開の諸地域でおこなう研究が、植物界でも動物界でも鉱物界でも、さまざまな物質を発見して私たちに新鮮な驚きを与えるであろうことを、おおいに期待してよいのである。バニラの発見はまさしくその通りだったし、カカオだって、私たちの知る食品の世界を一気に広げてみせてくれたではないか。

ショコラとは、カカオの豆を炒ったものに、砂糖と肉桂を混ぜ合わせたものとされてきた。これが古典的なショコラの定義なのである。その中で、砂糖は必要欠くべからざる構成要素である。なぜなら、カカオだけでは、カカオのペーストはできるがショコラはできないからである。そして、砂糖と肉桂とカカオに、バニラの芳香を加えてこそ、はじめてショコラは「比類なき完璧」の域に達するのである。

最初は、胡椒だとか、唐辛子だとか、茴香《ういきょう》だとか、生姜だとか、山人参だとか、いろいろなものを混ぜてみたが、味覚と経験により結局カカオに加えるものは上記の少数の物質に限定された。

カカオの木は南アメリカの原産で、旧大陸やその島嶼にも同様のものは見られるが、もっとも良質な果実を産するのは、マラカイボの沿岸、カラカスの渓谷、ソコムスコの肥沃な大地などに成育するカカオの木だといわれている。これらの地域に産するカカオの実は、他の地域のそれと較べてより大きく、渋みが少なく、香りが高い。私たちにとってこれらの地が近づきやすくなった今日、毎日のように飲み較べることができるので、もはやその味の違いを間違えることはなくなった。

新世界に住むスペイン人のご婦人方は、ことのほかショコラに夢中で、毎日何杯も飲むだけでは満足できず、教会の中まで運ばせることさえあるという。その熱狂ぶりはしばしば司教さまのお叱りを受けることになったが、教会も最後は見て見ぬふり。

エスコバル神父は教理が厳格な割には道徳に関しては話の分かる御方で、ショコラは飲んでも断食を破ることにはならない、と正式に宣言した。古くからある「水は断食を破らず」という定言を、みずからの教区のご婦人たちのために、ショコラを混ぜても水は水と、都合よく解釈して差し上げたのだ。

このようにしてショコラが十七世紀頃スペインに伝えられると、それを飲む習慣はたちまちのうちに流行した。この香り高い飲みものの独特の風味は、ご婦人方と、とりわけ修道院の僧たちをいたく魅了した。その点でこの流行は今日も変わらず、スペイン半島のどこへ行っても、なにか渇きを癒す飲みものを供する機会がある場合はかならずショコラをお出しするという、おもてなしの風習がいまでも続いている。

ショコラは、スペイン王フェリペ二世の子女アンヌ・ドートリッシュがルイ十三世に嫁ぐとき、ピレネー山脈を越えてフランスにもたらされた。スペインの僧侶たちもフランスの仲間に土産としてショコラを持参してこれを広めたし、フランスを訪れるスペインの大使公使もまたショコラの流行に一役買った。

こうして、摂政時代の初め頃には、ショコラのほうがコーヒーよりも一般的になっていた。その頃すでにショコラは多くの人においしい飲みものとして親しまれていたのに、コーヒーはまだ物珍しい贅沢品としか思われていなかったのである。

植物学者リンネがカカオの木に「カカオ・テオブロマ（神々の飲料）」という学名を与えたことはよく知られるが、この大袈裟な名前がどこから来たのか、詮索する人が絶えない。ある人は彼自身ショコラが大好物だったからだといい、ある人は教会の告解僧のご機嫌を取るためだった、というのだが、案外正鵠を射ているのは、この習慣を取り入れた最初の御方が女王様だったから、という、ギャラントリー（女性崇拝）が理由だとする説かもしれない。

カカオの木はアオイ科に属する高木（高さ六～一〇メートル）で、ユカタン半島からグアテマラにかけての、古代マヤ文明が栄えた地域の熱帯雨林が原生地と見られている。マヤ族は紀元前からカカオの木を栽培し、この木から採った飲料をマヤの神々が飲むものとして崇めていた（これがリンネの命名の由来）。

ラグビーボールのような形の大きな実（カカオポッド）の中に二〇個から五〇個程度含まれる種子（カカオビーンズ＝豆）を取り出し、数日間ほど発酵させてから、殻を割って取り出した仁を、焙煎してからすり潰す。

こうして得られたペーストに熱湯を加えて、チャックチョック、チャックチョック、とかき混ぜていくと、だんだん泡が立ってくる。マヤ語でチャカウア、アステカ語でチョコアトルというこの飲料の呼びかたは、かき混ぜるときのオノマトペ（擬音語）だそうだ（『世界食物百科』マグロンヌ・トゥーサン＝サマ著／玉村豊男監訳、原書房　一九九八年）。

古代マヤ文明では、この泡立つ神聖な飲料に、唐辛子や麝香《じゃこう》や竜涎香《りゅうぜんこう》、またときにはトウモロコシの粉などを加えて飲んでいたという。ユカタン半島を本拠として数千年も続いたマヤ文明が紀元九〇〇年頃に忽然と姿を消してからは、アステカ人がこの伝統を受け継ぎ、カカオの豆を貨幣として用い、チョコアトルを高貴なる飲料として密かに賞味していた。この地に金を探しにやってきたスペインの征服者コルテスが一五二三年にこの飲料に遭遇し、二年後に母国に持ち帰ったのがヨーロッパに伝えられた最初で、その後十六世紀末からはカカオ豆が定期的に輸入されるようになり、スペインから欧州各国に広がっていった。

ユカタン半島で宗教的な儀式に用いられていたときは、味も香りも強烈で慣れないと飲むのが難しかったが、スペインでは香辛料の代わりに砂糖とクリームとバニラなどを加える方法が考え出された。これらの改良とともに、異教的ではあるが催淫性があるという噂の、高貴で珍奇なるこの飲料はたちまちのうちに人気を博した。本書の記述からも、その熱狂ぶりが伝わってくる。

　ところでブリア＝サヴァランは、砂糖と肉桂（シナモン）をカカオに加えるのが「古典的なショコラの定義」であり、それらにバニラを加えることで「比類なき完璧」の域に達する、といっているが、バニラを添加する方法はスペイン人の修道女が考え出したといわれ、その方法が知られた頃にはすでにシナモン入りのショコラは植民地でもスペイン本国でも女性たちの人気を独占していたという。

　それでは、ショコラにシナモンを加える「古典的な」知恵は、誰が最初に思いついたのだろう。バニラの添加はこの中米の宝物を受け取ったスペイン人の知恵であるとして、シナモンの添加も同じようにスペイン人が考え出したのか、それともスペインに伝わる以前から、ショコラにはシナモンが加えられていたのか。

ラルースの『フランス料理大事典』には、アステカ人が「蜂蜜や砂糖やシナモンを麝香や竜涎香とともに用いた」という記述があるが、シナモンは紀元前数千年のエジプトで使われていた「世界最古のスパイス」といわれるもので、中国からベトナムあたりが原産地とされる旧大陸のスパイスである。

　一方、バニラは中米メキシコの原産とされる新大陸の産物だ。それならマヤかアステカの人たちが、もっと早くカカオにバニラを加えることを考え出していてもよさそうだし、アステカ人が（いわゆる「新大陸の発見」以前から）旧大陸のシナモンを知っていたのも不思議である。

が、そうやって考えてみると、麝香（ムスク）というのもインドや中国、チベット、モンゴルなどが産地である。ジャコウジカという鹿の一種の、体内の嚢胞に貯えられた独特の芳香を持った分泌物を乾燥させたもので、中国から世界中に輸出され、珍重された。アメリカ大陸の原生林に棲んでいたマヤやアステカの人びとも、それを手に入れていたということなのか。

新世界のショコラやコーヒーが旧大陸に広がっていく過程、また、砂糖や胡椒を求めて危険を顧みない大航海や宗教の命運を賭けた闘いが繰り広げられた歴史を思うと、生きるために必要な食糧は身近なところで供給するが、とくに必要のない贅沢品や嗜好品こそ、人びとの欲望を烈しく駆り立てるものだということがよくわかる。

ショコラの効能

ショコラをめぐっては多くの高尚な論文が著されたが、その性質や効能を分析してこの食品が熱食、冷食、温食のいずれに属するかなどという研究は、ショコラの本質を知るためには何の役にも立たなかった。結局は、時間と経験というこの偉大なるふたつの師が、ショコラがどういうものであるかを明らかにしたのである。

すなわち、ショコラは、丁寧に仕立てれば、おいしいだけでなく健康によい飲みものであること。栄養があり、消化にもよいこと。美容にもよく、コーヒーのような害をもたらさないばかりか、薬にもなること。とくに精神の緊張を必要とする仕事を担う教授や弁護士、あるいは消耗の多い旅行者にとってもきわめて有益な、そして、虚弱な胃にも適しており、慢性病の患者にも効果を発揮し、胃腸疾患に悩む者にも摂取できる最後の食餌として、きわめて有益な飲みものなのである。

これらの効能がどこから来るかというと、それはショコラが言わば単なる「オレオサッカルム」（油と砂糖の混合物）であるということが理由で、同等の分量でこれ以上の栄養分を含む食品はほとんどないからである。したがって、ショコラはそのほとんどの部分がたやすく動物化する（血となり肉となる）のである。

戦時中（ナポレオン戦争1799-1815）は、カカオはめったに手に入らない、きわめて高価なものであった。そのためさまざまの代用品が考えられたが、どれも役に立たなかった。平和が回復した歓びのひとつは、あの忌まわしい、どろどろした怪しげな飲みものが一掃されたことである。私たちはそれを仕方なく飲んではいたが、チコリの根っこを煎じたものがモカではないのと同様、どれもショコラにはほど遠いものだった。

ショコラは胃にもたれて困ると嘆く人もいるし、逆に、ショコラはすぐに腹が減る、と文句をいう人もいる。

前者の場合はおそらく自分のほうに問題があるか、使っている原料の質が悪いか、製造の方法がよくないかのいずれかだろう。きちんとつくられた上質のショコラなら、多少なりとも胃に消化能力が残っていれば、かならず容易に消化するものだ。

後者の場合、処方箋は簡単である。朝食のときに、もっと栄養のある、豚のパテか羊のコトレットか腎臓の串焼きかで補強すればよいのである。その上で最後にソコムスコ産の最上のショコラをボウルにたっぷり一杯注いで飲めば、なんと活発な消化能力に恵まれた胃の腑を授かったものよと、神に感謝せずにはいられまい。

ここで、ぜひ確認しておきたいことがある。これは観察に基づくたしかな事実で、信用していただいてよいことである。

昼食をいくらたっぷり食べても、その後に上等なショコラをたっぷり一杯飲めば、三時間後には完全に消化を終え、平気で晩餐が食べられる……。学問に対する熱意から、私は雄弁を振るって、このことを数多くのご婦人方に実験していただいた。最初のうち彼女たちは、そんなことをしたら死んでしまうと言い募ったが、実際にやってみたらきわめて調子がよく、教授もおおいに面目を施したという次第である。

ショコラを常用する人は、つねに変わらぬ健康を享受し、人生の幸福を妨げるいかなるささやかな病いにも煩わされることがない。

また、肥満もいささかも進行することがない。

これら二つのショコラの利点は、社交界を見渡せばすぐにわかることであり、ダイエットをやっている人のあいだではよく知られた事実である。

さて、そろそろ、竜涎香入りのショコラという、とっておきのお知らせをする時が来たようだ。これは数々の経験によって裏付けられた確実な効能のあるもので、ここで読者諸賢に紹介できることを私は誇りに思うものである。

すなわち、快楽の酒杯をいささか余分に重ねた酔い過ぎの御仁、本来睡眠に費やすべき時間のかなりの部分を仕事のために削ってしまった働き過ぎの御仁、本来は明晰であるはずの頭脳がいかれて一時的に馬鹿になった呆け過ぎの御仁、空気が湿って重く感じられ、時の経つのがやたらに長く、これ以上この憂鬱な気分には耐えられないという塞ぎ過ぎの御仁、そして、固定観念に取りつかれて自由な思考を奪われた考え過ぎの御仁のみなさまには、すべからく竜涎香入りのショコラをお奨めしたい。二分の一キロのショコラに六〇粒から七〇粒の竜涎香を入れたショコラを半リットル飲めば、効果覿面、たちまちお悩みが解消すること請け合いです。

事の詳細を明らかにせずにはいられない私の性分から、私はこの竜涎香入りのショコラを、「悲しみに塞ぐ人のショコラ」と名づけたい。なぜなら、いましがた私が挙げた種々の症状には、どれにも共通する何かは分からないがある種の感情があり、それが私にはどこか悲嘆や傷心のそれに似ているように思えるからである。

ショコラはまず飲みものとしてスタートし、その後ペーストから水分を除去して固形化する方法が考え出され、さまざまなかたちで菓子やデザートに利用されるようになった。だからいまでもフランス語でショコラといえば飲みものも固形の菓子類も指し示すが、日本語では、もとの植物はカカオ、飲料はココア、固形物はチョコレート、と呼び分ける。ガラスとグラス、コップとカップなど、同じ言葉の音を微妙にずらすことで異なる意味を付与する日本人ならではの細かい芸だが、本訳は「ショコラ」で統一することにした。

アメリカ大陸で収穫されたカカオは、豆の状態のままヨーロッパに輸出され、スペイン、オーストリア、オランダ、ベルギー、フランスなどの各国で高価な商品に加工された。

飲料のショコラが固形の食べものになったのは十九世紀中頃のヨーロッパで、カカオと砂糖を混ぜる攪拌器を発明したスシャール、ココアパウダーを造る製法の特許をとったヴァンホーテン、ダニエル・ペーターと協力して固形のミルクチョコレートを売り出したネスレなど、今日でも私たちが名前を知っているココアやチョコレートのメーカーの創業者たちが技術革新に貢献した。

パリでココアが飲みたければ、「ショコラ・ショー（熱いショコラ）」と頼めばよい。ニューヨークなら、「ホット・チョコレート」だ。濃厚で、甘い、あまりダイエットにはよくなさそうな飲みものがやってくるだろう。店によってはバニラの香りを加えたり、シナモンスティックを添えて供することもあるが、さすがにまだ竜涎香入りのショコラには出会ったことがない。

麝香がジャコウジカの香嚢《こうのう》に溜まる分泌物であるのに対し、竜涎香はマッコウクジラの腸内にできる結石である。マッコウクジラは体内に抹香《まっこう》（仏教の儀礼に使うお香）に似た香り物質があることからの命名だが、中国ではこれを古くから「竜のよだれ（涎）の香り」と考えていた。マッコウクジラから排泄された結石は、水より比重が軽いため海岸に流れ着くことがあるというから、ユカタン半島にも漂着したことがあったのかもしれない。

おいしいショコラをつくるのは難しい

スペインでは、とてもおいしいショコラをつくる。が、そうは言っても中には腕の悪い調合師もいて、そんなのに当たってまずいショコラを飲む羽目になったら目も当てられないから、最近はスペインから取り寄せることがあまりなくなった。

イタリアのショコラも、フランス人の口には合わない。イタリアのショコラは多くの場合カカオ豆を強く炒り過ぎており、豆の一部が炭化しているので、苦みが立つ上に栄養分も少なくなっている。

いまではフランスでもショコラをつくることがごくあたりまえになったので、誰もがつくりかたを知っている。が、完璧な技術をもっているといえる人は、ほとんどいない。上手にショコラをつくることは、そう簡単なことではないのである。

そのためには、まず、上質な豆を見分ける知識と、それをもっとも純粋な状態で用いようとする意志がなければならない。どんなに高級な一箱のカカオ豆の中にも、かならず質の劣るものが混じっているし、なかには分かっていてわざと傷んだ豆を仕込む悪質な業者もいる。よいショコラをつくろうと思ったら、そういった豆は思い切って捨てる覚悟が必要である。カカオを炒る工程もこれまたデリケートな作業で、これにもほとんど霊感に近い特別の勘を必要とする。中には天賦の才に恵まれて、決して間違わない名人といえる職人もいるのだが。

全体の中に混ぜ入れる砂糖の量を測るのも、特殊な才能を必要とする。砂糖の量はいつも決まった量でよいというわけではない。豆の香気の程度によっても、どのくらい豆を炒るかによっても、砂糖の量は変わってくる。

粉砕と混合の工程にも、細心の気配りが必要だ。それが完璧におこなわれるか否かによって、ショコラの消化の良し悪しがある程度は決まってくるからである。

その次は、どんな香りをつけるかという問題だ。飲みものとして摂るのか、お菓子として食べるのかによっても、香りのつけかたは変わってくる。また、あとでバニラを加えるか加えないかによっても、当然違ってくるはずだ。かくして最上等の甘露なるショコラをつくるには、いくつもの複雑に込み入った方程式を解かなければならないのである。飲むほうの私たちはといえば、そんな面倒なことが起こっていることなど露知らずにいればよいのだが。

しばらく前から、ショコラの製造に機械が用いられるようになった。機械による製造がはたして品質の向上に役立つかどうかはわからないけれども、少なくとも労働力が大幅に軽減されることだけは間違いない。だから機械化によって商品が手に入りやすい価格になることが当然期待されるのだが、実際には、機械でつくったショコラのほうが高く売られている。このことは、本来の商業精神がフランスにはまだ根づいていないことの証左といえるだろう。機械の導入によって得られた利益は、商人と顧客の双方に等しく分配されるべきである。

ショコラ好きの私たちは、国内のほとんどの業者を当たってみたが、パリはサンペール通り二六番地に店を構える王室御用達のショコラティエ、ムッシュウ・ドゥボーヴこそ、さすが王様のお眼鏡にかなっただけあって、パリで一番と白羽の矢を立てた。それもそのはず、ドゥボーヴ氏は優れた薬剤師として知られる人物で、広範な分野に用いるための深い知識と経験を、惜しげもなくショコラづくりに捧げたのだった。

何事であれ、実際に自分でやってみたことがない人には、完璧の域に到達するまでにはどれほど苦労しなければならないか、きっと想像もつかないことだろう。甘いけれども甘ったるくはなく、しっかりした味だが渋くはなく、香りは高いが嫌味ではなく、濃密だけれども粉っぽくない、そんなショコラがつくれるようになるまでには、限りない注意深さと手際のよさと、豊かな経験が必要なのである。

ドゥボーヴ氏のショコラは、まさしくその通りのものだった。それはまさしく、上等な材料を厳選して用いるという信念、品質の劣る製品は決して自分の工場からは出さないという決意、そして製造工程のあらゆる段階に愛情に満ちた目を光らせる、親方としての責任感がつくり出したものである。

ドゥボーヴ氏は、多くの顧客のために、病的な傾向を改善する特別のショコラという、おいしい薬を調製した。太れない体質の人にはサレップの粉を入れたショコラを、神経過敏な人にはオレンジの花を入れた痙攣止めのショコラを、いらいらして怒りっぽい人にはアーモンドミルク入りのショコラを。きっとそのうちに、竜涎香を学理的に正しく調合した「悲しみに塞ぐ人のショコラ」をつくってくれるに違いない。

サレップはラン科植物（オルキス属）の塊茎から採る澱粉の一種で、粉にしてミルクや湯に溶いて飲用する。オスマントルコ帝国ではとくに愛され、いまでもトルコやギリシャでは、冬になると路上で温かいサレップを売る行商人が出るという。粉はグルコマンナンを含み、湯で溶くと粘りが出る。イメージとしては葛

湯に近いものか。グルコマンナン（コンニャクの主成分）では太りたい人には逆効果のようにも思えるが……便秘解消の効能もあるからいいのだろうか。

しかしながら、彼の最大の功績は、毎日楽しむことができるおいしいショコラを、適正な価格で提供してくれたことにある。そのおかげで私たちは毎日の朝食に満足し、夕食はクリームとともにそれを味わい、そのうえ宵の終わりには、アイスクリームやクッキーやそのほか客間に置いてあるさまざまなお菓子、さらにはパスティーユやディアブロタンといった飴や駄菓子の類にまで、ショコラの芳しい香りを聞くことができるのだった。

私たちはドゥボーヴ氏をその製品で知っているだけで、直接会ったことはない。が、私たちは、フランスが昔ほどスペインにたくさんの年貢を納めなくてもよくなったのは彼の大いなる貢献によるものであることを知っている。彼がパリやフランス各地に供給するショコラの評判はますます高まり、おかげで私たちがスペイン製のショコラを必要としなくなっただけでなく、毎日のように外国からの注文が舞い込んでいるのだ。私は国内産業振興協会の創立メンバーとして彼の名を顕彰することを忘れてはならないし、彼は大袈裟でなくその栄誉にふさわしい存在である。

ショコラの正しいつくりかた

アメリカでは砂糖を入れないでカカオを練る。彼らはショコラが飲みたくなると、まず熱湯を持ってこさせて、カップの中に好きなだけカカオを削って入れ、上から熱湯を注ぐのである。それから、砂糖と香料を好みの量だけ加えるのだ。

このような方法は、フランス人の趣味にも気質にも合っていない。私たちは、ショコラがすべてできあがってから出てくることを望むのだ。

ショコラをつくるには、すなわち、直ちにショコラとして飲用に供する正しい状態にするには、一カップに対して約一オンス半のショコラを取り、これをゆっくりと水に溶かし、徐々に温めながら、木のへらで静かにかきまわす。そしてこれを十五分間煮立てて、溶けているものが固まりかけたら、火から下ろして熱いうちに供するのだ。

いまから五十年も前、ベレーの尼僧院長だったダレストレル夫人は、私にこうおっしゃったものである。

「おいしいショコラをお召し上がりになりたければ、前の晩から陶製のコーヒー入れでおつくらせになり、そのままそっと置いておくのがよろしいですよ。一晩の安息でしっかり固まって、ビロードのような、ねっとりとしたおいしいショコラができますの。こんな、ちょっとしたことに手をかける贅沢も、神様ならきっとお赦しになりますわ。神様は、なにごとも完璧になさろうとする御方ですから」

砂糖、ショコラ、コーヒー……十六世紀までは噂でしか知らなかったアメリカ大陸やアラビア世界の特産物を取り寄せることができるようになって、フランスの美食家たちは計り知れないほど大きな財産を手に入れた。

新大陸からの贈りものといえば、まずジャガイモを挙げなければならない。ジャガイモのおかげで、たび重なる飢饉や戦争によって慢性的な食糧不足に陥っていたヨーロッパは崩壊の危機を救われたのである。が、ブリア＝サヴァランとその仲間たちは、アメリカ独立戦争への共感から七面鳥という新奇な鳥を食べることには夢中になったが、ジャガイモのような救荒食にはあまり興味がなかった。

ところが、新大陸がもたらした砂糖やショコラなど、不要不急の嗜好品に対しては異常な興奮をもってこれを迎えたのだった。

砂糖が潤沢に使えるようになる以前にその基本形ができていたフランス料理の

世界では、料理に砂糖を使うことは原則としてないといってよい。果物や蜂蜜を用いて甘味を加えた料理はあるが、ごく一部に限られる。砂糖は、料理には使わず、料理が終わった後のデザートで一挙にまとめて使うのだ。贅沢なものだからこそチビチビと使わず、できるだけその甘さが引き立つよう一気に使って印象を強くする作戦だろう。こうして新大陸やアラビア世界からの恵みを得たことによって、肉や魚や野菜をたっぷり食べたあとに甘いお菓子を食べてコーヒーを飲むという、今日のフランス料理のスタイルがはじめて完成したのである。

日本人は甘党と辛党に分けるが、フランス人はつねに両刀遣いである。男も女も、最後に甘いものをたっぷり食べなければ料理のコースは終わらない。

前菜からはじまって何皿かの料理が順番にサービス（servir＝セルヴィール）された後、それらを食べ終わるとテーブルの上にあるものがいったん全部下げられ、パン屑などが掃除される。この「片付ける（desservir＝デセルヴィール）」という作業の後に運ばれてくるものが「デザート（dessert＝デセール）」である。

フランス人がこのデザートに対して抱く期待は尋常でない。フランス料理のフルコースといえば相当の量だが、肉料理を終えて卓上が片付けられ、さあ、これからデザートだ、というときには、「このデザートを食べるためにそれまでの料理があったのだ」という、麓から山を上ってきてようやく頂上に達する寸前のような、ある種の高揚感に包まれるのがフランス人のデザート感覚なのである。

デザートの時間は、宮廷や貴族による富と権力の表現として発達してきたフランス料理にとって、小麦粉やクリームといった旧来の食材が、砂糖、ショコラ、バニラ……など新大陸からの到来物によってこの上なく豊かに変身するさまを見届けることで、しかもそれらが異国的なコーヒーの香りとともに供されることで、山の頂上から下界を見下ろしながら、ヨーロッパの文明はついに新大陸を含む世界を手中に収めたのだという、大いなる満足感に浸る時間なのである。

第7章　揚げ物の理論

訓示

「ラ・プランシュ君！」と声をかけて料理長を呼び出し、教授は胸の奥底にまで響くような重々しい調子でこう言った。

「私の食卓に集まる招待客たちは、みな君のポタージュは一級品だと褒めているようだね。いや、もちろん、ポタージュは空腹を最初に満たす大切なものだからそれは結構なことなのだが、私の見るところ、残念ながら君の揚げ物の腕はいまひとつだ。

　きのうも君は、あの立派な舌平目を、冴えない色の、張りのないぶよぶよした、見た目にも情けない姿にしてしまったと呻《うめ》き嘆いていたではないか。さすがにあの皿を見て、私の友人たちも、あのシビュエ高等法院長も、この世の終わりのように落胆していたよ。

この不幸の原因は、君が理論を無視しているからだ。どうも君は理論というものにあまり重きを置いていないようだし、もともとちょっと依怙地なところがある。だから君に理解させるのは骨が折れるが、そもそも君の実験室たる厨房でなんらかの現象が生じているとすれば、それは自然界の永遠の法則がそこで実施されているということなんだよ。君は、見よう見真似で覚えたことを何気なくやっているつもりかもしれないが、実はその行動は科学におけるもっとも高度な抽象に由来するのだ。だから、私の言うことをよく聞きたまえ。これからは自分の料理で赤面することがないように、しっかり覚えておくことだ」

化学

君が火にかけるもろもろの液体は、どれもが同じ量の熱を帯びるわけではない。その理由はわからないが、自然の摂理によって、それぞれの液体は異なった熱せられかたをするのだ。われわれはそれを、熱容量、と呼んでいる。

だから、純粋なアルコールなら沸かした状態のところに指を突っ込んでも平気だが、これがブランデーだったらすぐに指を引っ込めなければならないし、水だったらもっと素早く引っ込める必要がある。もしそれが油だとしたら、ちょっとつけただけで指先は大火傷だ。すなわち、油は少なくとも水の三倍は熱くなるからだ。

　こうした違いがあるために、熱せられた液体は、そこに浸けられる食材に対してそれぞれ異なった作用を示すのだ。熱湯に浸けた場合、肉は緩んで柔らかくなり、一部はブイヨンとして抽出され、残ったものがブイィとなる。しかるに、熱した油に浸けると反対に肉は締まり、しだいにこんがりと焦げ色がつき、最後は真っ黒になって炭化してしまう。

　第一のケースでは、水はその中に浸けられた食材を溶かし、内部にある肉汁を外へ引き出す役目をする。第二のケースでは、油は水分を溶解しないため肉汁は内部に閉じ込められ、さらに加熱していくと肉汁の水分が蒸発してしまい、肉はからからに乾いて縮んでしまう。

　二つの異なる方法は、したがって異なる名前をもち、食用にする物体を熱した油脂の中で調理する方法は、「煮る」といわずに「揚げる」と呼ぶのである。なお、すでに述べたと思うが、油と脂は薬局方ではほぼ同一のものであり、脂は油が固まったもの、油は脂が溶けたもの、と考えればよい。

応用

揚げ物は、宴会では大歓迎される。食卓に並ぶ料理に刺戟的な変化を加えるし、見た目にもよく、時間が経っても味が変わらないし、しかも手でつまんで食べられる。ご婦人方が気に入るのも道理というものだ。

料理人にとっても揚げ物は便利なもので、前の晩の残りものを化粧直しするのにはもってこいだし、不意の来客などの場合もすぐに用意できて重宝する。なにしろ、四斤（約二キロ）もある大きな鯉だって、半熟卵をつくるくらいのわずかな時間で出来るのだから。

出来のよい揚げ物の価値は、そのシュルプリーズによるものだ。熱した油に浸した瞬間、油が食材の内部に侵入すると同時にその表面を焦がす、ないしは炭化する、その現象をシュルプリーズ（急襲／不意打ち）と呼ぶのである。

このシュルプリーズによって、食材の全体を覆うドーム状の膜ができ、その膜がそれ以上の油の侵入を防ぐと同時に中にある肉汁を凝縮させ、いわば食材の内部で加熱が進行するために、食材本来の味を生かすことができるのである。

シュルプリーズを起こさせるためには、油を高温に熱する必要がある。この作用は、急激な、瞬間的なものでなければならないからだ。が、油というものは加熱に時間がかかるもので、相当長いあいだ鍋を強い火にかけておかないと、十分に熱くならない。鍋の油の温度が揚げ物に適当な熱さになっているかどうかは、次のようにしてたしかめる。パンを細い短冊形に切り、鍋の中の油に五、六秒、浸してから引き上げる。そのときパンがしっかり固くなって焦げ色がついていれば、ただちに作業にかかってよし。もしそうでなければ、火を強くしてもう一度やり直しだ。

シュルプリーズがいったん起こったら、火を弱める。内部の加熱があまり急激に進行しないように、中に閉じ込められた肉汁のもつさまざまな味わいが、ゆっくりと徐々に加熱することによってひとつにまとまり、より風味が高まるように。

すでに気づいていると思うが、よく揚がった揚げ物の表面は、塩も砂糖も溶かさない。だから、味をつけたいと思うときは、塩でも砂糖でも、表面によくつくように細かい粉末にして、振りかけ器などを使って揚げ物の表面をまんべんなく覆うようにしなければならない。

油脂の選択については、もう何も言わない。君の本棚に参考書を何冊か入れておいたから、わからないことがあれば見るとよい。

ただ、これだけは忘れないでくれよ。もしも一〇〇グラムあるかないかの小さな鱒、それもパリから遠く離れた清らかなせせらぎで獲れたあの小さな鱒が手に入ったら、いいか、オリーブ油の中でももっとも軽いやつを選んで揚げるのだぞ。軽やかに揚がった鱒に丁寧に塩を振り、レモンの薄切りを添えた一皿こそ、シンプルきわまりないけれど、真に睨下に奉るにふさわしい逸品なのだよ。

それから、エペルランも同様に、軽いオリーブ油で揚げなさい。エペルランは、小さなことといい、香り高いことといい、いかにも高雅な趣きのあることといい、いわば水中のイチジククイといったところで、好きな人にはたまらないご馳走だ。

この注意も、自然の道理にかなったものなのだ。オリーブ油は、短時間の加熱で済む料理か高温で処理する必要のない料理に使うもので、長く煮立たせると焦げ臭い不快な味になるからだ。その原因はすぐに炭化する柔細胞組織にあるらしいが、これは取り除くことがきわめて困難である。

さて、私の言うことはこれでおしまいだ。これからも頑張ってくれたまえ。それから、客人がわが家のサロンに一歩足を踏み入れたら、そのときから彼らの幸福は私たちに委ねられているのだということを、決して忘れないように。

食用となる物体の、全体を油脂で絡めながら、つまり、その全表面積を熱した油脂で覆うことによって加熱する調理法を「揚げる」といい、フランス語では「フリール frire」がこれに当たる。

ただし、オリーブ油で小魚を揚げる場合は、小魚をそのまま、あるいは小麦粉をまぶして、鍋にいっぱいに張った油の中に投入する。が、舌平目などをムニエルにする場合は、フライパンに多目のバターを溶かしてから小麦粉をまぶした魚を入れ、溶けたバターを周囲からスプーンで掬い上げて魚の上にかけながら加熱する。結果的にはそれによって魚の全体が絶えず油脂に接していることになるわけだが、バターでは魚の全体を覆うだけの量を用意できないからそういう方法を取るのである。なお「ムニエル（ア・ラ・ムニエール à la meunière）」はふつう「バター焼き」と訳されるが、フランス語では「粉屋のように」という意味で、小麦粉をたっぷりまぶすことからこの名前がある。

英語では「揚げる」ことを「フライ fry」というが、「フライドエッグ」は「揚げタマゴ」ではなく「目玉焼き」である。英語のフライは、フランス語のフリールよりもっと少ない油脂で調理する場合も指すことがわかる。このような調理法を正確に言う場合は、「パン・フライ pan fry（フライパン焼き）」といい、ムニエルのような場合は「シャロウ・フライ shallow fry（浅揚げ）」、小魚の唐揚げのような場合は「ディープ・フライ deep fry（深揚げ）」と、英語では同じ「フライ」という語に、使う油脂の量によって異なる形容詞を加えることで、論理的に表現する。フランス語では、「揚げる（フリール）」という語は調理する物体の全体が（ほぼ常に）油脂で覆われる調理法のみを指す。「フライパン焼き」は「ポワレ poêler（鍋焼き）」といい、少ない量の油脂で食材が跳ねるように炒めることを「ソテー sauter」という。

大雑把にいうと、フランスの北部から中央部では、油脂といえばバターが中心となる。南西部ではラードであり、地中海沿岸ではオリーブ油だ。日本ではラードでトンカツを揚げるが、一般的に動物性の油脂は大量に溶かして調理に使うことは少ないので、少なくともヨーロッパでは、「揚げる（ディープフライする）」ときに使うのは植物油に限られる。逆に言うと、揚げもの料理が発達した地域は、植物油が大量に入手できる地域だった。私はルーマニアで豚の天ぷら（小麦粉の衣をつけて油で揚げる）に出会って驚いたことがあるが、それはちょうど街に綿の花が舞う季節で、なるほどこの国では綿実油がたくさん採れるのだな、と気づいたのだった。

綿実、菜種、クルミ、ヒマワリ、ゴマ、落花生……油の採れる植物は世界中にたくさんあるが、揚げもの料理が盛んな中国やインドなどと較べると、ヨーロッパの北部に位置するフランスでは、植物油はもともとあまり採れなかった。

だから、そもそもフランス料理の世界では「揚げる」という料理法は稀少な存在であった。ムニエルにしても、あれだけの量のバターを調理に使うのはきわめて贅沢なことだったし、ましてやパリに住む人びとにとっては、それまで見たこともなかった、南ヨーロッパにしか生えないオリーブの樹の果実から採られた新鮮な油は、新しい世界を告げる流行の到来だった。

高温になると酸化しやすいオリーブ油は、小さい魚介類を短時間で揚げるのに適している。ブリア゠サヴァランがわざわざ「揚げ物の理論」に一章を割いたのも、マスの唐揚げを「真に睨下に奉るにふさわしい逸品」としているのも、流通と経済の発達によってようやく口にすることができるようになった、異国的な美味へのオマージュ、というべきだろうか。

第8章　渇きについて

渇きとは、飲みたいという欲求の中にある感情のことである。

摂氏四〇度近い私たちの体温は、生命を維持するために流動しているさまざまな液体を絶えず蒸発させ、それによって生じる消耗は液体の機能を喪失させるから、足りない分をすぐに補充し、更新しなければならない。この欲求が、渇きを感じさせるのである。

この渇きの生じる場所は、消化機能に関わるすべての系統に存在しているのだと思う。人は渇きを覚えると、（狩猟をするときによく経験するように）、口や喉や胃など、吸収作用をおこなうすべての器官でその症状を感じるからだ。

このようなときに、それらの器官以外のところから水分を補給すると（たとえば入浴などによって）、その水分はまもなく体内の循環系統に取り入れられ、それをもっとも必要とする場所を探して、クスリのように作用する。

渇きのいろいろな種類

この欲求を全体として眺めてみると、渇きには三つの種類があることが分かる。それは潜在的な渇き、人為的な渇き、灼けるような渇き、である。

潜在的、または恒常的な渇きというのは、発汗による蒸発とそれを補う必要との間で無意識のうちにおこなわれる均衡作用をいう。これがあるために、私たちはとくに苦痛を感じなくても食事のときには飲みものを飲むし、一日中、絶えずなにかを飲んでいる。つまりこの渇きはどこにでもついてまわるもので、私たちの存在の一部になっているといってもいい。

人為的な渇きというのは、人類に特有のもので、もともと天然にあるものではない、発酵という過程を経てつくられた人為的な飲みものを求める、先天的な本能によるものである。自然の欲求、というより、人工的な快楽、といったほうがいいかもしれない。この渇きは、渇きを鎮めるために飲めばかならずまた渇きが再生するから、いつまでも鎮まることがない。だから最後はみな常習者となって、国じゅうが酔っ払いで溢れるような事態にもなるのである。この戦いは、飲む酒が一滴もなくなるか、もしくは酒の力が勝って全員がぐでんぐでんになってそれ以上飲めなくなるか、どちらかになるまで終わらない。これに対して、純粋な水で喉の渇きを癒すときは、水こそ天与の渇き止めであって、決して余計に飲むことはないのである。

灼けるような渇きというのは、要求が嵩じて潜在的な渇きが満たされないときに生じるものである。これを「灼けるような」と形容するのは、舌が熱くなり、口蓋が乾燥し、からだ全体に烈しい熱さを感じるからである。

渇きの欲求はかくのごとく烈しいものなので、どの国の言葉でも並外れた欲望や際限のない執着をあらわす同義語となっており、黄金の渇き、富の渇き、権力の渇き、復讐の渇きなどという表現が見られるのである。実際に経験した人ならまさしくその通りだと感じるので、今日までそんな表現がまかり通っている。

空腹は、飢餓の状態に達するまでは、ある程度ならそれなりの快感がともなうものである。が、渇きにはだんだん暗くなる夕暮れのような途中の段階がなく、それを感じた途端に不快を感じ、不安になり、焦燥に駆られて、そのときに喉の渇きを解消する手段がないことを知ったら、不安は恐怖に転じて矢も楯もたまらなくなるに違いない。

そのかわり、どんな場合であれ、飲んで渇きを癒すときの歓びというものは、なにものにも喩えられないほど大きいものである。

ひどく喉が渇いているときにがぶがぶ飲む水も、ちょっと喉が渇いたときに飲むおいしい飲み物も、舌の先から胃の底まで、水分を吸収する乳頭突起をもつすべての器官は身もだえしながら受け止める。

人は空腹では簡単に死なないが、渇きでは早く死ぬ。

何も食べずに水だけ飲んで一週間生き延びた人はふつうにいるが、一滴も水を飲まなければ五日と保たないだろう。空腹のほうはただ消耗と衰弱によって死ぬのに対し、渇きのほうは熱で身を灼かれるため烈しく憔悴するのだ。

人はそうそう五日間も渇きに耐えられるわけではない。一七八七年に、ルイ十六世の警護を務めていた一〇〇人のスイス人近衛兵のうちのひとりが、わずか二十四時間のあいだ飲まなかっただけで命を落とした例がある。

その男は、仲間の数人とともに居酒屋に出かけた。そこで彼がコップを差し出すと仲間のひとりが、「おまえはいつも飲んでばかりいて、片ときも杯を離さないじゃないか」といって彼を非難した。すると彼は意地になって「俺だって、二十四時間くらい飲まないでいられるんだ」と言い張ったので、それじゃあ賭けをしようということになり、男が勝ったらワインが一〇本もらえることになった。

そのときから兵士はぴたりと飲むのをやめ、みんなが引き上げるまで二時間以上、仲間が飲むのを眺めていた。

その晩はなにごともなく過ぎた……といっていいだろう。が、彼は、明くる日の朝いちばん、いつも欠かさないグラス一杯のコニャックが飲めないことに気づいて愕然とした。そのため、朝のうちからわけもなくいらいらして、行ったり来たり、立ったり座ったり、なにをしたらいいのかわからないようすだった。

午後一時には、床に就いてみた。そうすれば少しは落ち着くと思ったのだ。しかし苦しみはいっこうにおさまらず、そのとき彼はもう本物の病人になっていたのである。まわりの連中は、もういい加減に飲んだらどうだと杯を勧めたが、彼はこのまま夕方まで我慢すると抵抗した。ワイン一〇本の賭けに勝ちたい気持ちもあったろうし、これしきの苦しみに屈服しては恥ずかしいという、軍人らしい意地もあったに違いない。

そのまま午後七時まで彼は頑張った。が、七時半になると容態は急変し、差し出された最後の一杯にも口をつけられないまま、あっけなく息を引き取ったのだった。

私はこの話を、まさしく事が起こったその晩に、近衛隊の笛吹きだったシュナイデル氏から直接聞いた。その日はヴェルサイユでたまたま彼の家に泊まっていたのだった。

渇きの原因

喉の渇きが昂進する原因は、単独の状況の場合もあれば、いくつかの事情が重なった場合もある。私たちの場合にもあてはまる、いくつかの例を挙げてみよう。

暑熱は渇きを昂進する。そのために、人は川の畔に住みたいと思うのである。

肉体労働は渇きを昂進する。だから労働者を雇う親方はいつも酒を振舞って彼らを元気づけることを忘れない。「人夫用の酒がいちばんよく売れる」という諺もここから来ている。

ダンスは渇きを昂進する。舞踏会には強壮飲料や清涼飲料がつきものだ。

演説も渇きを昂進する。だから講師を務める者は、優雅な動作で机上の水を飲む練習をするのである。そのうち教会の説教壇の上にも、白いハンカチの横にコップ一杯の水が置かれることになるだろう。

性的な快楽も渇きを昂進する。キプロス、アマトゥス、クニドスその他、女神ヴィーナスの住む土地を詠んだ詩篇を紐解いてみたまえ、そこにはかならず涼やかな緑陰と、清らかに流れる小川のせせらぎが歌われているではないか。

ブリア＝サヴァランは、水に対する渇きは必要なだけ水を飲めば止まるが、酒に対する渇きはいくら酒を飲んでも止まることがない、といっていちおう両者を区別しているが、「渇き」という現象そのものに関しては、水が飲めなくて喉が渇くことと、酒が飲めなくて喉が渇くことを、まったく区別していないようである。呑兵衛のスイス近衛兵が飲めなくて死んだのは、酒であって水ではないはずだが……。

サヴァラン先生に限らず、たとえば目の前一面にブドウ畑が広がっている風景を、フランス人は「喉の渇く風景」と表現する。彼らにとってワインは水と同じだから、単に「喉が渇く」という表現が「ワインが飲みたい」という意味になるのである。

さらに、この兵士の場合は、ワインだけでなくコニャックも喉が渇いたときに飲む水と同じ仲間なのである。この、朝食のときに強い蒸留酒を飲むことは、フランスだけでなくヨーロッパの多くの国で、つい最近まで見られた習慣である。いまでは少なくなったと思うが、田舎へ行けばまだそういう爺さんがいるのではないだろうか。

この章の冒頭でブリア＝サヴァランは「摂氏四〇度近い私たちの体温」と書いているが、一般的にフランス人の体温は日本人より高く、三七度は平熱で、三八度くらいまでは大丈夫、という人が多い。そのうえ現代人の体温は百年間で一度前後下がっているという報告もあるから、実際にこの時代の人の体温は四〇度近かったのかもしれない。

ブリア＝サヴァランの理論によれば、体温が高いほど水分が蒸発して喉が渇く。酒に強いか弱いかはアルコール分解酵素の有無または多少によるわけだが、体温が高くて酒に強い彼らだからこそ、酒と水を区別しない感覚が生まれてきたのだろう。

ところで、フランス人の多くは、ある年齢まで働いたらきっぱりと仕事を辞め、田舎に帰ってのんびり暮らしたい、という願望を持っている。そのときによく聞くのが、「川の畔で暮らす」vivre au bord de la rivière という表現である。フランスの田舎を流れる川は、ゆったりと蛇行しながら、水面すれすれまで生い繁った木立のあいだを流れていく……そんなイメージは、まさしく老後の悠々自適にふさわしい。が、それもまた「渇き」に関係があろうとは。ヴィーナスが水辺にいる理由も初めて知った。

実例

非常に早い気流にさらされることは、喉の渇きを急激に増す原因になる。これからお話しする実例は、狩猟をする人にとってはとくに興味深いのではないだろうか。ウズラは高い山が好きである。平地よりも収穫の時期がずっと遅いので、産卵が成功する確率が高いからである。

ライ麦の刈り入れがはじまると、ウズラは大麦やカラス麦の畑に移る。大麦やカラス麦も刈り取られそうになると、もっと実りの遅れている畑へとさらに移動する。そのときが、ウズラ狩りのチャンスなのだ。一ヵ月ほど前までは村の全体に散らばっていたウズラたちが、この頃になると狭い面積の中に集まっているからだ。そのうえ秋も終わりの頃なので、からだも大きく脂もよく乗っている。

というわけで、その日、私は数人の友人とともに、プラン・ドトンヌという名で知られる地方の、ナンテュア地区に近いある山の上にいた。まさにこれから狩りをはじめようとするそのとき、それは九月のもっともよく晴れわたった美しい日で、太陽はきらきらと輝き、まったくもってコクニー（ロンドンっ子）には想像もできないような素晴らしい天気だった。

けれども、私たちが朝食を摂っている間に、まさに私たちの愉しみを邪魔するかのように、急に烈しい北風が吹きはじめた。しかし、私たちは構わず狩りに出発した。

小半時も狩りをした頃だろうか、仲間でもいちばん軟弱な奴が、喉が渇いたと言い出した。そんなとき、いつもなら笑い飛ばすところだが、どういうわけか他のみんなも同じ欲求を感じていた。

全員が、いっせいに飲んだ。そんなことだろうと、ロバに酒を積んで連れてきていたのだ。が、それで渇きがおさまったのはほんの一時のことだった。すぐに、前にも増してひどい渇きが襲ってきた。仲間の中には、病気かもしれない、と言う奴がいた。もうすぐ病気になりそうだ、と言う奴もいた。いっそこのまま引き返そうか、という相談もはじまったが、そんなことをしたら一〇里（四〇キロ）の旅をしながらみすみす手ぶらで帰ることになる。

私は、しばらく考えた末、この異常な渇きの原因を突き止めた。私はみんなを集めて、私たちの喉をこんなに渇かせているのは、四つの原因が合わさって影響していることを説明した。ひとつには気圧が急激に下がったため体内の循環機能が昂進していること。ふたつめは、太陽の熱がからだを直接温めていること。それから、歩行運動が発汗作用を活発にしていること。そしてなによりも、われわれのからだを吹き抜ける風が発汗によって生じる水分を蒸発させ、皮膚の湿潤を根こそぎ奪ってしまうからであると。

そこまで説明してから、危険はないから安心するようにと付け加え、敵が分かったからには闘うだけである、これからは三十分置きに立ち止まって飲むことにしよう、と決めたのだった。

しかし、対策は無意味だった。この渇きはどうやっても止まらないのだ。ワインも、ブランデーも、水で割ったワインも、ブランデーで割った水も、いっさいなにも役に立たなかった。飲んでも飲んでも飲むそばから喉が乾き、一日中まったく安らぐことがなかったのである。

しかし、結局はこの日もいつもと同じように終わった。ラトゥールの地主さんがご馳走でもてなしてくれたのだ。私たちは手持ちの食料も加えて素晴らしい晩餐を楽しみ、そして食べ終わると干し草の寝床に身を埋めて、なんとも心地よい眠りに就いたのだった。

翌日、私の理論は実地によって証明されることになった。風は夜のうちに完全にやんでいた。太陽はさんさんと輝き、気温は前の日よりも高かったのに、半日のあいだ狩りを続けてもまったく不快な渇きを覚えることがなかったのである。

ところが、実はもっと困ったことが起きていた。われわれの酒保は、賢者の予測によって十分な量の酒を詰め込んだはずなのに、容赦なく繰り返された攻撃に抵抗できず、もはや魂の消えた抜け殻同然、すっからかんになっていた。そしてとうとう、われわれは居酒屋の酒樽の狭間に身を落とす羽目になったのだ。

しかたのないことではあるのだが、それでもやはり文句をいいたくなる。私も、あの一滴も残さず酒を奪っていった憎き北風について、思わず悪口雑言をぶちまけそうになった。というのも、王の食卓にもふさわしい料理であるウズラの脂で炒めたホウレン草の一皿を、こともあろうに、シュレーヌ*の酒もかくやと思われる、ひどい安ワインで食べなければならない始末になったのだから。

＊（原註）シュレーヌは、パリから二里ばかりのところにあるなかなか素敵な村だが、ワインがまずいことで有名である。シュレーヌの酒を飲むなら三人で行け、という諺があるくらいで、飲み手ひとりに介抱役が二人必要になる、というわけだ。ペリウーのワインについても同様のことがいわれるが、それでもシュレーヌやペリウーに飲みに行く者は後を絶たない。

第9章　飲みものについて

飲みもの、というとき、私たちは、人が摂取する食品に含まれるすべての液体、を意味している。なかでも水は、もっとも自然な飲みものであるように思われる。水は動物が棲むところにはどこにでもあり、大人にとってはミルクの代わりになる、私たちにとっては空気と同じようなものである。

水

水こそが、真の意味で渇きを癒す唯一無二の飲みものである。だから水はほんのわずかの量しか飲めない。

人が口にするそれ以外の液体は、ほとんどが一時的に渇きを凌ぐかりそめのものである。もし人が水だけで生きる存在だとしたら、人間の特権は喉が渇かなくても飲めることである、などという傲慢な言いかたはできないはずである。

飲料の即効性

飲みものは、動物の体内組織にきわめて容易に吸収される。その効果は迅速であり、それによって得られる症状の緩和は即時的である。疲労困憊した人間になにか固形の食べものを与えてみたまえ、口に入れることさえ難しいばかりか、飲み込んでも具合が悪くなるだけである。代わりにグラス一杯のワインかコニャックを与えれば、飲んだ瞬間に気分がよくなり、たちまち生まれ変わったように元気になるだろう。

強いアルコール飲料

特筆すべきは、私たちが強いアルコール飲料を求めるのは一種の本能であって、それだけにきわめて一般的な要求であると同時に、意志では抑え切れないものでもある、ということだ。

あらゆる飲みものの中でももっとも愛されるワインは、ブドウの樹を最初に植えたというノアの賜物か、はたまたブドウの果実を絞って汁にしたというバッカスの恵みか、いずれにしても世界がまだ少年であった時代からの古い歴史をもっており、人びとは何世紀にもわたって飲み、かつ、讃えてきた。

が、その力の源泉となっている酒精分だけを分離して抽出することができるとは、まったく考えてもいなかった。それが、アラビア人が蒸留術を教えてくれたおかげで（彼らは花の香りを抽出するためにそれも詩篇に歌われた美しいバラの香りを抽出するために、蒸留術を発明したのだった）、私たちはワインの中にも、感覚に特別の高揚を与える原因となるあの物質を発見できると信じるようになった。そして、模索に模索を重ねて、とうとうアルコール、ワインの精粋、生命の水……を、手に入れることができるようになったのである。

アルコール飲料は、世界の絶対君主であり、味覚の興奮を極度にまで高めるものである。

アルコールからさまざまな技術を用いて製造される各種のリキュールは、食卓の快楽に新たな源泉を切り開いた。

アルコールはまた、ある種の薬剤にこれ以外の物質では与えることのできない力をもたらし、われわれ人間の手にかかるとときには怖ろしい武器にさえなった。すなわち新世界の諸民族たちは、火器によってだけでなく、蒸留酒によっても懐柔され、征服されたのであった。

コニャックやウィスキーなどの蒸留酒が、気付け薬として使われることは周知の通りである。そのため、これらのアルコールは多くの地域で「生命の水」と呼ばれている。コニャックなどのブランデー類を指すフランス語の「オー・ド・ヴィー eau de vie」はまさしく「生命 vie」の（de）「水 eau」を意味し、スコットランドのゲール語で言う「ウィスキー」も同じ意味である。

なお、前章と本章では、「オー・ド・ヴィー eau de vie」と原文で書かれている箇所を「コニャック」と訳した。「コニャック」は、フランスのコニャック地方でつくられるオー・ド・ヴィーのことで、ワインを蒸留してつくられる蒸留酒の中でもっとも上質なものとされている。だから同様の製法の酒でもコニャック地方以外でつくられたものは「コニャック」と呼んではいけない、という原産地呼称（地理的表示）の制度で名称を守られているのだが、兵士が朝酒に飲むようなものがそんな洗練された高級品であるわけはなく、おそらくここでいうオー・ド・ヴィーは、荒々しい焼酎のような、飲めば喉が焼けるようなものであったに違いない。が、かといってこれを「ブランデー」と訳すのもフランスの雰囲気が出ないのではないかと思い、無理を承知で敢えて（岩波文庫版と同じく）「コニャック」と訳してみた。先達の関根秀雄先生も、おそらく同じように考えられたのではないかと思う。

蒸留の技術は香水をつくるために開発され、中世には錬金術とともに発展した。醸造酒というのは、ワインやビールのように糖分を含む液体を酵母の働きで発酵させて造る酒をいうが、その醸造酒を加熱沸騰させ、最初の段階で発生するアルコールを含む蒸気を冷却すると得られるのが蒸留酒である。アルコールはそうして得られた揮発性の液体の総称、スピリッツは混じりけのない酒の粋あるいは精髄（酒精）を意味する同義語、オー・ド・ヴィー（生命の水）はコニャックやアルマニャックなどのブランデー類を中心に、木樽で色と香りをつけたものもまたそうでないものも含めた蒸留酒一般を言う。なお、日本ではビール、ワイン、日本酒などの醸造酒を含めてすべての酒類をアルコールと呼ぶが、フランスでは、アルコールと言えば蒸留酒だけを意味し、ビールやワインはアルコールの範疇には入らない。フランスのカフェなどの店頭に「十八歳未満アルコール販売禁止」と書かれているのは蒸留酒（アルコール）の販売に関してであり、ワインの場合は十六歳未満が飲酒禁止年齢である。

蒸留酒の発明は、酒類の保存と運搬を容易にした。そのため、十六世紀から十七世紀にかけて世界の海を支配したポルトガル、スペイン、オランダ、イギリスなどの列強は、ジンやラムやブランデーなどの蒸留酒を大量に船に積み込み、航海中の消費にもまた植民地との交易にも活用した。

ニューヨークは一六二四年にオランダ人の入植者によってつくられた町だが、この港に上陸したオランダ人は、先住民に強いアルコールを飲ませて酔っ払わせ、意識が朦朧としているうちに安い値段でマンハッタン島を売る約束をさせた、という伝説が残っている。先住民族の言葉では酔っ払うことを「マナハッタ……」と言うそうで、それがこの島の名前になったとか。

この話が本当か嘘かはわからないが、それまで酒を飲んだことのない、あるいはそこに酒を造る文化があったとしても穀類か果物からつくった弱い醸造酒しか飲んだことのない先住民族たちは、強い蒸留酒を飲まされたらひとたまりもなかったに違いない。また、それまでに経験したことのない烈しい酩酊は稀有な体験として彼らを虜にしただろうから、たしかに蒸留酒が彼らの懐柔や征服に一役買ったことは間違いあるまい。

われわれにアルコールを発見させたその方法は、さらに重大な結果へとわれわれを導いた。まさしくその方法というのは、ある物体を構成して他との差異を際立たせている要素を、単独で取り出して裸にすることなのであるから、当然同じような探求に身を捧げる研究者たちに格好のモデルを提供したはずである。その結果、キニーネとか、モルヒネとか、ストリキニーネとか、さらに数多くのまったく新しい物質が発見され、またこれからも発見されようとしているのである。

それはともかく、これまで自然がヴェールに覆い隠していたある種の飲料への特別な渇き、それも、いかなる気候風土の下でもあらゆる人間が例外なく示すこの強烈な欲求は、哲学的観察者の注意を引かずにはおかない。

そこで私も考えてみたのだが、他の動物には見られないこの酒類に対する本能的な渇望こそ、同じく決して動物が感じることのない未来への不安と並んで、地球最後の変動が生み出した傑作である人類を、もっとも特徴づける要素ではないかと思うようになった。

第10章　この世の終わりについて

人間が動物と違うところは、酒を求めて飲むことと未来を不安に思うことである。が、人間のことを「地球最後の変動が生み出した傑作」などと表現したために、思わぬ方向に思索が引きずられ、どんどん遠くのほうまで行きそうになる……。

地球はこれまでに幾度となく壊滅的な災厄に見舞われており、その証拠はいたるところに残っている。

そうした災厄はまさしく「世の終わり」であり、私たちはいつしか本能的に、またいつか「世の終わり」がやって来るのではないかと怖れるようになった。

たとえば、なんのために、どこへ行こうとしているのか不明な、彷徨《さまよ》える天体……すなわち彗星の出現は、過去に何度も私たちを恐怖に陥れた。そんな彗星のひとつが、太陽のすぐ傍を通過して強烈な熱を帯びたあと地球に接近し、地上のいたるところで七五度の気温が六ヵ月間以上も続いたと想像してみよう（一八一一年に接近した彗星はその半分くらいの暑さをもたらした）。葬送の季節の最後には、すべての草木はことごとく滅亡し、あらゆる物音が消え去った静寂の世界が現出しているであろう。いつかまた別の情勢が出来して新しい種や芽生えを育むまで、どうしてそうなったのかは知らぬまま、地球はただひたすら音もなく回転しているだけに違いない。

こうした出来事は、決して起こらないという保証はない。だから、もしそうなったときのことを夢想してみるのも興味深い。頭の中で、上昇し続ける熱がどんなふうに働くか、順を追って考えてみるのである。

最初の一日はどうか、二日目はどうか、最後の一日に近づくにつれてどうなるか。空気は、陸は、水は、どんな影響を受けるのか。ガスはどんなふうに発生し、混合し、爆発するか。

人間への影響はどうだろう。男女によって、年齢によって、強い者と弱い者によって、それはどんなふうにあらわれるだろうか。

法律の遵守は、権威への服従は、人間の尊厳や財産への敬意は、どうなるか。危険を逃れるための方法と、それを実行する段取りには、どんなものがあるだろう。恋愛や、友情や、親子の絆はどうなるか。利己主義と自己犠牲はどちらが勝るか。宗教感情や、信仰や、諦念や、希望や、その他もろもろは？

この世の終わりが来ると予言されたことは何度かあり、中には、いついつの日にそれがやって来る、と、特定の日が予言されたことさえある。

私が以上のような事柄についていかなる思索を繰り広げたかは、申し訳ないけれどもここでは明らかにしない。眠れないときのヒマ潰しに、あるいは昼寝のときの夢を用意するために、読者諸賢の楽しみとして取っておこうと思うからである。

大きな災厄による危険に遭遇すると、すべての絆が崩壊する。一七九二年頃にフィラデルフィアで黄熱病が流行したとき、夫たちは夫婦の寝室のドアを閉めて妻の入室を拒否し、子供たちは父親を捨てた。同じような例は、いくらでもある。

願わくは神よわれらよりこれを退けたまえ

Quod a nobis Deus avertat !

著者は、人間と違って動物は酒類を本能的に求めることがない、と考えたところで、そういえば動物は未来への不安を抱いたこともないはずだ、と気がついてこの一章を書き加えた、という体裁になっているが、それにしても突然のペシミスティックな感想である。美食家仲間との愉快な会食を愉しんでいる最中にも、

こうした不安がブリア＝サヴァランの脳裡をよぎることがあったのだろうか。ある日突然、地球に彗星が近づいて、すべてが焼き尽くされるときが来たとしたら……そんな妄想は子供が抱くもので、大のオトナはふつう考えないものだが、彼は五十六歳のときに一八一一年に地球に接近した大彗星を経験しているので、恐怖は現実的なものであったかもしれない。

この年の三月二十五日に発見された彗星は、春から夏にかけてしだいに大きさと輝きを増し、明るい光の球体が巨大な尾を曳いて天空を覆うありさまが、秋が終わる頃まで地上のいたるところから見られたという。

彗星は災厄の予兆であるという俗信から、地球の滅亡を恐れた者も多かったに違いない。そうでなくても、北半球では最盛期が夏に当たったため気温の上昇も相当あったものと思われ、夜空にいつまでも輝く彗星の光は、いやがうえにも不安を煽り立てたことだろう。

ブリア＝サヴァランは、革命に翻弄されてアメリカ亡命を余儀なくされ、身の危険を感じる瞬間も何度か経験している。さいわい人生の後半は安堵を得て優雅な暮らしを楽しむことができたとはいえ、人生にはいつどんな災厄が降りかかるかわからないという、ある種の諦念を持っていたのではないだろうか。

一八〇〇年代は、飢饉や戦争に繰り返し見舞われた不穏な時代でもあった。産業革命が日々の生活を変え未来への希望を抱かせる反面、折から到来したグルメの時代を謳歌する人びとのなかには、その享楽がいつ突然断ち切られるか、饗宴の明日に訪れる破局の予感を抱く者もいただろう。空前(絶後?)ともいうべき豊かな消費生活を営みつつも、地震だの噴火だの戦争の危険だの、はたまた疫病の蔓延だのが語られる現代の日本に生きる私たちにとっても、二百年前の話とは思えないリアルさがある。

それにしても、最後のところで唐突に持ち出したフィラデルフィアの黄熱病のエピソードは、サヴァランの夫婦や家族に対する、冷たいというよりは絶望的な、容赦ない否定の感情に満ちている。このことは、ブリア＝サヴァランが生涯独身でいたこととと、なにか関係があるのだろうか。

第11章　グルマンディーズについて

私はいろいろな辞書で「グルマンディーズ」という言葉を調べてみたが、満足できるような説明はどこにも見当たらなかった。

どれを見ても本来のグルマンディーズを「大喰らい」とか「貪食」とかいう言葉と混同しているばかりで、そこから推論する限り、辞書の編纂者というものは、もちろん尊敬すべき存在であるには違いないけれども、美味この上ないヤマウズラの翼肉をいとも優雅な手つきで召し上がり、小指をちょんと跳ね上げてラフィットだとかクロ・ヴージョだとかの美酒のグラスを傾ける、あの愛すべき美味学者のかたがたとは、いささか趣きを異にするようである。

彼らは、アテナイの優美とローマの豪奢とフランスの繊細とを兼ね備えた、社交術としてのグルマンディーズというものを完全に忘れている。

賢く気の利いた配列と構成の妙、巧妙で手際のよい処理とその技術、情熱に満ちた賞味と怜悧で奥深い鑑賞。

グルマンディーズのもつこれらの尊い特質は、もはやひとつの美徳と言ってもよく、少なくとも私たちにとってはもっとも純粋な享楽の源泉なのである。

定義

私たちは、グルマンディーズを以下のように定義する。

グルマンディーズ（美食愛）とは、味覚を悦ばせるものを、情熱的に、理知的に、常習的に愛好する行為をいう。

暴飲暴食はグルマンディーズの敵である。無闇に食べ過ぎたり酒に酔い潰れたりする人たちは、すべてグルマン（美食家、すなわちグルマンディーズを実践する人）の名簿からその名前を抹消される。

グルマンディーズには、フリアンディーズ（甘いもの好き）が含まれる。フリアンディーズとは、同じく美食を愛するが量は少なくてよく、おいしいものを少しだけ食べること、また、ジャムやお菓子など甘いものが大好きなことをいう。これは女性または女性に似た男性のための、変形版グルマンディーズといえばよいだろうか。

どのような観点から見ても、グルマンディーズは賞賛され、奨励されるにふさわしいものである。

肉体的に言えば、それは消化作用に関わる諸器官が完全に健康な状態であることの証左であり、結果である。

精神的に言えば、それは造物主の命令に絶対的に服従することである。造物主は私たちに、生きるために食らうことを課し、そのために食欲をもって誘い、美味をもって支え、快楽をもって報いるのだから。

グルマンディーズの利点

経済の観点から見ると、グルマンディーズは、日々の消費に供される諸物資の相互交換によって、国民どうしを結びつける絆となる。

グルマンディーズは、ワインやコニャック、砂糖や香料、塩漬けや油漬けなどあらゆる種類の食料品、さらには卵からメロンまでの夥しい食品を、地球のひとつの極からもうひとつの極まで旅させる。

グルマンディーズは、すべての食品に、並、上、特上……と、それが天然の美質によるものか人為的な加工によるものかを問わず、それぞれの品質に見合った値段をつける。

グルマンディーズは、全国の漁師、猟師、農夫、その他の生産者たちに希望と競争心を与え、彼らの勤勉と探求のおかげで、どんな贅沢な調理場も日々素晴らしい食材で満たされる。

そしてグルマンディーズは、料理人、菓子職人、飴細工師、その他のさまざまな名を持つ無数の食品製造業者たちに職を与え、彼らは彼らで職業上の必要のためさらに多くの職人たちに仕事を与えるから、絶えることなく資本の流通が生じるのである。その動きがどのようなもので、その額がどれほどになるかは、おそらく誰にも計算できないであろう。

留意すべきこととは、グルマンディーズを対象とする産業は、それだけの大きな基盤の上に立ち、しかもその欲求は日々更新されるのであるから、きわめて大きな利益を上げている、ということである。

かくしてグルマンディーズは国庫に大きな財源を提供する。入市税、関税、その他もろもろの間接税など、私たちが食品を消費する行為はすべて税金に関係するから、いうなれば、グルマンたちが堅固な支えになっていないような国家財政は存在しない、というわけである。

グルマンディーズの威力

ナポレオン戦争の終結に伴い一八一五年十一月に締結された条約（第二次パリ条約）では、フランスは向こう三年間のうちに七億五千万フランの賠償金を連合国側に支払う、という条件を飲まされた。

その上に各国の国民に対する個別の賠償が加えられることになり、各国の君主は結束して、その権益として三億フラン以上にのぼる支払いを請求したのである。

それればかりではない、敵軍の将軍たちは現物による補償を要求して、彼らが運搬車に積み込んで国境から持ち去った財産は、かれこれ一五億フランを超えるものだった。これもまた、国家財政の負担となった。

このように巨額の債務を毎日毎日「現金で」支払っていくと考えると、国家の経済はどうなるのか。財政が逼迫して、貨幣価値は下落し……行き着くところは、カネがなく、またカネを得る手段もない、破綻した国が陥るあらゆる不幸を想像するほかはないのである。

「なんと情けない」と、やがてヴィヴィエンヌ街の証券取引所で山のように債券を積んで帰るであろう荷馬車が目の前を通るのを見て、財産家たちは嘆いたものだ。

「われわれのカネは、ごっそりと持って行かれる。来年の今頃は、きっと一エキュ硬貨の前にひざまずいていることだろう。まったく破産者同然とはこのことだ。どんな企業も成功は覚束ないし、だいいち借金だってできやしない。痩せ細って、衰弱して、最後は野垂れ死にするのが関の山か……」

ところが、事態は悲観的な想像とは正反対だった。

財政や経理に携わる当の担当者さえ驚くほど、支払いは易々と滞りなくおこなわれ、信用は増し、借金はしたい放題、しかもこの「超強力下剤」がかけられている間にも、通貨の流通によって必然的に変化する為替相場はなんとわれわれに有利だった。

つまり、フランスでは、入ってくるカネのほうが出て行くカネより多い、ということが、数字の上で証明されたのであった。

いったいいかなる力が、この苦境からわれわれを救ってくれたのか？

どんな神様が、この奇跡を起こしてくれたのか？

それこそが、ほかでもない、グルマンディーズだったのである。

ブルトン人や、ゲルマン人や、チュートン人や、キンメリア人や、スキタイ人たちがフランスに侵入してきたとき、彼らは類い稀な貪食と、尋常ではない大きさの胃の脂を運んできた。

彼らは最初のうちはお義理で提供された食事で我慢していたが、やがてそれだけでは飽き足らず、本当においしいものを探しはじめた。そしてたちまちのうちに、花の都は彼らのための巨大な食堂と化したのだ。彼ら空腹の侵入者たちは、料理屋でも、仕出し屋でも、食堂でも、居酒屋でも、屋台でも、最後は道を歩きながらでも、食べた。

彼らは肉を食べ、魚を食べ、ジビエを食べ、トリュフを食べ、お菓子を食べ、とりわけわが国の果物には目がなかった。

彼らが飲むものはといえば、その食欲に劣らずなんでもござれで、とりわけ値段の高いワインを、さぞおいしいだろうと思って片端から注文した。が、たいがいは当て外れでがっかりするのだった。

一見すると、満腹になっても際限なく飲み、食らう、無意味な饗宴のように思われるが、生粋のフランス人たちは、

「奴らはすっかり虜になったのさ。今夜一晩の飲み食いで、連中は財務省が今朝払い出した以上のカネを返してくれるというわけさ」

と、笑いながら揉み手をして言うのだった。*

この効果は、その後も続いた。平和になると、ヨーロッパ中から外国人がやってきた。彼らは戦争中に覚えた甘美な習慣を、もう一度味わいたくなったのだ。そのためには、パリに来る必要があった。そしていったんパリに来れば、どんな値段を支払ってもご馳走を食べずにはいられないのである。われわれの公債がわりあい高く買われたのも、利率が有利だからという理由ではなく、グルマンたちが幸福に暮らせる国に対して抱かざるを得ない、本能的な信頼によるものではあるまいか。

＊（原註）侵入軍はシャンパーニュ地方を通過したとき、エペルネの酒造家モエ氏の、その見事さで有名な酒蔵から、六〇万本のワインを略奪した。しかし略奪者たちはその美味が忘れられず、このとき以来北方諸国からの注文が以前の二倍以上になったので、モエ氏はその巨大な損失を惜しむことがなかったという。

グルマンディーズというのはブリア＝サヴァランの美食論の中心となるキーワードだが、美食の哲学について論ずるとき、最初からその経済的な価値に言及するところがサヴァランの面目というべきだろう。

中国の清代に袁枚《えんばい》という美食家がいた。若くして官位を得たが四十歳を前に職を辞し、南京郊外の隋園と名づけた庭園のある邸宅で詩文をものしながら美食に耽溺。一七一六年に生まれ一七九七年に没し、死の数年前（一七九二年）に中国料理のつくりかたと味わいかたを論じた『隋園食単』を刊行した。サヴァラン（一七五五〜一八二六）より一世代ほど前の人だが、その境涯や著作の内容から「東のブリア＝サヴァラン」と呼ぶ人もいる。

しかし袁枚の場合は、美食については薀蓄を傾けるが、美食の経済について語ることはない。これは他のどの国に肩を並べる美食家がいたとしても、同じことではないだろうか。

フランス料理のフルコースが権力による食材の集中を表現する構造になっていることはショコラの章（第６章）で述べたが、革命によって貴族の食卓が解体して市民がグルマンディーズを楽しめるようになった最初の時代から、サヴァランは美食の効用をいわゆる「ソフトパワー」として認識していたのである。

おそらく、この感覚はサヴァランひとりのものではなく、当時から政治や行政を司るフランス人たちが共有していたものだろう。フランスの料理やワインが、

――国家政策によって価値を高められてきた歴史が想像される。

ある可愛いグルマンドの肖像

グルマンディーズは、女性には似つかわしくない、というわけではない。むしろ、彼女たちのデリケートな諸器官にとってふさわしいとさえ言える。彼女たちはある種の快楽を我慢しなければならないし、自然の摂理によってある種の苦痛を与えられているようであるから、そのくらいの代償は得て当然であろう。

食卓につく可愛らしいグルマンドを眺めるのは、なんと楽しいことだろう。真っ白なナプキンをふわっと広げ、一方の手は食卓にそっと置き、もう一方の手では優雅な仕草で切り分けた肉の小片を口に運び、あるいはヤマウズラの翼肉を指先でつまんで噛もうとしている。彼女の瞳は輝いて、唇は艶やかに光り、機知に富んだ会話も素敵で、すべての動作が優雅である。もちろん、女性ならではのちょっとしたコケットリーをあたりに振りまくことも忘れない。まったく、こんなようすを見たら心が蕩けてしまいそうだ。あの厳粛なローマの検察官カトーだって、思わず心を動かされるに違いあるまい。

逸話

しかし、私には苦い思い出がある。

ある日、私は、食卓で可愛らしいマダムM……さんの隣に座ることになった。私が内心ひそかにその幸運をよろこんでいると、突然、彼女が私のほうを向いて、「乾杯しましょ。健康を祝して！」と声をかけてきた。

私はうれしくなって、なにか気の利いた言葉を返そうとグラスに手をかけた……ら、なんと、私と乾杯をする前に、彼女は向こう隣の男性のほうを振り向いて、色っぽい声で、「さあ、コチンと乾杯しましょ」というではないか。そして本当にコチンとしたのである。

この突然の心変わりはいかにも不実な浮気のように感じられ、私の胸に小さな傷を残した。あのときの傷は、あれから何年か経ったいまも癒えない。

女性たちはグルマンドである

女性たちのグルマンディーズを求める気持ちには、いささか本能に似たものがある。なによりも、グルマンディーズは彼女たちの美しさを増すのである。

厳格かつ正確な一連の観察によれば、手をかけたおいしいものを毎日のように食べていると、いつまでも年齢による容色の衰えを防ぎ、若さを保つことが分かっている。瞳はさらに輝き、肌は艶やかでみずみずしく、筋肉は張りを失わない。たしかに、物理学的に言えば、美しさの敵であるおぞましい皺ができるのは筋肉が張りを失うからで、その意味でも、グルマンディーズを知る人は知らない人より、他の条件が同じならば、十年は若いといってよいだろう。

画家や彫刻家はこの真実をよくわきまえているから、守銭奴や修行者など、みずから望んでか止むを得ずかはともかく、つねに粗食に甘んじる人びとを描くときは、かならず病人のように青白い、貧者のように痩せこけた、老人のように皺だらけの姿にあらわすのである。

グルマンディーズが夫婦間の幸福に与える影響

最後に、グルマンディーズは、これを二人で分け合うと、夫婦の結びつきがもたらす幸福に大きな影響をおよぼす。

ふたりともグルマンの夫婦は、たとえ寝床を別にしている場合でも（そういう夫婦もかなり多い）、同じ食卓にはつくわけだから、少なくとも一日に一度はいっしょの時間を楽しむことができる。

こういう夫婦は、いま食べているものの話だけでなく、これまでに食べたものの話も、いつか食べたいと思うものの話も、人の家に招《よ》ばれたときの話も、いま流行の料理の話も、新しい調理法の話もするだろうから、会話の種が尽きることがない。食卓でこうしてあれこれおしゃべりする時間は、なんとも楽しいものである。

音楽も、それが二人の共通の趣味である場合は互いを結びつける絆となるが、演奏をするにはきっかけが必要だし、楽器の具合が悪かったり、調子が合わなかったり、どちらかが風邪を引いたりして、できない日もある。

それに較べると、自然の欲求が互いを食卓に呼び寄せるし、二人とも同じことに関心があるからおのずと互いのことを考え、いたわりあうようになる。
かくして、夫婦が毎日の食事の時間をいかに過ごすかは、人生の幸福に大きな関わりをもつのである。

こうした考えはフランスではまだ新しいようだが、すでに英国ではフィールディングという作家がこれに目をつけ、『パメラ』という小説の中で二組の夫婦のそれぞれの夕食の摂りかたを以下のように描写している（ここはブリア＝サヴァランの間違い。小説『パメラ』を書いた作家はフィールディングではなくサミュエル・リチャードソンである）。

ひとりは貴族で、長男である。したがって、家族のすべての財産を相続する。もうひとりは、その弟で、パメラの夫。好きな女といっしょになったばっかりに相続の権利を取り上げられ、安月給で暮らしている。手許不如意、というより、赤貧に近い。

貴族とその妻は、別々の部屋からあらわれ、朝から一度も顔を合わせていないというのに冷たく素っ気ない挨拶を交わしてから、素晴らしく豪華に設えられた食卓に向かう。そして金ピカの制服を着た従僕が給仕する料理を、一言も交わさずに、つまらなそうに食べるのだ。それでも使用人たちが下がると会話のようなものがはじまるのだが、ちょっとしたことから棘のある言葉が交わされると、それはたちまちのうちに喧嘩となり、二人とも憤然として席を立つ。そして、それぞれの部屋に戻って、独り者だったらどんなに素敵だろう、と想像にふけるのである。

弟のほうはその反対に、みすぼらしい家に帰ると、すぐさま愛する妻の熱烈な抱擁と愛撫に迎えられる。彼が向かう食卓は質素だが、愛妻の手づくり料理が最高においしいことは言うまでもないだろう。彼らはおいしい、おいしいと言いながら、仕事のことや、将来の計画や、二人の愛について語るのだ。飲みものといえばマディラの半瓶くらいしかないが、二人の食事と会話を長引かせるにはそれで十分だった。ほどなくしてひとつのベッドが二人を迎え、愛を交換したあとは、甘美な眠りが将来の夢を見させ、いまの苦境を忘れさせる。

まことグルマンディーズに幸あれ!

吾輩が読者諸賢に示したように、それは仕事にも財産にも関係なく、富める者も貧しき者も等しく招かれるものである。

グルマンディーズが単なる大食や貪食、放蕩の類に堕してしまうと、その名前は剝奪され、利点を失い、われわれの手から離れて、道徳家たちの許に送られて説教を食らうか、医者の世話になって薬で病気を治すかのどちらかになってしまう。

教授が本章でいみじくも定義したグルマンディーズ gourmandise という言葉は、フランス語以外には訳せないものである。ラテン語のグーラ gula も、英語のグラタニー gluttony も、ドイツ語のリュステルンハイト lüsternheit も、どれも違う。であるからして、この為になる書物を訳そうと考える人は、冠詞は変えてもいいからこの名詞だけは、フランス語のまま使ってもらいたい。どこの国でも、コケットリーなどという語を訳すときはみなそうしている。

＊（原註）愛国的な美食家としての註記
コケットリーとグルマンディーズという二つの言葉がともにフランス語に発していることを、私はおおいに誇りに思う。それはわれわれの究極の社交性が、人間のもっとも根源的な欲求を最大限に変形させたものだからである。

第12章　グルマンについて

グルマンの資格

グルマンは、誰もが望んだからといってなれるわけではない。

世の中には、生まれつき感覚が鈍かったり、注意力が散漫だったりして、どんなにおいしいご馳走が出ても気づかずにやり過ごしてしまう人がいる。

生理学の教えるところによれば、前者のような不幸な人たちの舌には、ものの味わいを感じ取る神経突起がきちんと備わっていないのである。そのため、目の見えない人が光の在り処をはっきり認識できないように、おいしいものを食べてもごく鈍い感覚しか呼び覚まされることがない。

後者のような注意力の散漫な者というのは、ぼんやり者やうっかり者のほか、おしゃべりばかりしている者、やたらに忙しがっている者、野心家で心ここに在らざる者など、いっぺんに二つのことをやろうとするために食べることはそっちのけで、ただ空腹を満たすためにだけものを口に運ぶ者たちである。

ナポレオン

ナポレオンも、そのひとりだった。食事は不規則で、なんでも適当なものをそそくさと食べた。が、そこにも彼がどんな場合でもゆるがせにしなかったあの絶対的な意思だけははっきりと示されていて、彼が少しでも空腹を感じたら、その食欲はすぐさま満たされなければならなかった。だから彼の給仕係は、いかなる場所でも、いかなる時間でも、一言の命令があればただちに鳥と骨付き肉とコーヒーを出せるよう、つねに用意を怠らなかったのである。

先天的グルマン

ところが、物理的に、ないしは器官的に、味覚の悦びを享受するための先天的な資質に恵まれた、特権的な階級というものが存在する。

私は、天の配剤を信じる者である。この世に生まれてくる者は、すべて生まれながらにしてなにかしらの刻印を帯びており、それが不幸な方向にあらわれる人もいれば、その反対に、ある種の感覚を他の人たちより特別鋭敏に感じられるように生まれついた者がいたとしても、不思議ではあるまい。

そもそも、多少なりとも観察の癖を持った者であれば、いつでも、どこでも、その人の隠しおおせない性癖をあらわした、特徴的な面構えに出会うことは珍しくないはずである。他人を見下した傲岸不遜きわまりない人間、自己満足を絵に描いたような独りよがりの人間、人間嫌いの厭世家、肉欲まみれの好色家……等々。実際のところ、そんな性癖があるのに何食わぬ顔で悟らせない者もいないことはないけれど、はっきりとした刻印が顔に記されている場合は、その推量の当てが外れることは滅多にない。

さまざまな感情は、顔の筋肉に作用する。だから、きわめてしばしば、黙っていてもそのときに生起する感情を、顔の表情から読み取ることができるのだ。このような筋肉の緊張は、それが習慣的になると、顔にはっきりとした皺を刻み込むことになる。その結果、人の顔には、誰がいつ見てもわかるような、その人の性癖を示す特徴があらわれてしまうのである。

官能的資質

先天的なグルマンは、概して中肉中背である。顔のかたちは丸か四角で、目が輝き、額は狭く、鼻は低く、唇はぽってりとして、顎に丸みがある。女性の場合は、ぽっちゃりとして、美人というよりは可愛らしく、いくらか太り気味の傾向がある。

女性でも、グルマンドと言うよりフリアンド（甘いものが大好きで、おいしいものを少しだけ食べる）のタイプは、全体にもう少し細めのつくりで、立ち居振る舞いも繊細な、機知に富んだ会話で周囲を魅了するような人が多い。

もっとも好ましい会食者は、このような外見から選ぶのがよい。こういう人たちなら、出したご馳走は全部たいらげるし、ゆっくり食べてじっくりと味わってくれるだろう。彼らなら決して、せっかくの歓待を受けているのにいち早くその場から逃れようとしたりすることはないし、美食家の集まりにはつきもののさまざまな遊戯やゲームにも長じているから、夜の集まりには欠かすことができない人たちである。

反対に、天から味覚を愉しもうとする性向を与えられていない人たちは、顔も、鼻も、目も、一様に細長く、実際の背丈はどうであれ、どこか間延びした印象がある。

彼らの髪の毛は黒くてペタッとしており、とりわけ、恰幅のよさが足りない。長ズボンなるものを発明したのはこういう人たちなのである（貴族が常用するキュロットという短ズボンを穿かない下層市民階級は、サンキュロット＝長ズボン派＝と呼ばれ、フランス革命を推進する政治勢力となっていた）。

同じような不幸な生まれつきの女性は、骨張ってギスギスしており、食卓についてもすぐに飽きてしまい、ヒマ潰しのトランプ遊びや他人の陰口で一日を過ごしている。このような生理学に基づく人相の観察に、異議を唱える者はほとんどいないと私は信じている。誰だって、自分のすぐ身近に、その例を見出すことができるからである。しかしながら、ここでもうひとつ、わが説の正しさを証拠立てる事実を示しておこう。

あるとき、私はさる大宴会に列席した。するとどうだろう、目の前の席に、もの凄い美人がいるではないか。なんとも男心をそそる顔立ちで、魅力的なことこの上ない。私は隣席の男性に小さな声でささやいた。この様子から察すると、このお嬢さんはたいへんなグルマンドに違いありませんよ。なにを馬鹿なことを。と、隣席の男性は答えた。だって、まだ十五やそこいらじゃありませんか。グルマンディーズには早過ぎる年齢ですよ。まあ、とにかくようすを見てみましょう。

ディナーがはじまると、はじめのうちは私の分が悪かった。最初の二皿は、あまりにも少食なので、私は驚き、これは負けたかな、と思った。どんな規則にも例外があるように、私の説に当てはまらない例に運悪く当たってしまったのかと思ったのだ。が、いざデザートの時間になると、そのデザートがまた魅惑的であるばかりでなく量もたっぷりとあったのだが、私の希望の火は再び灯された。はたして私が期待した通り、彼女は自分に配られたデザートをぺろりとたいらげたばかりでなく、テーブルの遠くのほうにあるものまで持って来させて、全部きれいにお召し上がりになったのである。

隣席の男性は、若いお嬢さんの小さな胃袋にあれだけの多くのものが収まるのを目の当たりにして、心底びっくりしたようだった。こうして、ここでも私の仮説は立証され、科学の正しさがあらためて凱歌を挙げたのだった。

その二年後、再び私はそのお嬢さんに巡り合う機会に恵まれた。それは、彼女が結婚してから一週間ほど経ったときのことである。彼女はすっかり大人になっていた。早くもコケットリーの素振りさえ見せはじめており、流行を目いっぱい取り入れた魅力的なファッションで、うっとりするくらい素敵だった。

となると、彼女の夫のほうのようすもお知らせしなければなるまい。彼は、一方で笑って片方で泣くといった腹話術師のように、妻の美しさを褒めそやす談笑の輪の中にいてさも満足そうな表情を見せたかと思うと、ちょっとでも彼女につきまとう素振りを見せるような男がいると、露骨に嫉妬の感情をあらわにして身を震わせたりするのだった。

結局、この後のほうの感情……嫉妬深さのほうが勝って、彼は妻を遠くの地方に連れて行ってしまった。それ以降、私は彼女の消息を知らない。

職業によるグルマン

先天的資質によるグルマンがいるとすれば、身分職業によって後天的に形成されるグルマンもいる。私はその例として、四つのカテゴリーを挙げたい。資産家、医者、文学者、信心家。これらがグルマンの四大勢力にほかならない。

資産家

資産家（資産をたっぷり抱え込んだ財界企業人や徴税請負人など）は、グルマンディーズのヒーローである。それはまさしく、戦いに勝利したという意味での、文字通りの英雄なのである。もしも彼らが豪勢な食卓と札束の詰まった金庫で対抗しなければ、貴族特権階級は爵位と紋章の重みで彼らを押し潰してしまったに違いないのだから。資産家たちのお抱え料理人が、貴族階級の系図書きを打ち負かしたのだ。資産家たちに饗応を受けた公爵たちは、会場を後にするや否やご馳走をしてくれた宴席の主人を愚弄したけれども、それ以前に、招待されてその場にのこのこ出かけてきたというだけで、すでに敗北はあきらかだった。

だいいち、莫大な財産をやすやすと溜め込んだ金持ちは、どうしたってグルマンにならざるを得ないのである。身分の不平等は富の不平等を招くが、富の不平等が食欲の不平等を招くわけではない。毎晩一〇〇人の招待客を呼んで饗宴を開く余裕がある金持ちでも、たった一本の鶏の股肉で満腹になってしまうことがしばしばある。だから料理人たちは秘術の限りを尽くして腹にもたれずに食べられる軽やかで優しい料理を工夫し、彼らの弱々しい食欲を元気づけなければならなかった。

そんなわけで、今日のどんな初歩向けの料理本にも、「財務官風」（ア・ラ・フィナンシエール）と名づけられた料理のレシピが、ひとつやふたつはかならずあるのである。またその昔は八〇〇フランもした高価な走りのグリーンピースを最初に口にしたのは、王様ではなく徴税請負人の親玉であったことも、よく知られている事実である。

今日でも、そのあたりの事情に大きな変化はない。やはり資産家たちの食卓が、自然の恵みのもっとも完璧なものを、温室育ちのいちばんの走りのものを、料理術のもっとも先端を行くものを、つねに提供しているのだ。そして古来からの由緒あるやんごとなき家柄の方々も、そのような宴席に列することをいささかも恥としないのである。

ここで私が「資産家」と訳し、後続の文章では「財務官」あるいは「徴税請負人」という呼びかたも加えた言葉は「フィナンシエ financier」というフランス語で、他の翻訳では「金融家」とか「財界人」という言葉が当てられている。

今日でも「フィナンシエ」という焼き菓子（金塊のかたちに似ている？）はよく知られているし、「ファイナンス」と英語でいえば資本や金融にまつわる言葉であることがすぐわかるように、要するに「金持ち」、「金満家」を意味する言葉なのだが、この日本語に訳しにくい言葉の背景には、王権が衰弱して経済の実権を握ることができなくなったという時代の変化がある。

もともとは王室の財務管理の仕事をする官僚（財務官）を意味していたのだが、

その後、濫費によって経済的に困窮した王室が徴税権を民間に売ることで資金を調達するようになると、税を立て替えて前払いし、王様に代わって徴収業務をおこなう業者（徴税請負人）がフィナンシエと呼ばれることになった。

徴税請負人の中には苛烈な取立てやインチキ紛いの脅しによる収奪で私腹を肥やす者もあらわれる一方、貯えた資金で事業を興したり金融（金貸し）をはじめる者もいて、しだいにフィナンシエという言葉は（手段を問わず）財を成した「金持ち」一般の代名詞になっていく。

だから一つの言葉にこれだけたくさんの訳語が当てられているのだが、それらの訳語の変遷は、「貴族が没落して資産家たちの軍門に降った」歴史の過程を表現している。

医　者

資産家の場合とは性質が違うが、強さにおいてはいささかも劣らない、いくつかの理由が医者の場合にも当てはまる。彼らは誘惑によってグルマンになるのである。その誘惑の力といったら、いかなる石部金吉でも勝ち目がないほどの強さなのだ。

お医者さんたちは、あらゆる財産の中でもっとも価値のある、誰もが願う健康というものを守る立場にあるだけに、どこへ行っても歓待される。その意味で、彼らこそが正真正銘の、甘やかされた寵児なのである。

医者はつねに首を長くして待たれ、どこへ行っても下へも置かぬ歓迎でもてなされる。彼らを離さないのは美しいマダムであり、彼らをちやほやするのは若い女子である。彼女たちの夫や父親は、自分たちのもっとも大切な宝物を彼らに差し出すのだ。右を向けば期待の眼差し、左を向けば感謝の心遣い。どちらを向いてもハトに餌をくれてやる手が待ち構えている。そんなことを半年も続けて見給え、いとも簡単に習いは性となって、そのまま後戻りのきかないグルマンになってしまうのである。

私は、コルヴィザール博士の主宰する宴席で、八人の会食者を前にこう述べたことがある。たしか、一八〇六年頃のことだったと思う。

「みなさんは、かつてフランス全土を覆っていた一団の、最後の残党であります」

と、私はピューリタンの説教師のような調子で声を張り上げた。

「嘆かわしいことに、美食の軍団の仲間たちは、消え失せるか、散り散りになって、もはやその姿はなきに等しい。栄華を極めた徴税請負人も、名を馳せた騎士や司祭や白衣の修道僧も、もういない。残された美食家は、貴兄たちだけである。どうかその重責を受け止めて、テルモピレスの戦いで海峡を死守した三〇〇人のスパルタ兵の覚悟に倣い、あくまでも孤塁を守っていただきたい」

誰ひとり、異議を唱える者はいなかった。そしてわれわれはその通りに行動し、このことは万人の認める真理となった。

ついでに言うが、私はこの日の晩餐会で、多くの人が知っていてよいと思われるひとつの事実を観察した。

コルヴィザール博士という方は、気が向いたときにはとても愛嬌のある御方なのだが、飲むものはいつも氷でキリキリに冷やしたシャンパンと決まっていた。この日も食事の最初から、みんなが料理を食べることに夢中になっている間もずっと、博士はシャンパンを飲みながら、ジョークを飛ばしたり、逸話を披露したり、絶えずやかましく話し続けていたのだが、料理が一段落してデザートの時間になると、この頃から会話が活発になる他の会食者たちとは反対になぜか口数が少なくなり、生真面目な顔をして、むっつりと無口になってしまい、ときには陰鬱な表情さえ浮かべはじめたのだった。

この観察によって、また他にも多くの例があるのだが、私は以下のような定理を導き出すに至った。

「シャンパーニュのワインを飲むと、最初のうちは浮き浮きと気分が高揚するが、そのうちしだいに反応が鈍くなり、最後は麻酔をかけられたようになってしまう」

これは、シャンパンに含まれる過剰な炭酸ガスのせいで、炭酸ガスにそのような作用があることは周知の事実である。

医者が美食家であるのは今も昔も変わらないが、とくに昨今は高価なワインを愛好する医者が多い。コルヴィザール博士は心臓病の大家として知られているが、どうやらそれらワイン好きドクターの大先達といってよいのかもしれない。

ブリア＝サヴァランは、本書でも随所でワインについて述べてはいるものの、それほどの愛着を示しているふうでもない。実際、この時代のワインはいま考えるほど質のよいものではなかったので、産地による良し悪しはある程度定まっていたとしても、それ以上詮索するほどのものはなかった、ということかもしれない。

サヴァランの死後四十年ほど経って、ルイ・パスツール（一八二二～一八九五）が発酵のメカニズムを解明して低温殺菌法を編み出すまで、ワインはきわめて酸敗しやすい不安定なもので、そのため保存が利く甘いワインが主流だった。前章でもサヴァランは、貧しいが仲の良いグルマン夫婦に「マデイラ酒の半瓶くらい」で食事をさせているが、マデイラ酒は発酵を途中で止めて糖分をたっぷり残した甘いワインだから、いまはふつうこれを飲みながら料理を食べる人はいない。

シャンパン（シャンパーニュ）が生まれたのは十七世紀の中頃である。いったん発酵が止まったワインが瓶の中で再発酵して炭酸ガスを発生させるという、寒い地方の自然現象から偶然発見された製法が注目を浴び、シャンパーニュ地方の首府ランスが代々フランス国王の聖別式の地でもあったことから、その開栓の儀式と勢いのよい泡立ちが祝祭性を象徴して、急速に人気を博していく。

サヴァランの時代は滓《おり》（発酵を終えて死んだ酵母による濁り）を取り除くデゴルジュマンという技法が開発された頃で、コルヴィザール博士が夢中になったのも無理はないが、当然、当時のシャンパンの大半は相当の甘口だったはずである。博士が食事の後半に元気を失ったのは、炭酸ガスのせいなのか、それとも積み重なった甘みのせいなのかは、判然としない。

糾弾

こうして医者たちを手の裡に収めたからには、彼らの患者に対する要求があまりにも厳しいことをここで糾弾しなければ、私は死んでも死に切れない。

不幸にも医者の手にかかった者は、長々と果てしない禁止条項を突きつけられ、それまで愉しんできたあらゆる快適な習慣を諦めさせられる羽目になる。

私は、これらの禁止条項のほとんどは無用であると、声を大にして言いたい。

無用である、と言ったのである。だって、病人は決して自分に有害なことを欲求するはずがないからだ。

理の分かった医者なら、われわれの嗜好が赴く自然の傾向に決して目を閉じてはならない。また、苦痛の感覚が本来は忌むべきことであるとすれば、反対に愉快な感覚はわれわれを健康に向かわせるものだということを忘れてはならない。グラスに注いだわずかばかりのワインが、小さなスプーン一杯のコーヒーが、香り高いリキュールの数滴が、ヒポクラテスも諦める瀕死の病人の顔にさえ最後の微笑をもたらすことを、われわれは数多く見てきたではないか。

それに加えて、そのような厳しい命令を下した者は、自分たちが定めた規定はほとんどの場合無効に終わる、ということを知るべきである。患者はなんとかしてそれらを逃れようとして知恵を絞るし、周囲の者たちも、なにかと理由をつけて患者がしたいようにさせてやる。それでも、死ぬ者は死ぬし、生きる者は生きるのである。

大聖堂司祭のロレーは大酒飲みだった。もう五十年ほど前に死んだ男だが、その頃は誰もがそうだったのである。ところが、彼が病気になったとき、医者が最初に発した言葉は「ワインをおやめなさい」であった。が、その医者が次の診察のとき病室に入ると、患者はたしかにベッドに横になっていたけれども、ベッドの前には違反の跡を示す一連の証拠が歴然と陳列されていた。すなわち、真っ白なクロスがかかったテーブル、クリスタルのゴブレット、堂々たるワインボトル、そして飲んだ後に口を拭うナプキンまで……。

それを見て医者は烈しく怒り、もう金輪際、診てやらぬ、と宣言した。かわいそうな司祭ロレーは、おろおろ声で、こう言ったとサ。

「これはまた、お医者様。先生は、酒を飲むのを止めろとはおっしゃったが、酒瓶を眺める愉しみまで止めろとは、おっしゃらなんだと思いますが」

ポン・ド・ヴェイルのモンリュサン氏のかかりつけの医者はもっと厳しかった。ただ酒を止めろというだけでなく、毎日大量の水を飲むようにと指示したのだ。

医者が帰ってからしばらくすると、モンリュサン夫人は先生の処方をきっちり守って、夫が一日も早くよくなるよう、大きなコップに澄み切った水をなみなみと注いで枕元に持ってきた。

病人はそれを素直に受け取ると、あきらめたように口をつけたが、一口だけ飲むとすぐにコップを妻に押しつけてこう言った。「ありがとう。残りは次のときまで取っておこう。お薬は濫用してはいけないというからね」

文学者

美味学の領域では、文学者の区画は医者の区画のすぐ近くにある。

ルイ十四世の御世、作家たちは酔いどれであった。それが時代の流行でもあって、当時の事情を記した覚書などにもそのようすはよく記録されている。ところが、現代の作家たちはグルマンである。その点では、彼らは進歩したといってよい。

実際、今日ほど社会における文学者の位置が快適であったことは、これまでにない。かつてのように高貴な人士に嫌味を言われながら寄食するような立場にはないし、文学の領土そのものも昔と較べればはるかに肥沃になった。詩人たちが霊感を得るために水を汲むという神馬ペガサスの蹄に掘られた泉から、わんさと金片が流れ出すご時勢。いまや万人平等の世の中だから、パトロンの意見に耳を貸す必要もなく、さらにうれしいことには、グルマンディーズの恵みが彼らの頭上に輝くのだ。

社交界の人士が文学者と交わるのは、彼らの才能を買ってのことである。彼らの会話はピリッとした機知に富んでいて面白いので、いつのまにか、どこの社交界でも文学者の一人や二人をメンバーに加えるのが決まりのようになってしまった。

文学者たちは、パーティーにはちょっと遅刻するのが通例である。でも、みんな彼らを待望しているから、また来てもらおうと思えばちやほやもするし、才能の煌《きらめ》きを感じたいと思うからこそご馳走もする。彼らは彼らで、そうした扱いを当然のことと受け止めるので、それを繰り返しているうちに場慣れして、かくして作家はグルマンとなり、そのままグルマンであり続けるのである。

それも最近はいささか度が過ぎて、スキャンダルさえ取り沙汰された。何某はご馳走で丸め込まれたとか、誰それの出世はどこそこの店のパテのおかげだとか、アカデミーの扉がフォークで開けられたとか……。

まあ、どれもこれも口の悪い事情通とかが言い触らしたことで、ほかの噂と同じように、一時話題にはなったもののいつのまにか消えてしまった。ただ、そうは言っても事実は事実であり、私としては、自分の本の主題に関することなら何でも知っているということを示すために、ここに記しておく（これは、なんと解釈したらよいのか、不思議な一文である。食について語る新人著述家として、既成の作家たちに自著への悪口を言わせないための脅しだろうか？）。

信心家

最後に、グルマンディーズはそのもっとも熱心な信奉者の中に、多数の信心家を擁するものである。

われわれがここで信心家というのは、ルイ十四世やモリエールが謂うところの、宗教上の決まりごとを型どおりに実践する、外面的な信者を意味している。本当に敬虔で慈悲深い宗教者は、外面的なことにはあまりこだわらないものなのだが。

では、信心家はどのようにしてグルマンになるのか。

自分自身の死後の救済を求める者は、ほとんどの場合、より安楽な方法を選ぶものである。人間との交わりを遠ざけ、固い床の上に臥し苦行帯を身にまとう者は、これまでも例外であったが、これからも同様であるに違いない。

ところで、世の中には、紛れもなくこれをやったら地獄に堕ちる、というような、決して許されないことがいくつか存在する。信心家にとっては、舞踏会、芝居見物、賭け事およびそれに似た遊戯の類がこれに当たる。

これらの禁忌が、それをおこなう人びとともに忌み嫌われている間に、グルマンディーズは何食わぬ顔をして立ち現われ、いかにも神学的な装いで、いつのまにかあらゆる場面に潜り込んだ。

神の掟の定めるところによれば、人間は万物の長、自然界の王様である。大地の産み出すものはすべて人間のために造られたのであり、ウズラにほどよく脂が乗るのも人間のため、モカが芳しい香りを放つのも人間のため、砂糖が健康によいのも人間のためなのである。

このように考えれば、造物主がわれわれにお与えになったすべての恵みを、それをいつかは滅び去るものと受け止めているからには、また、つねに造物主に対する感謝の念をいや増しに抱き続けているからには、少なくとも適度な節制をもってする限り、それらをわれわれが十全に享受しても罰は当たらないはずである。

それだけではなく、もっと強力な理由がある。われわれの魂を善導し、われわれを救済に導き給う方々を、歓待し過ぎるということがあるだろうか。その素晴らしい目的をもった集まりを、より愉しく、より頻繁におこなって、どこが悪いというのだろうか。

食卓の神様コモスの賜物は、自ら求めなくても、向こうからやってくることがある。それは学校時代の友人からの贈り物であったり、古い友情の証であったり、悔い改めた者の捧げものであったり、遠い親戚からの便りであったり、目をかけた者からの御礼であったりするわけだが、どうしてそれらの心のこもった供物を退けたり、それらを組み合わせて愉しむのを控えたりすることができるだろう。それはもう、どうにも仕方のないことではないか。

事実、修道院はつねにおいしいものの宝庫だった。今日それら修道院が昔日の輝きを失っていることを嘆く人は多い。＊修道院の多く、とりわけ聖ベルナール修道院は、おいしいものを食べさせるのが仕事だった。聖職者の料理人は、料理術を極限まで追求した。最後はブザンソンの司教として死んだド・プレッシニーは、教皇ピウス六世を決めたコンクラーベ（教皇選挙）から帰ってきたとき、ローマで食べたいちばんのご馳走は貧しいカプチン派の僧長のところで食べた夕食だった、と言っていた。

＊（原註）フランスで最上のリキュールはラ・コートの聖母訪問会尼僧院でつくられていた。ニ

オールの尼僧たちはアンジェリカのジャムを考え出した。シャトー・ティエリーの尼僧たちのつくるオレンジの花が入ったパンも評判が高い。またベレーの聖ユルシュル会の修道女たちにはクルミの砂糖漬けに関する秘伝のレシピがあって、これまた甘いもの好きにはたまらない。こうした聖職者たちによる美味佳肴が、いまや忘れ去られようとしているのはなんとも悲しいことだ。

シュヴァリエとアベ

さて、この項を終わるにあたって、かつては輝かしき栄光に包まれていたのに革命によって消え失せてしまったふたつの美食家勢力、すなわちシュヴァリエ（騎士）とアベ（神父）の両者に対して、心からその栄誉を讃えたいと思う。

わが友よ、貴兄らはいかにグルマンであったことか。鼻の穴を膨らませ、目を大きく見開いて、唇をてらてらさせながら、舌なめずりをして食卓につく貴兄らは、まさしくグルマン以外の何者でもなかった。が、同じグルマンでも、両者の食べっぷりにはそれぞれに異なる特徴があった。

シュヴァリエは、その物腰の中にも、なにかしら軍人らしさが感じられた。料理を取り分ける動作にも威厳があったし、ナイフやフォークの使いかたも物静かで、もてなしへの満足と賞賛を示すときも、一家の主人から主婦へとゆっくり水平に視線を移す、といった態であった。

アベのほうは、それとは正反対に、背を丸めて、からだを小さくしながら料理を待っている。右手は小さく丸めて、まるでネコが火の中の栗を拾うときのよう。そしてその顔はといえば、もう満面に一杯のうれしさをあらわして、でも目だけは異様に集中して据わっている……容易に想像することはできるが描写するのが難しいありさまである。

いまの世代の四分の三は、私がいま述べたシュヴァリエやアベのような存在など、見たこともない世代である。が、十八世紀に書かれた多くの書物をよく理解するには彼らのことを知ることが不可欠なので、ここで私は、『決闘についての歴史的考察』という書物から若干のページを拝借させてもらうことにする。この本はシュヴァリエとアベの実態を解明する、簡にして要を得た申し分のない書物であり、私が引用しても著者は文句を言えない立場にある（本書の著者はサヴァラン本人である。一八〇三年刊）。

「規則から言っても、習慣から見ても、シュヴァリエという呼称は、なにがしかの勲章を持っている者か、爵位のある家柄の子弟とかでなければ、与えられてはならないと考えるのが妥当だろう。が、昨今のシュヴァリエと称する者たちは、そう名乗ったほうが有利だろうという理由から、自分で自分に称号を与えている場合が多い。そんな連中でも、それなりの教育を受けていて立ち居振る舞いに難がなければ、本物だろうと自称だろうと、そんなことを詮索したりしないのがこの時代のおおらかなところであった。

シュヴァリエは、概して好男子である。剣を垂直に吊り下げ、膝をまっすぐに伸ばし、頭を高く保って鼻を突き出し、肩で風を切って颯爽と歩く。賭け事好きで、自由奔放、大騒ぎをするやんちゃなところも人気があり、いつも流行の先端を行く女性たちを引き連れて歩いていた。

彼らはまた無鉄砲なほど勇気があるのも自慢で、すぐ刀の柄に手をかけようとする、血気盛んな男たちだった。彼らをじろじろ眺めたというだけで、ひと悶着起こることもしばしばであった」

実際、そんなふうにして、当時もっとも有名なシュヴァリエのひとりだったS某は倒れたのだった。

シュヴァリエ・ド・S……は、シャロル地方からやってきたばかりの若い男に喧嘩を売った。そして当時はまだ沼地ばかりだったショセ・ダンタンの裏手で、決闘に及んだ。

新参者が剣を構えるようすを見て、S某は敵がチンピラでないことを見て取った。これは油断がならぬぞ、と用心したが、時すでに遅かった。シュヴァリエが最初の動きを見せようとしたその瞬間、若者は素早く反応して突きを入れ、その一撃はあまりにも見事だったので、S某は倒れる前に息絶えた。決闘に立ち会った友人のひとりは長いこと黙ってその傷を調べていたが、怖ろしいほどの速さで突き抜いた剣の軌跡を見て、「なんと見事な剣さばき、この手並みから察するに、さぞ腕の立つ御仁に違いない」といってそのまま立ち去った。この言葉が、死者に対するたったひとつの弔辞であった。

革命戦争がはじまると、これらのシュヴァリエの大部分は軍隊に徴集され、あるいは国外に亡命し、残った者は大衆の中に紛れ込んだ。中にはわずかに生き残ったシュヴァリエもいるが、その武張った風体ですぐに見分けがつく。彼らは概して痩せていて、足を痛そうに引き摺って歩く。痛風持ちが多いのである。

貴族の家庭に子息が多いときは、そのうちのひとりは教会に送られて聖職者になる。最初は教育費に充当する基本の聖職禄をもらう身分からスタートするが、その方面の才があれば、末は枢機卿、修道院長、さらには司教の座にまで上り詰めることも可能である。

これが本物のアベだが、本物でないアベもいる。多少の金銭的余裕はあるがシュヴァリエになって出世しようという覇気もない若者の多くは、パリにやってきてアベを名乗る。

およそ、これほどラクなことはない。ちょっと外見を工夫すれば、禄を食んでいる聖職者を装うのは簡単である。そうすれば世間からひとかどの人物として遇され、もてなされもし、ちやほやもされ、追いかけまわされもするだろう。どこの家にもひとりはかならずアベがいるのだから、誰が紛れ込もうと何の不思議もないのである。

アベたちは、小さくて丸っこく、小太りで手足が短く、身なりはよいが、甘えん坊で、愛想がよく、詮索好きで、グルマンであり、用心深く、言葉巧みであった。が、いま残っている連中はすっかり変わって、本物の信心家になってしまっている。裕福な僧院長や聖職禄管理僧ほど、気楽なものはなかった。尊敬はされるし、お金はあるし、頭を下げなければならない人もいず、それに、やることはとくにないのだから。

このまま私たちが望むように平和が長く続けば、シュヴァリエのほうは復活するかもしれないが、宗教行政によほどの大変動でもない限り、アベのような人種は二度と登場することがないだろう。もはや、教会組織に「閑職」というものはなくなった。

「勤めあるが故に福あり」という、原始教会の教えに戻ったからである。

グルマン長命説

私は、最近読んだ本のおかげで、読者諸賢によいニュースをお知らせすることができることを、この上なく幸せに思う。それは、美食は健康を害するどころか、他の諸条件が同じであれば、グルマンはそうでない人よりも長生きする、という説である。これは、最近の科学アカデミーでヴィレルメ博士が発表した論文の中で、数学的に証明されたものである。

博士は、さまざまな身分の、ふだんご馳走を食べている人とそうでない人を較べ、その比較は社会のあらゆる階層に及んだ。博士はまた、パリの市内でも比較的暮らしの豊かないくつかの区域について同様の比較調査を試みたが、それらの区域の中でもはっきりとした違いがあらわれた。たとえばフォブール・サンマルソーとショセ・ダンタンでは、明らかに大きな差が示されたのだった。

さらに、博士の調査はフランス全国に及び、豊かな県とそうでない県を同様の手法で比較したところ、よいものを食べている豊かな人が多いほどその県の死亡率が低いこと、不幸にもよいものを食べられない貧しい人が多いところでは、それだけ早く死んでこの世の苦労から放免される、という事実が明らかになった。

　これらの数列が示す両極端を比較すると、裕福な生活に恵まれた層では年間の死亡者が五〇人に一人の割合であるのに対して、貧困な暮らしに喘ぐ層では、同じ一年間になんと四人に一人が死ぬというのである。

　かといって、最上級のご馳走を食べている人が決して病気にかからないかといえば、残念ながらそうではない。彼らもまた、ときには医科大学の厄介になることがあるが、病院の先生方の間で「たちのよい病人」と呼び慣わされているように、彼らは最大限の生命力を保持しており、からだのすべての器官が日頃からよく維持されているため、自然も十分な治癒力を発揮できるし、肉体も破壊に対してきわめて優れた抵抗力を示すことができるのである。

　この生理学上の真理は、歴史的にも証明されている。戦争、占領、天災などの重大な事態によって、食糧が不足し、窮乏の状態が長く続くと、かならずや疫病が発生して死亡率が急上昇することが、実証されている。

フォブール・サンマルソー Faubourg　Saint - Marceau（Marcel）は、現在のパリ一三区の北部にあたる、貧しい庶民が多く住む一角。職種はさまざまだが、どちらかというとその日暮らしの職人や工員が多く、食うや食わずの生活を毎日の酒で紛らわせていた。当時の絵図を見るとまだ野原の残る郊外の風情だが、三七五軒の家に対して酒屋と居酒屋の類いが三七五軒あったといわれ、「フォブール・サンマルソーでは飯は食えないが酒は飲める」といわれたものだという。

これに対してパリ九区のショセ・ダンタン通りは、本書のあちこちで言及されているが、すでに当時からパリきってのお洒落な街としてその名がとどろいていた。その後もつねにパリの華やかな社交の舞台となり、現在はギャラリー・ラファイエットやプランタンがある高級ショッピング街として知られている。

第13章　美食家判定器

前章で私たちは、グルマンという名誉ある呼び名を与えられる権利をもたない、ただそのふりをしているだけに過ぎない人びとに特徴的なありさまは、素晴らしいご馳走に囲まれていながら目の光が鈍く、顔の表情も生き生きとしていない点にある、と言った。

そういう連中には、どのみち価値のわからない宝物を気前よくくれてやるのはもったいない。だから、似非《えせ》グルマンを最初から選り分けることができたら、真に会食にふさわしい人物を知り、彼らをうまく組み合わせて食卓に就かせることができたら……と考えて、その方法を探求してみた。

その結果、きわめて辛抱強い研究の末、饗応の食卓を司るみなさまの前で、ここに「美食家判定器」を披露することができるようになったことをよろこびたい。これこそ、十九世紀の名誉となるべき大発明であると思う。

美食家判定器というのは、その、えもいわれぬ美味があまねく知れ渡り、どうにも疑いようのないほど素晴らしい料理、その料理が卓上にあらわれただけで、およそ正常な器官の働きをもった者であれば、それを味わうためのすべての機能を最高度に興奮させずにおかないような、そんな一群の料理のことである。であるからして、それらを前にしてさえ、いっこうに食欲をそそられたさまを示す表情の輝きも興奮の極致を示すような素振りも見せなかった、とすれば……これらの人びとは美食の宴席に連なる資格をもたない、と、すぐさま判定してよい、ということになる。

この判定法は、美食家アカデミーの大会において、さまざまな検討を加えられた末、永遠に変わらぬ言葉として、ラテン語でわれらが「黄金の書」に刻まれた。

「万人によって等しくその風味すぐれたりと認じられた一品が供せられるたびに、かならず会食者を注意深く観察すべし。その面上に歓喜の情をあらわさざる者は、すべてこれ会食に値せぬ者として記録さるべし」

判定器の是非を論ずる大会の議事録をみなさまにお目にかけられないのは残念だが、侃侃諤諤《かんかんがくがく》の議論の中から、こんな提案があったことだけお知らせしておこう。

ある会員は、*素晴らしい料理を食べられない状況から判定する、ネガティブな方法を提案した。たとえば、なんらかの理由で素晴らしい料理が供される前に台無しになってしまったとか、到着するはずの魚が手違いで遅れてしまったとか着かなくなったとか、そういうアクシデントが判定器になるとその人は主張したのである。

＊（原註）フェリックス・シビュエ氏。この人はその古典的な風貌と味覚の繊細さ、およびその行政的手腕のたしかさによって、完璧な「資本家」としての条件を備えていた。

なるほど一理ありそうだが、この提案は、座長の次の言葉であっさりと却下された。
「そのような出来事は、美食にあまり熱心でない者にはそれほどの影響を与えないかもしれないが、本当にグルマンの名にふさわしい美食の信奉者にとっては、そのショックは致命的な衝撃を与え、そのために死んでしまう者さえ出るおそれがあるではないか」

さて、いよいよわれわれが判定器として適当だと考える、献立表を示すときが来たようである。証拠書類として、それらの料理のつくりかたを添えようかとも思ったが、あまたの料理書に遠慮して、ここでは料理の名前だけを挙げつくりかたは記さないことにした。

美食家判定器は、対象となる人物の収入の程度に応じて、三段階に分けられる。

美食家判定器

〈第一段階〉推定収入五〇〇〇フラン（中産程度）

ぷっくりと丸く太った仔牛の股肉。分厚い豚の背脂をピケして、肉汁をかけながら焼いたもの。

リヨンの栗をたっぷり詰めた七面鳥。

脂の乗ったハト。ベーコンを巻いて、ほどよく焼いたもの。

ウフ・ア・ラ・ネージュ。

シュークルート。ソーセージを飾り、ストラスブールの燻製ベーコンを王冠のように並べたもの。

美食家の感想「畜生め、こりゃ旨そうだ。さっそく頂戴つかまつろう」

〈第二段階〉　推定収入一五〇〇〇フラン（有産程度）

牛ヒレ肉。脂身をピケして、芯がロゼ色になるように焼いたもの。
鹿の股肉。コルニションを刻み込んだソースを添えて。
ヒラメを茹でたもの。
プレサレの仔羊肉、プロヴァンス風。
トリュフ詰め七面鳥。
走りのエンドウマメ。

美食家の感想「いよいよお出ましですな。まるで婚礼とお祭りが一緒に来たようだ」

〈第三段階〉　推定収入三〇〇〇〇フラン（金持程度）

七斤（三キロ半）はある立派な鳥に、ペリゴール産のトリュフをパンパンにはち切れるほど一杯詰め込んだもの。

ストラスブールのフォワグラのパテ、バスチヨン型。

ライン河の大きな鯉。シャンボール風の豪華な飾りつけで。

トリュフと骨髄を詰めたウズラ、バジル入りのバターを塗ったトーストの上に載せて。

ブロシェ（川カマス）に詰め物をして脂身をピケし、エクルヴィス（ザリガニ）のクリームソースをたっぷりかけたもの。

ほどよく熟成したキジ肉。ピケして、サント・アリアンス風トーストの上に載せたもの。

直径一センチ半はある、出始めのアスパラガス一〇〇本のオスマゾームソース和え。

二ダースのオルトラン（ホオジロ）、プロヴァンス風。

ヴァニラとバラの香りをつけたピラミッド型のメレンゲ。（ただしこれは女性にしか効果があらわれない。男性の場合はぽっちゃりとした神父さんなど）

美食家の感想「閣下、閣下はなんという素晴らしい料理人をお持ちでしょう、これほどの料理は、御宅のほかではとても頂戴できません」

一般的注意

判定器が確実に効果を示すためには、それらの料理がたっぷりと供されなければならない。人の気持ちというものをよく知っている人の話によれば、どんなに風味ある素晴らしい料理でも、量が十分になければその影響力は小さいということである。料理がたっぷりないときに会食者が最初に受ける印象は、この分ではほんのちょっぴりしか食べられないのではないか、それなら最初から遠慮したほうが礼儀にかなうのではないか、という懸念の思いである。こうしたことは、見栄っ張りでけちん坊な主人の宴席ではしばしば見受けられることである。

私は何度もこの美食家判定器の効果が立証される場に立ち会っているが、ここではその一例だけお話すれば十分だろう。

それは、第四カテゴリーに属するグルマンである、信心家たちの集まりに呼ばれたときのことである。その晩の食宴の客のうち、俗人は私と私の友人J…R…のふたりだけだった。

まずは一通り、すこぶる上等な前菜そのほか最初のサービスの品々が供された後、運ばれてきたのは、シャラント地方バルブジュー産の巨大な童貞鶏、* それもはち切れんばかりのトリュフを腹に詰め込んだやつ。それに、ストラスブール産のフォワグラをジブラルタルに仕立てた一品だった。

このふたつの贅沢な料理があらわれたとき、一座の雰囲気にあきらかな変化が見て取れた。といっても、それはいかにも形容するのが難しい微妙な空気感で、ひょっとするとかつて英国の詩人が「静謐な笑い」と呼んだものに近いのかもしれないが、私はその、口には出さないが限りない満足と感嘆がいまにも表情を崩さんばかりにあらわれているみんなのようすを見て、これは見物だわい、と思ったものだった。

実際、みんなの胸はいっぱいになって、ピタリと会話は止み、すべての視線が肉を切り分ける給仕の手許に集中した。そしてそれぞれの皿に盛られたご馳走がひとつひとつ席に運ばれていくにしたがい、人びとの顔には次々と明らかな食欲の炎が燃え立ち、悦びに満ちた恍惚感と、至福の瞬間がもたらす究極の安堵が、最後は一座を支配したのだった。

＊（原註）その道の権威が私に断言したところによれば、童貞鶏の肉は、去勢鶏のそれと較べて、より柔らかいとはいえないにしても、その風味は明らかに上である、ということだ。私は俗界

の仕事が忙し過ぎるのでついぞ両者を食べ較べたことはなく、その判定は読者にお任せするが、童貞鶏の肉には去勢鶏の肉にはない独特の風味があることは知っているから、この説が正しいであろうことはおそらく保証してもよいと思う。

また、ある機知に富んだご婦人の言によれば、グルマンであるかないかは、"bon"という言葉の発音の仕方でわかるという。「これはまたおいしゅうございましたVoila qui est bon」とか、「これはまたなんともおいしゅうございましたVoila qui est bien bon」とか、あるいはこれらに類する他の表現でも、料理の味が「おいしい」というときには"bon"という語を用いるわけだが、このたった一音節のありふれた短い言葉を発するとき、真のグルマンは、凡庸な味覚の持ち主には決して真似することのできない、真実のこもった、美食への甘美な想いと抑えきれない熱情に満ち溢れた、なんともいえない独特の表情を付け加えるのだそうだ。

美食家判定器に出てくる料理については、ここでも解説はしないでおく。ただ、ブリア゠サヴァランの仲間のグルマンたちが、どんな料理をおいしいと思っているのか、それぞれの名前から想像していただければよいと思う（料理名や材料名のフランス語はそのほとんどがスマホから検索できるので、興味のある方は確認していただきたい）。

第一段階から第三段階までの差異は、仔牛か牛か、ハトかキジかオルトランか、といった素材のグレードより、端的にわかりやすいのはトリュフとフォワグラである。第一段階にはトリュフもフォワグラもなく、第二段階になるとトリュフがあらわれ、第三段階になるとフォワグラが登場し、トリュフは二度もあらわれる。フランス人が、なにをもって贅沢な料理であるかを判定するのか、その基準がわかろうというものである。

今日でも、高級な（高価な）フランス料理店では、トリュフ（西洋松露）、フォワグラ（鵞鳥または鴨の肥大肝臓）、キャビア（チョウザメの卵）という、いわゆる「世界三大珍味」がかならずメニューの料理名の中に出てくる。が、このうちキャビアは、ロシアの貴族のあいだでは早くから賞味されていたけれども、フランスで知られるようになるのは十九世紀の末頃だから、ブリア＝サヴァランはキャビアの味を知らぬまま逝ってしまったということになる。

ブリア＝サヴァランが最後に紹介している「フォワグラのジブラルタル」とは、一七八〇年頃に料理人のジャン＝ピエール・クローズが美食家で知られるコンタード侯爵の饗宴に供し、その後ルイ十五世から十六世の時代に宮廷で大いにもてはやされた、フォワグラのパイ包み焼きのことである。ジブラルタルと呼ばれる大きな楕円形の金型の中に、丸ごとのフォワグラの塊をいくつかと、仔牛肉と豚脂を混ぜて刻んだものを詰めてから両端をパイ皮で覆い、オーブンでじっくりと火を通す。コンタード侯爵がこの料理をルイ十六世に献呈したところ、その功により侯爵はピカルディー地方に領地を与えられ、料理人クローズは多額の金貨を拝領したという。

童貞鶏と去勢鶏のどちらが美味かという論争も、フランス人らしいといえばフランス人らしい。ここまで読み進んでくれば読者にはわかると思うが、この時代のフランス人がもっとも愛していたのは鳥類の肉で、小鳥から七面鳥まで、野鳥から飼育鶏まで、さまざまな鳥類の肉を味わい分けていた。同じ鶏でも、雛鳥、メスの若鶏（処女鶏）、オスの若鶏（童貞鶏）、去勢した雄鶏（去勢鶏）、雄鶏、雌鶏、穀類で肥育した雌鶏（肥鶏）……など、性別や年齢や餌や飼育環境の異なるいくつもの種類を、料理の目的に応じて育ててきたのである。牛肉を食べる習慣は、草原における放牧がいち早くはじまった英国で生まれ、フランスに伝わったのはナポレオン以降、つまりブリア＝サヴァランの晩年といってよい時期である。だから美食家判定器にもわずかにしか登場しないが、それに較べると鳥類のバラエティーは豊富で、その味覚の判定にも熱がこもる。

しかし、私が面白いと思うのは、「おいしい bon」という語の表現のしかたによってその人の「美食家度」がわかる、という、さるご婦人の言葉である。「おいしい c'est bon」、「とてもおいしい c'est très bon」という言いかたは今日のフランス語でも日常に使われるありふれた表現だが、これほど美食を論じ、料理の味わいを問題にするブリア＝サヴァランほどの美食家たちのあいだでも、この語以外に「おいしい」ことを意味する語彙はほとんどなく、あとは「bon」という同じ語を発するときの目の光や顔の表情や発音の微妙なイントネーションなど、言語以外の表現でしか判断できない、というのだから。

ブリア＝サヴァランは、第２章「味覚について」の中で、味の種類には限りがなく、単一の味の中にも無限の諧調があり、それらがどんなふうに組み合わさるかもわからないのだから、余すところなく表現するのは無理、とした上で、こう、述べていた。

しかし、これまでのところ、ある特定の味わいを厳密な正確さで鑑定しなければならない必要はとくになかったので、私たちは、「甘い」とか「酸っぱい」とか「苦い」とか、ごくわずかな語彙によって一般的な表現をするに止まっていた。これらの表現は、じ詰めれば結局のところは「うまい」か「まずい」かのどちらかになってしまうのだが、それでもこの二つの言葉さえあれば、私たちがものを口に入れたときの味がどんなものであるか、おおまかなところは表現できるし、なんとか人にわかってもらうこともできるのである。

なんとも率直な述懐だが、美食家ブリア＝サヴァランとしては、どんな美食を堪能しても、畢竟《ひっきょう》、それを味わった者以外その味を他人に伝えることはどうやってもできないという、味を表現することの空しさと限界を感じた上で、こう述べているのだろう。

サヴァランは、さらにこうも言っている。

おそらく、私たちの子孫は味わいを言葉にするもっと豊かな表現をもっているに違いないし、未来には化学の力によって味の原因や要素が分析され、その本質が明らかにされるであろうことは、まったく疑いの余地がないと思う。

まさしく現代は、彼の予言通りになっている。が、はたして私たちは「味わいを言葉にするもっと豊かな表現をもっている」と言えるだろうか。たしかに化学の発達によって味の原因や要素は分析されたが、だからといって味の表現がそれだけ正確になったわけでもない。

おいしさを表現する言葉を探して悩むより、おいしいと感じたら素直に「おいしい」と言い、その「おいしい」の言葉の中に心からの感動を込めることのほうがずっと大事であるという、ブリア＝サヴァランの言葉を、あらためて味わいたいものである。

第14章　食卓の快楽について

およそこの世に生を与えられた万物の中で、人間ほどたえず苦痛にさらされている者はない。

原始時代から、丸裸の皮膚や足など、それだけで苦痛なのに、さらに戦争と破壊の本能までつきまとう。そのうえ、病気による苦痛や刑罰による苦痛など、数え上げればきりがない。

快楽のほうは、一部の器官が一時的に享受するだけで、苦痛に較べればその力は弱く、持続も短い。しかし、そうであっても、もろもろの苦痛から逃れようとするために反対方向を求める気持ちが働いて、私たちは、天が残してくれたわずかな快楽に、ひたすら固執しようとするのである。

バッカス（酒の神）も、キューピッド（愛の神）も、コモス（食卓の神）も、ディアナ（狩猟の神）も、新しい厳格な宗教の前に姿を消し、今日では詩の中で回想されるに過ぎない。しかし、その実体は残っていて、だから私たちはもっとも厳粛な信仰のもとにありながら、結婚のときも洗礼のときも、いや葬式のときでさえ、盛大なご馳走を食べるのである。

食卓の快楽の起源

食事というものは、私たちの定義によれば、人類にとっての第二期、すなわち果実などを採集して食べていた時代が終わったときに、はじまったのである。獣肉を調理したり分配したりする必要から家族がひとところに集まり、家長が狩猟の獲物を子供たちに分け与えた。子供たちが大きくなると、こんどは彼らが年老いた両親のために同じことをした。

こうした食事のときの集まりは、最初はごく近しい親族だけに限られていたが、そのうちに近隣の者を招くようになり、さらには友人にまでその輪を広げていった。

その後、人類の活動範囲が広がると、こうした原初的な会食の場に疲れた旅びとが加わり、遠い国のさまざまな話をして聞かせるようになった。そんなふうにして会食と歓待がはじまり、このことから、あらゆる民族において神聖なる不文律が遵守されるようになった。すなわち、いったんパンと塩を分け合うことに同意したからには、いかに獰猛な民族といえどもその者の生命を尊重しなければならない、という掟である。

言葉というものは、こうした食事のあいだに少しずつ生まれ、しだいに発達していったものに違いない。食事の集まりはつねに繰り返されるものであり、食事中や食後のゆったりとした時間に、人びとが和み、語らうのは、ごく自然なことなのだから。

食の快楽と食卓の快楽との違い

食卓の快楽とはこのようなものであるから、それにかならず先立つ食の快楽とは、はっきりと区別しなければならない。

食の快楽とは、ひとつの欲望が満たされたという、現実的かつ直接的な感覚である。

食卓の快楽のほうは、食事に伴うさまざまな要素、場所だとか、物だとか、人だとかいったものから生じる、省察的な感覚である。

食の快楽は人間にも動物にも共通のもので、空腹とそれを満たすものさえあれば事足りる。

しかし、食卓の快楽は人間にだけあるもので、料理の準備だとか、場所の選択だとか、会食者の招待だとか、食事の前のさまざまな気配りが大事なのである。

食の快楽を得るには、飢えとまではいわなくても、少なくとも食欲が必要である。しかし食卓の快楽は、多くの場合このどちらにも依存しない。

このふたつの快楽は、私たちが宴席に集うとき、つねに観察できるものである。

食事の最初のコースが出る会食の前段では、みんな黙ってがつがつと食べ、話もしないし、なにか言われても上の空である。社会階級がどうであれ、ほかのことはすべて忘れて、大工場の労働者のように、目の前の食べものに夢中になる。しかし、しだいに空腹が満たされてくると周囲に気を配ることができるようになり、会話が交わされ、別の世界が開けてくる。それまでは単なる飲食者に過ぎなかったものが、それぞれに神が与え給うた持ち前にしたがって、それなりに愉快な会食者となるのである。

結　果

食卓の快楽には、忘我も、恍惚も、激情もない。が、激しさに欠ける分だけ長く持続する。そして、これこそが食卓の快楽の真骨頂なのだが、私たちが他の快楽へ向かおうとするときはそれを後押ししてくれるし、他の快楽を失ったときには私たちを優しく慰めてくれるのである。

実際、よく設えられた食事を楽しんだ後は、心身ともに、えも言われぬ幸福感に満たされるものである。

肉体的には、脳が活性化すると同時に、顔がほころび、色艶がよくなり、目が輝き、からだの全体に心地よい温かさが広がってくる。

精神的には、頭が明晰になり、想像力が刺戟され、気のきいた言葉が口をついて出、つぎつぎと会話が弾む。機知ゆたかな著者として後世に名を残す文人は、例外なく愉快な会食者たちであった。

そのうえ、同じひとつの食卓のまわりに、しばしば社交の極致から生まれるあらゆるかたち、すなわち恋愛、友情、商売、投機、権力、嘆願、庇護、野心、策略……などが集いうごめくことがある。だから食卓を囲む会食者はおのずから人生百般の機微に通じ、この世の中の奥深い滋味を味わうことができるのである。

宴席の趣向

以上のような事情を考えれば当然のことだが、すべての人間の活動は、食卓の快楽を、より長く、より強く味わうことに向かって傾注されてきた。

詩人たちのある者は、人間の首が短か過ぎて食べたものをゆっくり味わえないことを恨み、またある者は胃袋の容量が小さ過ぎることを嘆いた。さらには、胃袋に負担をかけないように一食をまるまる抜き、その分で次の食事を思うさま貪ろうと考える者さえあらわれた。

このように、人間は味覚の悦びを最大限に追求しようと飽くなき努力を続けてきたが、いかなる試みも自然の定める矩を超えることはできなかったので、せめて食卓になんらかの景物を添えて楽しみの幅を広げようとした。

食卓の鉢や盃を花で飾ったり、会食者の頭に花の冠を被せたり、ときには野外の青天井の下に席を設え、あるいは庭の花園で、また緑の森の中で、大自然の素晴らしさとともに食事をするなど、あらゆることを試みた。

食卓の快楽に音楽の魅力を加え、声楽や器楽で宴席を盛りたてた。はなやかな衣装に身を包んだ舞踏家や、手品師や、無言劇の俳優たちが、味覚の悦びを邪魔することなく会食者の目を愉しませた。えもいわれぬ芳しき香りが、あたりに立ちのぼることもあった。ついには一糸まとわぬ美女に給仕させる宴まであらわれて、つまり、人間のあらゆる種類の感覚が、たったひとつの全能の快楽のために駆り出されたのだった。

十八世紀と十九世紀

このように、さまざまな状況に応じて味覚の快楽を増大する工夫を重ねてきた私たちだが、最近は新しい発見によって、これまでにないやりかたができるようになった。さすがに今日のように文化が洗練されてくると、かつてのローマ人のように、吐いては食べる、というわけにはいかない。が、幸いなことに私たちは、吐瀉器など置かなくても、もっと上品なやりかたで同じ目的を果たすことができるようになったのである。

近頃の料理はどれも魅力的で、食べれば食べるほど新たな食欲が湧き出してくる。しかも、きわめて軽いので、口を悦ばせはするけれども、胃袋にはちっとも負担をかけないのだ。セネカなら、「雲のようなご馳走」と形容するところだろう。

このように食卓の快楽は進歩に進歩を重ねてきたので、止むを得ない仕事があって席を立たなければならないとか、どうしようもなく眠気が差してこれ以上我慢ができないとか、よほどの理由がない限り、食事が続く時間はほとんど際限がなくなってくる。最初のマデイラ酒の一杯から最後のパンチの一杯まで、私たちが食卓についている時間を制限するものはなにひとつないのである。

「マデイラにはじまってパンチで終わる」というのが、当時の、そしてブリア゠サヴァランお好みの会食のフルコースだった。マデイラはすでに第11章「グルマンディーズについて」の貧乏な仲良し夫婦の話などに登場した。パンチはフルコースの終わりを締める飲みものとしてこのあと何度も登場する。

パンチ punch は、もともとヒンドゥー語で数字の5をあらわす言葉だそうで、五種類の材料を用いたカクテルのような飲みものを指していたが、十七世紀にインドから英国に伝わり、そこからヨーロッパ各国にパーティー・ドリンクとして広まっていくうちにさまざまに変化を遂げた。

本来の材料はアルコール、砂糖、レモン、水、紅茶またはスパイスの五種であるというが、大きなパンチボウルに入れて供するスタイルは同じでも、ブランデーの代わりにワインを用いたり、フルーツを加えて飲みやすくするなどのバリエーションが生まれた。

また、十七世紀後半からジャマイカ産のラムが入るようになると、ラムと砂糖にレモンまたはライムを組み合わせた「モダン・パンチ」が主流になっていく。

私たちはパンチというと、ワインにオレンジなどのジュースを加え、カットした果物を放り込んだ、いわゆるスペインのサングリアのような飲みものを思い浮かべるが、ブリア＝サヴァランが本書で再三言及しているパンチは、蒸留酒（とくにラム酒）に砂糖を加えたものを指している。

パリ六区の、メトロのオデオン駅にほど近いサンジェルマン大通りに、『ラ・ロムリー La Rhumerie』という名の老舗カフェがある。ロムリーとは、ラム酒rhum（フランス語の発音は「ロム」に近い）の醸造所のことで、その名の通りこの店の名物は、ラム酒に砂糖（シロップ）をたっぷり加えてライムの一片を添え、氷とともに小ぶりのコップに入れて出す「パンチ」である。これがおそらく、ブリア＝サヴァランが食後に楽しんだパンチに近いだろう。

パンチはもともと大英帝国の植民地インドが出自だが、その後西インド諸島でサトウキビの栽培に着手した欧州の列強は莫大な利益を上げ、その過程で生じる廃糖蜜を利用してラム酒をつくるために、アフリカ大陸から大量の奴隷たちを調達して労働を強制した……という、十七世紀からの二百年間にわたる植民地収奪の歴史を物語るのが、ラム酒と砂糖を組み合わせたサヴァランの時代のパンチなのである。いかにも征服者のパーティーにふさわしい酒だ、と言ったら意地悪に過ぎるだろうか。

なお、punch というスペルは英語からの借用で、フランス語で発音すると「ポンシュ」という、なんとも間の抜けた音になる。

いまの時代には、もはや先に挙げたような食べもの以外のもろもろの景物は、食卓の快楽を演出するために欠かせないものとは思われない。そこそこおいしい食事と、よいワインと、愉快な仲間と、たっぷりの時間と。この四つの条件さえ揃えば、いつでも私たちは食卓の快楽を十分に味わうことができるのである。

そのため私はしばしば、たとえばホラチウスが隣人を招くときの食事、雨宿りに身を寄せた客人のために調えるありあわせの食事のような、そんな質素な食卓に連なることを望んだ。

すなわち、やわらかい若鶏、できれば脂の乗った仔山羊の肉。それにブドウかイチジクかクルミがデザートにあれば、もうそれだけで十分なご馳走だ。さしずめワインは「マンリウス摂政の御世のヴィンテージ」……。古代ギリシャの詩人ホラチウスは、次のように歌っている。

徒然に友の来たりしとき
また雨の日に隣人を招くときは
町にわざわざ魚を買いに行くなど無用のこと
ありあわせの若鶏と仔山羊で腹を満たし
吊るしてある乾しブドウとクルミで食卓を飾り
それにたっぷりのイチジクがあれば最上の食事

たとえば昨日でも今日でも、いつでもいいから三組の友人同士が集い、羊の煮物と腎臓の焼いたのをたらふく食い、オルレアンかメドックの切れのよいワインで喉を潤し、気の置けない親密な会話を楽しみながら一晩を過ごせば、誰もこれ以上おいしい料理が世の中にあるとも、これより腕のよい料理人がこの世にいるとも思わないに違いない。

それに対して、いくら料理が上等であっても、どれほど設えが贅沢であっても、ワインがまずく、食卓を囲むのが適当にかき集められたいい加減な会食者で、悲しい顔をしたのが混じっていたり、あわただしく時間に追われて食べたりするのでは、食卓の快楽など味わえるはずがないのである。

スケッチ

では……と、おそらく気の短い読者はお訊ねになるであろう。

いま、このキリスト紀元一八二五年という現在に、すべての条件を満たして食卓の快楽を最高度に実現するにはどうすればよいのかと。

私がこの問いに答えて進ぜよう。読者諸君よく聞き給え。これはあまたある女神の中でももっとも美しい美食の神、ガステレアのご託宣を伝えるものであるから、幾世紀を経ても変わらぬ教えにほかならない。

(1)会食者の数は一二人を超えないこと。そうでないと、つねに全員が会話を共有することができない。

(2)会食者の選択は注意深くおこなう。職業はまちまちでも、好みはたがいに似ているほうがよい。紹介などという無風流なことをしなくても済むように、たがいにそれぞれのことを知っている間柄が望ましい。

(3) 食堂の照明は十分に明るく、銀器やリネンは完璧に清潔でなければならない。室内の温度は摂氏一六度から二〇度をもってよしとする。
(4) 男子は機知に富むが気障ではなく、女子は可愛らしいが色っぽ過ぎないほうがよい。
(5) 料理は滋味ゆたかなものを選び、皿数はあまり多くないほうがよい。ワインはそれぞれの程度に応じて第一級のものを選ぶべし。
(6) 順序については、料理はしっかりした重いものから軽いものへ、ワインはあっさりとして飲みやすいものから香りの高いものへ。
(7) 晩餐は一日の最後の仕事だから、食事はゆっくりと進めること。会食者は、全員が同じ目的地へ向かう旅びとのようであらねばならない。
(8) コーヒーは熱くなくてはならない。リキュールの選択は主人の大事な仕事である。
(9) 会食者を受け入れるサロンは十分に広く、ゲームなしではいられない人がそこで遊ぶ場所がなければいけない。また、そこでゆっくり食後の歓談が出きるほどの広さが必要である。
(10) 会食者が社交の楽しさに惹かれ、食後にはもっと楽しいことがあるかもしれないと期待するようでなければならない。
(11) 紅茶は濃く淹れ過ぎないように。トーストのバターは芸術的に塗り、パンチは入念につくること。
(12) 午後十一時より前に退席するのは早過ぎるが、十二時にはみんなベッドの中にいるようにしなければならない。

もし誰かが上記のような条件がすべて揃った会食に参加したとすれば、それこそ自分自身の受勲式に出席したような得意な気分になるであろう。逆に、それらの条件の大半が忘れられたり無視されたりしていれば、それだけ大きな失望が待っていよう。

ガステレアの女神はブリア゠サヴァランが創作した美食を司る女神のことだが(下巻第30章「ブーケ(花束)」参照)、ここに挙げられた「おもてなしの心得」は、概ねいまの世の中にも通じることだろう。が、なかにはこの時代ならではの、またブリア゠サヴァランならではの、特別の事情やこだわりも垣間見える。
ワインが「あっさりしたものから香りの高いものへ」は分かるとして、「料理

はしっかりした重いものから軽いものへ」というのは、分かりにくいかもしれない。現代ではむしろ、軽い前菜からスタートして、しだいにボリュームを上げて行き、最後に（デザートの前に）しっかりした料理をメインディッシュとして食べる、というほうがふつうだからだ。が、当時の正餐に出てくる料理の皿数はいまよりもずっと多く、夥しい量の食べものが何回かに分けてサービスされ、誰もその全部を食べることはなかった。だから宴会に出る者の心得としては、最初に出てくるスープとブイイをしっかり食べて当面の空腹を紛らわせることが、その後のフルコースを順調にこなすために必要だったのである。

ブリア゠サヴァランの時代には、コーヒーがもっともファッショナブルな飲みものだった。紅茶を飲むのはいうまでもなく英国の習慣なのだが、サヴァランは食後にコーヒー（とリキュール）を飲んだあと、別席に移ってトランプ遊びなどをはじめたときに、紅茶はいかがですかといって出すことがしばしばあったようだ。で、そのときに、こんがり焼いたトーストにバターを塗って食べるよう奨めた。トーストに用いるいわゆる「食パン」も、フランスパンの伝統にはない英国からの伝来である。

ところで、最後の「遅くとも午後十一時まではそこにいて、でも十二時には自分の家で寝ていなければならない」という縛りは、結構キツイのではないかと思う。退出してから馬車に乗る時間、帰ってから着替えてベッドに入る時間を考えれば、お招ばれした先から自宅まで馬車で三十分以内で行けなければ難しいだろう。あるいは、ブリア＝サヴァランの時代の首都パリにおける社交は、それほど狭い範囲に住む、たがいに知り合った似たもの同士の階層でおこなわれていた、ということなのかもしれない。

第15章　狩りの中休み

食べることを大事なものと考える人の人生において、もっとも素敵な時間はおそらく狩りの中休みであろう。しばしの幕間の余興としても、これほど飽きずに楽しめるものは他にない。

何時間か運動をすると、どんなに屈強な狩人でも休みがほしくなる。朝から風を切って馬に乗り、手綱さばきも鮮やかに、狩りをしているうちに昼になった。太陽は天の中空にのぼり、狩りをする者は、決して疲れたからではなく、ただ人間の活動は無限に続くものでないことを本能的に察知して、数時間の休みを取ろうとする。

涼しげな木陰が目に入る。柔らかい草叢が彼を迎え、泉から湧く小川のせせらぎが、喉の渇きを癒す飲みものを冷やすよう誘っている。*

＊（原註）このようなとき、私は白ワインを持っていくことをお奨めする。白ワインのほうが動揺にも暑熱にも強く、喉の渇きを癒す効果も大きいからだ。

そこで彼は、やおら静かなよろこびをもって黄金色に焼けた小さなパンを取り出し、愛しい人の手が優しくバッグの中に入れておいてくれた、若鶏の冷製の包みを広げる。そしてそのすぐそばに、デザートとして食べるための、グリュイエールかロックフォールのチーズを添えるのだ。

このように準備をしているあいだ、狩猟家は決してひとりではない。天が彼のために創造してくれた忠実な動物がかたわらに寄り添い、うずくまって愛する主人の手許を見つめている。そのようすは、分け隔てのない友だちのようである。忠実な犬は、主人に仕えて食事を共にすることを、誇りとも幸せとも思っている。

ふたりとも、つきあいばかりに走り回る社交家や、神に仕える信心家には、とても考えられないほどの食欲がある。社交家はおなかが空いている暇がないし、信心家は食欲が出るような運動をしないからである。

仲のよい主従は、ご馳走を分け合いながら、おいしく食べた。こうして草上の昼餐は、穏やかに事もなく終わったのである。あとは、少しばかり昼寝をしようか。昼下がりのひとときは、神に与えられた休息の時間なのだから。

狩りの中休みの愉しみは、これに何人かの友だちが加わると何倍にも大きくなる。

そういうときには、平和で楽しい目的に転用された軍隊用のトランクに、もっとたくさんのご馳走をいっぱい詰め込んで、みんなで運んでくるからだ。よく頑張ったな、とか、おまえは役に立たない奴だ、とか、たがいにわいわい声をかけて笑い合い、午後の時間の愉しみに胸を膨らませながら。

もしそこへ、よく気のつく召使いが、氷できりりと冷やしたマデイラ酒やさまざまなリキュールなど酒神バッカスへの捧げものを、イチゴやパイナップルのジュースといっしょに運んできたとしたらどうだろう。それらは体内に爽やかな冷気を吹き込み、俗人の知るに及ばぬ無上の幸福をもたらさないことがあるだろうか。*

だが、まだまだこれで魅惑が尽きるわけではない。

お楽しみは、これからなのだ。

＊（原註）このような魅力的な遊びを最初にはじめたのは、わが友アレクサンドル・デルセールであった。私たちはある暑い日にヴィルヌーヴの森へ狩りに出かけた。太陽がかんかんに照りつけ、気温は日陰でも摂氏三二度を超えていた。そんな酷暑の狩り場へ彼は、私たちの跡を付けて「鍋運び」の召使いたちがやってくるよう手配していたのだ。運ばれてきたのは氷をいっぱいに詰めた大きな皮袋で、その中には私たちが望むすべてのもの、喉の渇きを癒し、元気を回復させる、あらゆる飲みものが用意されていた。私たちがよろこんでそれをいただき、すっ

かり生き返った心地になったことは言うまでもない。まったく、焼けた熱い舌と乾き切った喉をこのような涼やかな飲みもので癒してやるときは、この世にこれ以上の極楽はないと思わせる。

女性たちも加わって

ときには、仲間の妻や妹、あるいは従姉妹やその女友だちが、招かれて私たちと楽しみをともにする日もある。

約束の時間になると、軽快な馬車と元気な馬たちが、美人と花と羽飾りを乗せてやって来る。彼女たちの装いは、ミリタリールックで、ちょっと色っぽい。教授の目にも、たまたまの偶然でなければ覗けないようなものが、ちらりと見えることもあるのだった。

やがて馬車の扉が少し開き、ペリゴールの宝物トリュフや、ストラスブールの奇跡フォワグラや、アシャールの甘いお菓子のほか、最高に贅沢な厨房から運んできたあらゆる美味佳肴の姿が垣間見える……。

もちろんシャンパンは決して忘れてはならない。勢いのよいシャンパンの泡は、美人の手の中で弾けるのにふさわしい。

男も女も草の上に座り、よく食べ、よく飲み、次々とシャンパンの栓を抜いた。おしゃべりをしては笑い転げ、大空の下で思い切り冗談を言い合った。なにしろ私たちにとっては、宇宙全体がサロンであり、太陽がそのシャンデリアなのだから。天から降り注ぐ食欲が、どんな豪華に飾られたサロンの部屋よりも、この草上の昼餐に生き生きとした活気を与えている。

けれどもいつしか時間が来て、楽しいパーティーも終わりになる。年長のリーダーが合図をするとみんな立ち上がって、男たちは銃を取り、女たちは帽子を被り、たがいに別れを告げたあと、馬車がゆるゆると動き出す。と、たちまち美しい人たちは見えなくなり、もう夜の帳《とばり》が下りるまで彼女たちは姿を見せないのだ。

このような情景を、黄金の波が岸辺を洗う上流階級の社会で私は見た。が、この愉しみを味わうには、かならずしもそんな特別の舞台を必要としない。

私はフランス中央部の、相当奥深い田舎で狩りをしたことがある。そのとき、中休みの時間になると、おおぜいの可愛い女の子たち、若さではち切れんばかりのピカピカに輝いたお嬢さんたちが、ある者は一頭立ての二輪馬車に、またある者はみずから幌馬車を駆って、なかにはモンモランシーの住民に富と栄光をもたらしたあのみすぼらしいロバに乗っている者さえいたが、みんな嬉々として駆けつけてきたのである。

「黄金の波が岸辺を洗う上流階級の社会……」というところの原文は「パクトロスの川が流れる（上流社会）……」となっている。ギリシャ神話によれば、手に触れるものがすべて黄金になるという願いを酒神デュオニソスによって聞き入れられたミダス王は、祝いの食膳を用意したが食べものも飲みものもすべて手を触れた途端に硬い黄金になってしまうことを知り、再びデュオニソスに訴えると、デュオニソスはパクトロス川で水浴びをするようにと命じた。言われる通りにミダス王が川の水に触れると、彼の魔力は解き放たれ、川の砂がすべて金に変わったという。小アジア（現トルコ）を流れるパクトロス川は、砂金を多く産することで知られている。「モンモランシーの住民に富と栄光をもたらしたあのみすぼらしいロバ」……モンモランシーはパリ北郊のリゾート地。広大な森をロバに乗って巡るのがアトラクションとなっている。

女の子たちは、大変なお仕事ね、と笑い声をあげながら食べものを運んできて、透明なゼリーで寄せた七面鳥の胸肉や、田舎風のおいしそうなパテだとか、混ぜ合わせるばかりになっているサラダなどを、早くも草の上に広げはじめた。こんな場合につきものの焚き火をすぐに熾す者もあれば、そのまわりを軽い足取りで踊る者もいる。私もいっしょになってこのノマド（放浪の民族）たちの宴会のようなお祭り騒ぎを楽しみながら、そう、とくに豪奢な設えがないからといって、その魅力にはなんら変わりがないことを、その陽気な愉しさにもなにひとつ変わりがないことを、心から理解したのだった。

さて、それにしても。草上の昼餐が終わって男女が別れるとき、その日いちばんの狩りの名人に、どうして祝福のキスをしないのだろうか。その日いちばんのビリだって、慰めのキスをしてやってもいいじゃないか。そうしたら他の連中にも、嫉妬しないようにキスをしてやろう。だってお別れの時なのだから、キスをするのは当然の作法だし、ちょっぴりそれを多めに利用したって罰は当たるまい。

狩人たちよ。慎重に狙いを定めて、真っ直ぐに引き金を引きたまえ。そして女性たちが到着するまでに、獲物の籠をいっぱいにしておくように。なぜなら、経験の教えるところによれば、昼餐が終わって彼女たちが去った後は、ろくな獲物が獲れないのがいつものことだから。

どうして午後の狩りがうまくいかないのか、その理由についてはいやになるほど推量した。ある者は昼餐で満腹になると消化にかまけてからだが重くなるせいだといい、ある者は注意が散漫になって集中力が衰えるからだといい、またある者は、午後は早く切り上げてうちに帰ろうよ、などとふたりで睦言を交わすのがいけないという。だが私たちは、

この目は心の奥底まで見ることができた

……女性たちはまだうら若きお年頃、狩人といえばすぐに火がつきやすい質《たち》。両者が出会えばかならず性の火花が飛び散って、なにも起こらぬわけがない。そのせいで、あの貞潔で名高い狩猟の女神ディアナが機嫌を損ね、もうその日の終わりまでは素行の悪い男たちに獲物はやらぬ、とお決めになったのではあるまいか。いま、私は「その日の終わりまでは」と言ったが、お堅い女神も日が暮れた後は、あれでなかなか隅に置けないということを、（ジロデの作品を見れば分かるように）エンデュミオンの物語が示している。

ローマ神話の「月の女神」ディアナは、ギリシャ神話「三大処女神」のひとりとされる「純潔と狩猟の女神」アルテミスに同じ。

　ある日、山の頂で眠っていた羊飼いの青年エンデュミオンを見て一目惚れしたディアナは、人間である美青年が時とともに老いていくことに堪えられず、全能の神ゼウスに頼んで彼を不老不死にした。そのためエンデュミオンは永遠の眠りにつき、老いることもなかったが目を覚ますこともなかった。

　アンヌ＝ルイ・ジロデが一七九一年に描いた『エンデュミオンの眠り』は、ルーブル美術館所蔵の作品。エンデュミオンに恋をしたディアナは毎夜地上に降り立ち、眠る恋人に寄り添った……という神話を題材に、ディアナの姿を月の光であらわし、しどけなく全裸で眠る美青年エンデュミオンの、顔から胸にかけてを愛撫するように月光が照らしている。

第16章 消化について

人は食べるから生きるのではない、消化するから生きるのである、と古諺に言う。その通り、生きるためには誰でも消化する必要がある。貧者も富者も、乞食も王様も。

嚥下

飲み食いの最初の行為は嚥下《えんげ》である。嚥下は食物が口に到着するときにはじまり、食物が食道に入るときに終わる。

まず、歯が硬いものを砕き、口腔内に敷き詰められたさまざまな分泌腺が、それらに湿り気を与える。その分割されて湿った食物を、舌が捏ねながら混ぜ合わせる。

次に、舌によって硬口蓋（上顎）に押しつけられた食物から汁が絞り出され、人間はそれを味わう。

このような行為をおこないながら、舌は食物の塊をひとつにまとめて口の真ん中に集め、それから下顎の歯を梃子にして舌の中央部を上に持ち上げることで、舌の根もとの方向に向かってゆるやかな下り坂をつくり、食物を喉の奥のほうへ送る。するとそこで咽頭が食物を受け取り、こんどは収縮作用によって食道へ向かって押し込むのだ。そのあとは、食道の蠕動運動がそれらを胃に運んでいく。

こうして、最初の一口目が終わると次の二口目が同じように嚥下されていく。その合間に吸い込まれる飲みものも、同じ道をたどる。この間に食物が鼻の奥に押し込まれる危険や、気管のほうに落ち込む危険は、ものを食べているときは声門が狭まるとか、嚥下の途中では呼吸をしないとかいった精妙な機能や本能によって防がれているので、おおむね食物は容易に胃袋まで到達することができる。

食物が胃まで届いてしまうと、そこからはもはや意志の働かない世界となり、その時点から本来の消化という作用がはじまるのである。

消化作用

消化という作用はまったく機械的なものであって、消化器は篩《ふるい》を備えた粉砕機のようなものである。その役割は、食物の中からからだの修復に役立つものだけを抽出し、動物化できる部分がなくなった搾り滓を排出することである。

胃の中に入った食物は、そこに充満している消化液に浸され、そこで摂氏三七・五度以上の熱に数時間さらされた後、その存在が引き起こす胃の蠕動運動によって混ぜ合わされ、たがいに作用しあううちに、一部は不可避的に発酵する。たいがいの食べものは、発酵性をもっているものである。

そうしたさまざまな作用を受けているうちに、乳糜《にゅうび》が形成されてくる。最初にそれに接触した食べものの表層から同化がはじまり、乳糜と合体して流動化した消化物は、幽門を潜って腸へと送られる。

幽門は一種の肉の漏斗であって、胃と腸をつなぐ役目を果たし、食べたものが逆流しないように（あるいは逆流することをきわめて難しく）している。

幽門から落ちてくる消化物を最初に受け取るのは十二指腸である。この腸は、長さがちょうど指十二本分の幅であることからそう名づけられた。十二指腸に入った消化物は、ここで胆汁や膵液と混じってさらに別の消化作用を受ける。

食べものを胃から十二指腸へと送り込んだときと同じ動きによって、消化物はさらに腸の奥のほうへ進んでいく。

小腸を通過するあいだに、消化物の色はそれまでの灰白色から黄褐色に変化し、しだいに糞臭を帯びてくる。

この匂いは、直腸に近づくに従って強くなる。この混合物に含まれる成分はたがいに影響し合い、同様の成分からのガスも発生する。

どうして最初はほとんど匂いもない白っぽい液状のものが、体外に排泄されるときにはあんなに色も匂いも強い固形物になっているのか、具体的に説明するのはかなり難しい。

乳糜は、小腸内に達すると、そのための諸器官によって腸壁から吸収され、肝臓に運ばれて血液と混ざる。それが血液をよみがえらせ、体内に生じた欠損を補修する力になるのである。

なにはともあれ、乳糜を抽出して血液に送り込むことが、消化の本来の目的であるらしい。それが血流の中に入ってからだを巡ると、人は生命力が増強したように感じ、消耗が補われた、という実感をもつのである。

液体の消化は、固形物の消化と較べるとはるかに単純なもので、説明するのに多くの言葉を要しない。

液体の中に浮遊している栄養物は、分離して乳糜と合体し、いま述べたようなプロセスを経て消化される。純粋に液体的な部分は胃壁の吸盤から吸収されて血中に入り、腎臓に運ばれる。腎臓はそれを濾過し、尿のかたちにして輸尿管から膀胱に送る。

この最後の容器に到達すると、肛門で固形物を押し止めるのと同じ役割を果たす括約筋によって、しばしの間そこに止まるが、そう長くは我慢できない。

尿が溜まると私たちは尿意をもよおし、やがて意思が働いてそれを日光のもとにさらすのだ。その液体を勢いよく体外に放出する水鉄砲のことは誰でも知っているが、その名前は決して言わないことになっている。

消化の影響

いずれにしても、消化にはある程度の時間がかかる。所要時間は人それぞれの体質によって異なるが、おおむね七時間ほど、すなわち胃の中での消化に三時間あまり、残りの約四時間が直腸に達するまでの時間である。その後、排泄まで何時間かかるかは、これも人によってかなり違うようだ。

消化は、人間のからだの働きの中で、精神に対してもっとも大きい影響を与えるものである。そう断言しても誰も驚かないだろうし、実際、そうとしか言いようがない。

消化が毎日どのようにおこなわれるか、とくにそれがどのように「終わる」かによって、人はいつも、悲しくなったり陽気になったり、寡黙になったりおしゃべりになったり、不機嫌になったり憂鬱になったりする。無意識にそうなるだけでなく、そうなるまいとしても自然にそうなってしまうのだ。

「消化の終わりかた」という観点から見れば、私たちは文明人を三つの大きなカテゴリーに分類することができる。すなわち、規則正しい人、便秘がちの人、弛みがちの人。経験的に、それぞれに属する人びとは、生まれつきの素質や性格に似たものがあるだけでなく、人生の途中で引き受けることになった使命を果たすときのやりかたについても、どこか似たようなところが見受けられる。

このことをよく理解してもらうために、文学の世界に例を取って説明しよう。私は、広汎な文学の分野のうちどのジャンルをその文学者が選ぶかは、しばしば胃袋の如何にかかっていると見ている。

この見方によれば、喜劇詩人は規則正しいお通じの人、悲劇詩人は便秘がちの人、哀歌や牧歌を書く詩人は弛みがちの人、ということになる。つまり、もっとも悲しい作品を書く詩人ともっともコミカルな作品を書く詩人の違いは、結局はその消化能力の如何によるというわけだ。

実はこの原理を応用して、無敵の勇将として知られたサヴォワ公ウージェーヌがフランスを苦しめていたとき、ルイ十四世の家臣のひとりが叫んだそうだ。

「なんとかあいつに一週間くらい腹下しをかけてやれないものか。そうすれば奴をヨーロッパ一の腰抜け野郎にしてくれるのに！」

また、ある英国の将軍はこう言った。

「急いで兵を出せ、奴らの胃の腑にまだ牛肉が残っているうちに」

消化中に、若い人は軽い身震いをすることがあり、老人は急に眠くなることがある。前者の場合は消化のために必要なカロリーが体表から熱を奪うからであり、後者の場合は、老齢で全体のエネルギーが低下しているために、起きているのに必要な熱量が消化のために奪われて足りなくなるからである。

消化がはじまったばかりのときは、知的作業に従事するのは危険である。もっと危険なことは、性的な享楽に身を委ねることである。パリの墓地へと向かう流れは毎年数百という男女を巻き込んでいくが、彼らの多くは、十分な食事をした後、あるいは十分過ぎる食事をした後に、欲望に耳目を塞げなかった人びとの群れなのである。

—— この章でブリア＝サヴァランは、「乳糜が胃の中で形成されて食物と合体する」

と書き、その後も乳糜と消化物を同一視して話を進めており、「乳糜が灰白色から黄褐色に変わって臭くなる」というような書きかたをしている（混乱するので翻訳では一部を修正した）が、その一方で「乳糜は腸壁で吸収されて血液中に入る」とも書いている。そんなウンコみたいなものが血液に入ったら大変である。

本書の英訳者フィッシャー女史は、ブリア＝サヴァランが「乳糜 chyle」と「糜汁 chyme」を混同していると指摘し、「紀元二〇〇年に死んだ古代ギリシャの有名な生理学者ガレンによれば、chyle と chyme は異なり、後者が最初に胃の中でできるもので、胃液の分泌によってできる食物の酸性のパルプ状のものをいう。それが、胆汁と膵液の働きによって乳糜 chyle に変じる」という説を紹介している。ちなみに現代の用語でも、糜汁 chyme は「胃液によって食物が分解され濃い灰色をしたどろどろの液に転じたもの」、乳糜 chyle は「小腸でつくられる脂肪粒を含んで乳白色になったリンパ液」とされている。

ところで、ひさしぶりにサヴァランの「トンデモ説」が出ました。

たしかに、食後は体内の血液が胃袋に集中するのですぐに運動をするのはよくない、とはいわれるが、ご馳走を食べた後にセックスすると死んでしまう……というのは、あんまりじゃないか。

だが、これでようやくひとつの疑問が解けた。

最初の章で、ベッドインした男女が、セックスをする前にまず眠るのはヘンじゃないか、と私は疑問を呈した。彼らはベッドインする前にまずメシを食い、それからいったん眠るのである。で、目が覚めてからやおらセックスを開始する。そんな手順があるのかと。

それは、この理由だったんですね。

メシを食った後、すぐにセックスすると死んでしまう恐れがある。

だからまずゆっくり寝て、消化作業を滞りなく終えた後、おもむろに人類を存続させるための崇高な作業にとりかかるのだ。みなさんもぜひ参考にしてください。

第17章　休息について

人間は無限の活動を楽しめるようにはできていない。私たちの存在は中断されることが運命づけられており、知覚そのものも一定の時間が経過した後は途切れることになっている。それが続く時間は、どんな経験が対象となるかによって異なるが、活動は時間が経過すればいずれは途絶え、人間は休息を欲するようになる。そして休息は眠りへと導かれ、眠りは夢を生む。

この時点で、人間たる存在は最後の限界点に到達する。眠りに入った人間は、もはや社会的な存在ではないのである。法律はまだ彼を保護するけれども、彼自身はその管理外に置かれている。

そのちょうどよい例が、その昔ピエール＝シャテルのシャルトルーズ派の修道院長を務めていたドン・デュアジェから聞いた、ちょっと不思議な話である。

ドン・デュアジェはガスコーニュ地方のとてもよい家柄の出身で、かつては軍人として名を挙げ、二十年間も歩兵隊長を務めてサン・ルイ勲章をもらっていた。私は彼ほど慈悲深い信仰者で、話をしていてこれほど気持ちのよい人に会ったことがない。

「それは、私がピエール＝シャテルに赴任する前に務めていた修道院でのことですが、ひとりの暗くて陰鬱な性格の、夢遊病者として知られている僧がおりましてな」

ドン・デュアジェはそんなふうに切り出した。

「ときどき発作が起こると、ひとりで房を出てどこかへ行ってしまい、またひとりで戻ってくるのです。あるときは道に迷ってしまい、探して連れ戻さなければならないこともありました。みんなが心配して医者に診せたところ、もらった薬が効いたようで、それからはめったに発作が出なくなり、そのうちに誰も気に止めないようになりました。

ところがある晩のこと、私がいつもの時間に床に入らず、執務机に向かって書類の整理をしていると、部屋のドアが開く音が聞こえました。私はたいていドアに鍵をつけたままにしておくので、誰かが勝手に入ってきたのです。すぐにそれは、その夢遊病の僧であることがわかりました。

彼の目は開いていましたが、一点を見据えていて、寝たときに着ていたと思われる寛衣を羽織ったまま、手には大きな包丁を一本もっていました。

彼はドアを開けると一直線に私のベッドのところまで進みました。ベッドの場所は以前から知っていたのです。そして、私が本当に寝ているかどうかを探るようにしばらく手をまさぐっていたかと思うと、突然、包丁を振り上げて、えらい勢いで三度も突き刺したのです。刃は毛布を貫通して、私がマットレス代わりに使っているワラの敷物の底にまで、深くしっかりと刺さりました。

彼は、最初に入ってきたときはひどく思い詰めた難しい顔をしていましたが、事を終えて戻ろうとするときには、憑き物が落ちたように安らかな、いかにも満足げな表情になっていました。私の机の上にはランプが二つあったのですが、その灯りにはまったく気づかないようすで、来たときと同じように、静かにドアを開け閉めして出ていきました。その後たしかめたところによると、彼はそのままどこへも寄らずに、おとなしく自分の房まで帰ったということです」

そこまで話してから、ドン・デュアジェ師はさらに続けた。

「そのときの私がどんな気持ちだったかはご想像におまかせしますが、辛うじて逃れた絶命の危機を目の前で見た恐怖に震えながら、私は神様に感謝の念を捧げました。が、怖ろしい出来事にあまりにも気が高ぶっていて、そのまま私は夜通しまんじりともしませんでした。

次の日、私はその夢遊病者を呼んで、さりげなく、前の晩にどんな夢を見たかを訊ねました。そう訊かれると、彼は一瞬たじろいでから、おずおずと話しはじめたのです。

それが実を言うと……神父さま、私はなんとも不思議な夢を見たのですが、それを神父さまにお話しするのは憚られますので……なにせ、悪魔の仕業に違いないものですから、と口ごもる彼に、私が、夢は本人の意思にかかわらず見るもので、単なる幻影に過ぎないのだから、見たままのことを素直に話しなさい、と命じると、彼は重い口を開いてこんなふうに語りました。

それでは神父さま、申し上げますが、昨晩、私は眠りに入ったかと思うとすぐ、神父さまが私の母親を殺したという夢を見たのです。その母が血まみれの幽霊の姿であらわれ、私に仇を討ってくれと頼みます。私は恐怖のあまり、正気を失って、言われるがままに神父さまの部屋に駆けつけました。そしてベッドの中に神父さまが寝ていらっしゃるのを確かめると、思い切って包丁を突き刺しました。そこで目が覚めたのですが、気がつくと全身にびっしょり汗をかいていました。私は自分が犯してしまった罪の怖ろしさに打ち震えましたが、ほどなくそれが夢であることがわかると、大それた犯罪が実際にはおこなわれなかったのだということを知って、思わず神様に感謝の祈りを捧げました……。

いや、犯罪は実際におこなわれたのだよ、君はそう思っていないようだが。私は、静かに厳粛な調子でそう言ってから、実際に目撃した一部始終を語り、ベッドに歴然と残っている包丁の傷跡を彼に示したのです。

彼はそれを見て、私の足もとにひれ伏しました。涙をとめどなく流しながら、すんでのところで犯すところだった大罪を悔やみ、どんな罰でも受けますからと泣き崩れた。

私はそれを見てこう言いました。いやいや、意図したものではないのだから、私は罰したりしない。だが、今後は夜のお勤めはしなくてよいから、夕食後は外から鍵をかけた房の中で過ごしなさい。鍵は朝いちばんのミサに間に合うように開けてあげよう」

以上がドン・デュアジェの話だが、このようなケースでは、奇跡的に助かることなく神父が本当に殺されたとしても、夢遊病者である僧は法によって罰せられることはなかっただろう。彼の側からすれば、それは意思なき殺人であったから。

休息の時間

私たちが棲む地球に課せられた一般的法則は、人類の生存の様態にも当然影響を与えるはずである。地球上のいたるところで程度の差こそあれ感じる昼と夜との交代は、たがいに補い合うようにできており、おのずから活動の時間と休息の時間を分ける結果となっている。もし一日が夜で終わらずに限りなく続くとしたら、私たちの生活様式はいまと相当違ったものになっていただろう。

ともあれ、人間はある一定の期間その生命の充実を享受すると、もうそれ以上は続けられなくなる瞬間がやってくる。外界から印象を受け取る力はしだいに弱まり、感覚にどれほど刺激を与えても効果はなく、諸器官はそれまであれほど強く求めていた刺戟に拒絶反応を示すようになる。人はそれ以上感覚を働かせることに飽きて、やすらかな休息のときを求めるのだ。

いうまでもなく、私たちが問題にしているのは高度に発達した文明のあらゆる資源と環境に恵まれた社会的に活躍する人びとで、そういう人たちにこそ、書斎やアトリエでの仕事や、旅や、戦争や、狩猟やその他もろもろによる疲労のため、休息を求める欲求が、より早く、より定期的に訪れるのだ。

この休息に関しては、あらゆる癒しの行為がそうであるように、万物の慈母たる自然が大いなるよろこびをもたらしてくれる。

休息する人間は、無限の懐に抱かれたような安堵感を覚えるものだ。両腕はその重さで自然に垂れ、筋肉は弛緩し、頭が空になって、官能は鎮まり、感覚は鈍くなる。もはや彼はなにも欲することがない。ものを考えもしない。目の上に薄い紗の帳が広がって、しばらくすると、彼は眠りに落ちていく。

第18章　睡眠について

なかにはきわめて元気旺盛で、まったく眠らないといっていいくらいの人もいるけれども、一般的には、睡眠に対する欲求は空腹や渇きと同じほど強いものだ、ということになっている。戦場の最前線に立つ歩哨ですら、目にタバコを擦り込んでもときどき居眠りをする。ピシュグリュは、ナポレオン軍の憲兵に追われながら、三万フランも支払ってようやく一晩の眠りを買ったというのに、眠っているうちに仲間に裏切られ引き渡された。

定　義

睡眠とは、人間が感覚器官の強制的な活動停止によって外界の事物から遮断されたために陥る、ただ機械的に生命を営むだけの麻痺状態をいう。

睡眠は、夜と同じように、ふたつの薄明状態のあいだに挟まれている。ひとつは黄昏のように絶対的な不活動の闇に先立ち、もうひとつは夜明けのように活発な生命活動の先駆けとなる。

これらの現象を仔細に検分してみよう。

睡眠がはじまるときは、感覚諸器官は徐々にその活動を停止していく。最初に味覚が、そして視覚と嗅覚がそれに次ぐ。聴覚はその後しばらく残り、触覚はさらに長く働き続ける。最後まで痛みを感じることで、肉体が陥る危険を知らせてくれるのである。

眠りは、つねに多少なりとも官能的なよろこびに先立たれる。肉体はそれによって消耗が速やかに回復することを信じて、そして霊魂はそれによって新たな活力を取り戻せるものと信じて、みずから進んで睡眠に身を委ねる。

このあたりの消息をよく理解しなかったために、第一級の学者たちの多くが、これほどポジティブな意味をもった睡眠という現象を、死になぞらえる過ちを犯したのだった。死に対してはあらゆる生物が必死に抵抗する。死には際立って異なる独特の症候があり、動物ですら怖れるのだ。

すべての快楽と同じように、睡眠もまた情熱の対象となる。寝るのが好きで人生の四分の三を眠って過ごした人たちもいるくらいだが、他のあらゆる趣味嗜好と同様、睡眠も耽溺すれば忌まわしい結果しか生み出さない。すなわち、怠惰、無為、衰弱、愚鈍、そして最後は死……。

昔サレルノの医学校では、年齢性別に関係なく、一日七時間の睡眠しか許さなかった。が、この方針は厳格すぎるように思う。子供はもっと眠らせる必要があるし、女性たちも大目に見てやってよいだろう。ただし、毎日十時間以上を寝床で過ごすような場合は、明らかに行き過ぎと見なしてよい。

眠りに入る最初の薄明の時間、意思の力はまだ働いている。目は、開けようと思えば開けることもでき、その力を完全に失ってはいない。

「ノン・オムニブス・ドルミオ Non omnibus dormio（すべての者に対して眠っているのではない）」とマエケナスは言ったが、まさしくその薄明の瞬間に、ひとかたならぬ世の男性たちが妻の不都合な真実を知ったのだった。

いくつかの想念がなお湧き上がる。だが辻褄は合わない。あるかなきかの光を感じ、輪郭の定まらない物体が閉じた目の中を舞う。しかしその状態はすぐに終わり、やがてすべてが消え失せて動きが止まると、人はそこから深い眠りに入っていく。

霊魂はその間なにをしているのか。それ自体は生きており、凪の海に浮かぶ船の舵手の如く、夜の闇の中にある鏡の如く、誰も弦に手を触れぬ琴の如く、ひたすら次なる行動の瞬間を待っている。

心理学者の中には、霊魂は決してその働きを止めていない、と説く者もいる。ルデルン伯爵がその代表だが、眠ろうとしている人を無理に目覚めさせようとすると、誰もがいま懸命に取り組んでいる仕事から無理やり引き剝がされようとするような強い抵抗を示すのがその証拠だという。

この観察は、根拠がないものとは言えず、慎重に精査する必要があると思う。

さらに言うと、この絶対的な虚脱の状態は、長く続かない（五、六時間を超えることはめったにない）。少しずつ肉体の消耗が修復されるにつれ、ぼんやりとした生存の感覚がしだいによみがえり、眠る者は夢の帝国へと誘われる。

三万フラン支払って一夜の眠りを買ったというピシュグリュは熱心な王党主義者で、ナポレオンに謀反を企てた咎で憲兵に追われ、ようやく仲間の家にかくまってもらうことになったが、眠っているあいだに通報されて捕われ、投獄された。獄中で自死したとも、殺害されたとも伝えられる。

ガイウス・マエケナス（紀元前七〇～紀元八）は、古代ローマ初代皇帝アウグスティヌスの腹心とされる政治家で、皇帝の政策顧問を務めていた。彼がアウグスティヌスを自宅に招いたとき、うとうとしているうちに彼が自分の妻に色目を使うようすに気づいたが、そのまま眠ったふりをして見逃した。が、その隙に乗じて彼の従者がいかがわしい行いをしようとするのを見るとマエケナスはカッと目を見開いて、「ノン・オムニブス・ドルミオ！」と一喝したという。すなわち、「すべての者に対して眠っているのではない」……砕いて訳せば、誰のために眠っている（ふりをしている）と思っているんだ、というところか。

モンテーニュは『随想録』の中で、ローマ皇帝ガルバがマエケナスを酒宴に招いたとき、妻が彼と目くばせをするのを見るとわざと床の中に潜り込み、熟睡しているふりをして二人の秘め事を手助けした。が、そのとき下僕のひとりが食卓の上のご馳走に手をかけるのを見て、「馬鹿者め、私はマエケナスのためにだけ眠っているんだぞ」と叫んだ……という話を紹介している。

どうやらこの逸話には二つのバージョンがあるようだが、ブリア゠サヴァランは眠っていたマエケナスがそう言った、と書いているのだから、前者に準拠していることは明らかである。

マエケナス（フランス語読みはメセネス）は裕福な家柄の出で、豊かな財産により多くの文人や芸術家を支援したパトロンとして知られている。今日のメセナ（フランス語＝企業による芸術文化支援）という言葉は彼の名に由来するものである。「ノン・オムニブス・ドルミオ」はラテン語の成句としていまに伝えられているが、自分の妻さえも望む者に分け与えることを厭わない、寛大な人物を象徴する逸話ではないだろうか。

第19章　夢について

夢とは、外界の事物の助けなしに霊魂（精神）に生じる、一方的な印象のことである。

夢を見るという現象は、ありふれていると同時にきわめて異常なことでもあるのだが、まだあまり詳しくは知られていない。

その咎は、まだ十分な調査をしていない学者の側にある。時とともにもう少し研究が進めば、人間のもつ二重の性格がより広く知られることになるだろう。

現在の学問の水準では、ある強力かつ鋭敏な液体が、感覚器官が受け取った印象を脳に伝え、これらの印象が昂じてそこに想念が生まれる……というのがいちおうの定説になっている。

絶対的な睡眠の状態は、この液体の消耗、または不活性化が原因である。

睡眠中も消化と同化の作用はつねにおこなわれていることを考えると、この消耗は絶えず修復されているわけだから、睡眠中の人間は、いつでも活動を開始する準備ができているにもかかわらず外界からの刺戟がまったくないという、そのような時期に置かれていると考えてよいだろう。

この神経液は本来流動的なもので、神経の管を通って脳へと流れていき、いつもと同じ場所、同じ道筋に入り込む。同じルートをたどって行くためそれによって得られる反応も同じで、ただ、覚醒しているときと睡眠の状態ではその強度に差があるだけである。

この違いが生じる理由は容易に把握できると私は思う。目が覚めているときに人が受ける外部からの印象は、すべての器官が同時に働くため、明確であり、迅速であり、必然的である。それに対して、同じ印象が眠っている人に伝えられる場合は、神経の一部しか働かないので、当然反応は鈍く、はっきりしないものとなる。分かりやすく言えば、目覚めている人の場合は器官全体に衝撃が加わるのに対し、眠っている人の場合は脳に近いごく一部の神経が揺さぶられるに過ぎないからだ。

しかしながら、よく知られるように、官能的な夢のときは、眠っていても起きているときとほぼ同じように、自然はその目的を達することができる。そうした違いは、器官そのものの違いから生じるものである。性の感覚はどんな刺戟でも一回あればただちに反応するのであって、男女両性は、自然が義務づけた行為を着実に遂行するために必要なあらゆる機能を備えている。

夢と神経の働きについては、分かりやすく言えば……と言いながらかえってまわりくどい説明になっているが、サヴァラン先生の解説は性夢の話になると途端に明解になる。

夢の中で「目的を達する」ときの主語が人間ではなくて「自然」となっているのは、ブリア＝サヴァランは人がものを食べるのは個の保存と種の存続が目的であり、性交によって子孫を残すのは人間に与えられた使命である、と考えているからだろう。ふたしかな人間の意志に頼らなくても、物理的な刺激だけで「行為を着実に遂行」できるよう、自然すなわち造物主は人間を設計したのである。

今後の研究

神経液がこのようにして脳に運ばれるときは、それぞれ特定の感覚に割り当てられた通路の中を流れていく。そのために、ある刺戟に対応して特定の反応や想念が喚起されるのだ。視神経が刺戟されればものが見えるように感じるし、聴神経が刺戟されればなにかが聞こえるように感じる。が、奇妙なことに、夢の中で感じる感覚が味覚や嗅覚に触れることは、まったくないとは言わないがきわめて稀である。庭園や野原に花が咲いている夢を見ても香りはしないし、ご馳走の並んだ宴席の夢は見ても料理の味はわからない。

六つある感覚のうち四つまでは夢の中でもほとんど完全に力を発揮するというのに、嗅覚と味覚だけは眠っていると感覚が働かないのはなぜだろう（ブリア＝サヴァランは、視覚、聴覚、嗅覚、味覚、触覚の五感に加えて「性感覚（生殖感覚）」を、人間のもつ六種類の感覚と数えている）。これを解明することこそ、次代の学者たちが取り組むにふさわしい仕事だろう。私の知る限り、これまでこの問題を扱った心理学者はひとりもいない。

もうひとつ注意すべきことは、夢の中で抱く感情は、内面的なものであればあるほどより強く働くということである。だからどんなに性的な夢を見てもその興奮などは他愛ないもので、それよりも最愛の子供を失う夢を見たときの苦悩のほうがはるかに大きい。そういうとき、私たちはぐっしょり汗をかいて飛び起きるか、涙に頬を濡らして目を覚ますものである。

夢の性質

夢の中の出来事にはとんでもなく荒唐無稽なものがあるけれども、仔細に見れば、それらはいずれも過去の思い出か、過去の思い出を組み合わせたものであることがわかる。だから私は、夢は感覚の記憶である、と言いたい。夢が不可思議なのは、それぞれの事柄の結びつきかたが奇妙なのであって、年代が前後したり時間の法則が狂ったりして辻褄が合わないことはあるにせよ、よく分析してみれば、誰もそれまでにまったく知りもしなかった事柄を夢に見ることはない、といっていいのである。

目覚めている人間の場合は、視覚、聴覚、触覚、記憶という四つの力がたがいに監視しあい補正しあいながら協力して働くのに対し、眠っている人の場合はそれぞれの感覚が孤立して勝手に行動するのだ、と考えると、どんなに私たちの夢が奇異であっても驚くことはないだろう。

捨てがたい魅力のある夢という主題にゆるゆるつきあっているうちに、いつのまにかガル博士の専門分野に足を踏み入れそうになってしまった。ガル博士は、脳の各器官がもつ多様性について主張している学者である（第2章六八ページ参照）。だから、私はこれ以上は踏み込まず、自分で決めた境界線を守ろうと思う。が、そうは言っても私は学問を愛する者であり、その世界にまんざら縁がないわけでもないので、私の注意深い観察の結果として得たふたつの事例を、ここにどうしても書きとめておきたいと思う次第である。いずれも信用していただいてよい、本当の話である。

観察その1

一七九〇年頃、ベレー地方のジェヴランという村に、ずる賢いことこの上ない商人がいた。名前はランドーといい、結構な財産を貯め込んでいた。

この男が、突然、脳卒中で倒れて、もう死んだものだと誰もが思った。が、さいわい大学病院の医者にかかって一命を取り止めた。しかしその結果、知的な能力はほとんど失われ、記憶に至ってはほとんど喪失した。それでも足を引きずりながらなんとか歩くことはできるようになり、食欲も出てきたので、辛うじて財産の管理は自分の手でやっていた。

ランドーがそんな状態になったと聞いて、以前彼と取り引きをしたことのある連中が、いよいよ復讐の好機が到来したと思い、お見舞いだとかおつきあいだとか言いながらやってきて、商売、売買、交換、その他もろもろの取り引きを彼にもちかけた。こうした取り引きは、もともと彼がやっていた商売なのである。ところが攻撃を仕掛けたつもりの連中が吃驚して、これは見込み違いだといって退散する始末だった。この狡猾な老人は、商売人としての能力をいささかも失ってはいなかった。ときには使用人の見分けもつかず、自分の名前すら忘れることのある人物が、すべての商品の価格はもちろん、三里四方にある草原やブドウ畑や森などの土地の値段まで、こまかに覚えていたのである。

もちかけられた取り引きに関する彼の判断には一点の曇りもなく、かえって半身不随の老いぼれを騙してやろうと仕掛けてきた連中のほうが、油断をしていてまんまと裏をかかれてしまう始末だった。

観察その2

ベレーにシロルという人がいた。ルイ十五世から十六世の御世に、長いこと近衛兵として仕えた人である。

知性のほうは、彼が生涯をかけて勤め上げた職務にかつかつ必要な程度だったが、賭け事に関しては天才で、オンブル、ピケ、ホイストといった昔ながらのゲームにかけては右に出る者がなかったし、なにか新しいゲームが流行ると、三回もやればたちまちそのコツを覚えてしまうという具合だった。

そのシロル氏が、やはり脳卒中にかかった。あまりにもひどかったため、ほとんど完全麻痺の状態だった。が、ふたつだけ、無傷で残ったものがある。それは消化の能力と賭け事の能力であった。

彼は毎日、もう二十年以上も通い続けている賭場にやってきて、片隅に置かれた椅子に座って、じっと動かぬまま、まわりでなにが起ころうと関心を示すこともなく、うつらうつらと居眠りをして過ごしていた。

一勝負終わって交代の時間が来ると、ちょっとやりませんかと彼にも声がかかる。

そう言われると彼はいつも頷き、足を引き摺ってカードテーブルににじり寄る。そして、彼の身体能力の大半を麻痺させた病気が、賭博の才だけはまったく失わせなかったという事実を誰もが確認するのだった。その死のほとんど直前まで、シロル氏は賭博者としては完全な存在のままであることを遺憾なく立証した。

たしかドランとか言う、パリの銀行家がベレーにやってきたことがあった。彼は何枚かの紹介状をもってやってきたが、よそ者であり、なによりもパリジャンであった。地方の小都市では、それだけで地元民に快く迎え入れてもらうために十分な肩書きであった。

ドラン氏はグルマンで、賭け事が好きだった。

グルマンという点では、毎日五時間も六時間も彼を食卓につけて大いに満足させることができた。が、賭け事のほうでは、彼を楽しませるのはなかなか難しかった。彼はピケが好きで、一札六フランでやろうというのだが、それは私たちの内輪のレートよりはるかに高い賭け金だったのである。

この障害を乗り越えるために、みんなでひとつのチームをつくり、各人が自分の勘で、賭けても賭けなくてもよいようにした。パリジャンはわれわれ田舎者よりずっと上手なんだ、という者もいたし、反対に、パリみたいな都会から来る奴は案外間抜けなところがある、という者もいた。が、とにかくチームができあがり、仲間の利益を守るためには誰をプレーヤーにしたらよいか、と決める段になって、シロル氏の名前が上がった。

パリの銀行家は、影の薄い、蒼白い顔をした大男が、足を引き摺ってあらわれ、どっかりと自分の前に腰を下ろしたとき、最初はなにかの冗談だと思ったに違いない。が、この幽霊のような男がいったんカードを取って鮮やかな手つきで切りはじめると、なるほどこの男は、昔はそれなりに鳴らした打ち手だったのだろうと思い直した。

男の賭博の才能が依然として昔のままであることに気づくには、それほど長い時間はかからなかった。最初の勝負だけでなく、次の勝負も、その次の勝負もドラン氏は打ち負かされ、痛めつけられ、毟り取られて、帰るときには合計六〇〇フランもの大金をすってしまっていた。もちろんその大金は、仲間うちで慎重に分配された。

ドラン氏は、パリに帰る前に、たいへんお世話になったといってお別れの挨拶にやってきたが、そこで彼は、勝負の相手のあまりの耄碌ぶりに驚いたと言い、死人と闘ってこれほどの惨敗を喫したのは返す返すも悔しいと言って帰って行った。

結　論

以上二つの観察から結論を引き出すのは容易である。どちらの場合も、卒中の発作は脳の中枢を麻痺させたが、商売なり賭博なり特定の機能と結びついて長いあいだ使われてきた部位にだけは、敬意を払って手を出さなかったのだ。おそらく、継続的に使用されているうちにその部位がしだいに強靭になっていったのか、あるいは同じ印象でも長いあいだ繰り返し伝達されているとより深い痕跡を刻み込むからか、どちらかの理由で発作に対する抵抗力を示したのだろう。

年齢の影響

年齢は夢の内容に大きく影響する。

子供のうちは遊びや庭園や花や草原など、微笑ましい情景の夢を見る。少し成長すると、快楽や恋愛、喧嘩、結婚などの夢を見る。そして大人になると、立身出世、旅、王侯や上司に寵愛される夢などを見るようになる。その先は、仕事の悩みや稼ぎに関する夢を、歳を取ると、昔楽しかったことや、早世した友人のことなどを夢に見る。

夢の現象

眠りと夢には、ときに不可思議な現象が伴うことがある。これを研究することは、私の提唱する「人類法則学」の発展に寄与するであろう。そのため私は、これまでかなり長い人生を送ってきた私自身が、夜の沈黙のうちに経験した数々の事例の中から、三つの観察について書き記しておこうと思う。

観察その1

ある晩、私は重力から解放される夢を見た。自分のからだを思い通りに操り、上がったり下がったり自由に動かせるのだ。

これは素晴らしい体験だった。同じような夢を見る人は多いと思うが、私の場合ちょっと違っていると思うのは、どうしてそんなことができるようになったか、その理由を順序立てて説明することができることだった。しかも、きわめて明快に（少なくともそのときの気分では)。あまり簡単な方法なので、どうしていままで誰も気づかなかったのか、夢の中で私はしきりに不思議がっていた。

目が覚めると、その説明の部分はすっぽりと記憶から消えていたが、結論だけは残っていた。このとき以来、遅かれ早かれ私より明晰な頭脳をもった天才が、この謎を解明するに違いない、それも、そんなに遠い先ではないのではないか、と、確信するに至ったのである。

観察その2

二、三ヵ月前のことだが、私は眠っていながらある異常な快楽の瞬間を体験した。それは、私の存在を構成しているすべての微粒子が、甘美な戦慄……というか、魅惑に満ちた蟻走感、とでも言えばよいのか、頭のてっぺんから足の先まで、皮膚の表面から発した恍惚感が骨の髄までを貫いた。私は、紫色の妖しい光を放つ炎が顔のまわりをちらちらと動きまわるのを感じていた……。
この状態は、私ははっきりと肉体的に感じていたのだが、少なくとも三十秒間は続いたと思う。それから驚いて目が覚めたが、その驚きのなかにはいくらかの恐怖の念が混じっていた。

私は、いまでもはっきりと思い出せるこのときの感覚や、恍惚状態の人や神経症の患者などの観察事例から、人間にとっての快楽の限界は、まだ決まってもいないし知られてもいないのだ、という結論に到達した。肉体はいったいどこまでの至福を享受できるのか、私たちはまだ知らずにいるのである。いまから数世紀の後には、生理学者がこの異常な恍惚の正体を解明し、アヘンによって睡眠を誘うように、望むがままにそれを手に入れることができるようになることを、そして未来のわが子孫たちが、それによっていまは免れずにいる激しい苦痛から私たちを解放してくれることを、願わずにはいられない。

観察その3

革命暦第八年、すなわち一八〇〇年のある日、私はいつもと変わりなく床に就いたが、午前一時頃になって突然目が覚めた。いつもならちょうどぐっすり眠り込む時間だが、私は頭が異常に興奮していて、明晰な想念が湧き上がり、思考は鋭く深まり、私の知的な領域が一挙に拡大したように感じていた。私はベッドの上に身を起こした。

目の前に、なにかぼうっとした光……靄がかかった、輪郭の定かでない薄明かりのようなものを感じたが、その明かりではあたりのものを見分けることはできなかった。

矢継ぎ早にさまざまな思考や想念が頭の中を巡ったことから考えれば、その状態は何時間も続いたようにも思えるが、部屋の時計で見ると、経過した時間はせいぜい三十分を少し超える程度のものだった。そして私は自分の意思にかかわらない外界の出来事によってその場から引き剝がされ、下界の雑事に呼び戻されたのだった。

するとたちまちのうちに光に満ちた興奮は消え失せ、私は地に堕ちたように感じた。知恵の限界は再び狭まり、一言で言えば、私は前の晩の私に戻ってしまったのだ。だが、私はそのときはっきりと目覚めていたので、あの鮮やかな色は褪せてしまったものの、私の脳裡をよぎった考えの一部をいまも記憶に止めている。

それは時間や感覚についての省察であったが、いま残っているのは断片的な言葉ばかりである。もし、一ヵ月の間でもあの時間を取り戻すことができるなら、私は一生の残りの時間をすべて捧げてもよいくらいだ。

こうした出来事については、文学者ならよくわかってもらえるのではないかと思う。彼らなら、それほどまでに強烈な体験でなくても、似たようなことはいくつも経験しているはずだからである。

ベッドの中で、暖かい毛布にくるまれ、横たわっているひとりの作家。ナイトキャップを被った頭の中で、やりかけの著作のことを考えている。しだいに想像力が膨らみ、アイデアが湧き上がり、ついで表現が次々に浮かんでくる。が、書くためには起きなければならないから、彼は服を着て、帽子を取り、仕事部屋の机に向かう。ところが……なんと、机に向かったときにはもはや別人になっていた。想像力は冷え込み、アイデアの糸は切れ、表現は詰まってしまう。あんなに簡単にわかった答えを苦労して探さなければならなくなり、そしてたいていの場合は、取りかかった仕事をもっと調子のよい別の日に延期しなければならなくなる。

こうした事柄は、体位と温度の変化が脳にもたらした結果として簡単に説明することができる。ここでもまた、肉体が精神に及ぼす影響が見てとれるのである。

この観察をさらに掘り下げていくと、ちょっと穿ち過ぎかもしれないが、私は次のようなことまで考えてしまう。

すなわち、東洋人の熱狂は、マホメットの教えにより、彼らの頭がつねに布によって暖かく覆われているせいではないのか。だからこそ、その反対の効果を求めて、すべての宗門の管理者は僧侶たちに頭を剃って丸出しにするよう義務づけたのだと。

色のついた夢は、昔の人はあまり見なかったが、最近は多くの人が見るようになったという。匂いのする夢も、味が分かる夢も、もちろん空を飛ぶ夢と同様、経験した人は少なくないはずだ。私はときどき、おいしいものを食べて幸福な気分になる夢を見るが、そういうときは、かならず食べている途中で傍らに寝ている妻に揺り起こされる。そして彼女は、あなた、いまなにを食べているの、と問うのである。あまりうれしそうに微笑んでいるので、どんなものを食べているのか知りたいのだそうだ。

ヨーロッパ人は、自分たちに近いアジアを近東、少し離れたアジアを中東、はるかに遠いアジアを極東と呼ぶ。これも私の私的な経験だが、若い頃ケンブリッジの語学校で英語を習っていたとき、外国人用の初級教科書に示されていた「アジア人 asiatique」という語の下には、頭にターバンを巻いたイスラム教徒のイラストが描かれていた。そのとき私は、なるほど彼らがアジア人と聞いてまず思い浮かべるイメージはこういうものなのかと感心したが、ブリア＝サヴァランの想像にはコメントを差し控える。

第20章　食生活の休息、睡眠および夢に及ぼす影響

人は休んでいようと、眠っていようと、夢を見ていようと、つねに栄養の法則に支配されており、美味学の領分から一歩も逃れることはできない。理論的にもまた実際の体験からも、食事の量と質が仕事や休息や睡眠や夢に大きく影響することが証明されている。

食生活が労働に及ぼす影響

栄養のよくない人は、長時間の労働に耐えられない。すぐに疲れてしまい、汗まみれになって、仕事を続けられなくなる。そういう人にとっては、休息とは単にそれ以上動けないことを意味する。

これが精神的な労働の場合だと、思いつく想念には力がなく、正確さを欠く。思考は途切れ途切れになり、判断をしようにも現状の分析ができなくなる。脳はむなしい

努力の末に疲れ果て、まさに戦いのさなかに眠り込んでしまうのだ。

私はいつも考えるのだが、あのオートゥイユのサロンや、ランブイエやソワッソンの館でおこなわれていた文学者を招いての饗宴は、ルイ十四世治下の作家たちに大いによい影響を与えたのではなかったか。あの口の悪いジェフロワ（毒舌で知られた批評家ジュリアン・ジェフロワ 一七四三〜一八一四）が同時代の詩人たちを、君たちは砂糖水ばかり飲んでいるからろくな詩が書けないんだ、とからかったのも（もし彼らが本当に砂糖水が好きだったとしたら）、あながち見当違いでもなかったかもしれない。

こうした観点から、私は苦しい貧乏生活を経験したことで知られる作家たちの作品をあらためて検分してみたが、自分のいつもの不幸を嘆いたり、他人へのあからさまな妬みをバネにしているところは別にして、彼らの作品からは本当の意味でのエネルギーが感じられないことに気がついた。

その反対に、しっかりと栄養を摂り、ふだんから慎重かつ賢明にみずからの消耗を修復している者は、ときに人間業とは思えないような大量の仕事をやってのける。

ブローニュに出発する前の晩、皇帝ナポレオンは、国務院の参事や配下の将軍たちとともに三十時間以上もぶっ続けで働いたが、その間に摂ったものといえば二回のきわめて短時間の食事と数杯のコーヒーだけだった。

ブラウン（スコットランド出身の哲学者トーマス・ブラウン 一七七八～一八二〇）の語るところによれば、あるイギリス海軍軍令部のスタッフは、自分に託された仕事の書類を不慮の事故で紛失したとき、五十二時間もぶっ通しで働いてそれをつくり直したという。よほど特別な食事を摂らない限りそれほど莫大な消耗に耐えられるわけはないけれども、果たして彼は、最初に水、続いて軽い食べもの、次にワイン、それからコンソメ、そして最後にはアヘンを用いたということだ。

私はある日、軍隊で顔見知りの飛脚に会った。彼は政府に頼まれた急ぎの仕事でスペインへ行き、ちょうど帰ってきたところだった。スペインまでの旅は往復で十二日間、途中休んだのはマドリッドで過ごした四時間だけ。この不休不眠の長い旅のあいだ、彼はワインとブイヨンをそれぞれ数杯しか口にしなかったという。そう話してから彼は、もし固いものを食べたらとても最後までもたなかっただろう、とつけ加えた。

食生活が夢に及ぼす影響

食生活は睡眠と夢にも少なからぬ影響を与える。

お腹が空いた人は、眠ることができない。胃袋の苦痛が彼を覚醒の状態に押しとどめるのだ。疲労と衰弱のためにまどろむことがあっても、その眠りは浅く、不安定で途切れがちである。これに対して、食事のときに度を過ごした人は、すぐに寝ついてぐっすりと眠り込む。夢を見たとしても、なにも覚えていない。それは、神経液が感覚の通路を四方八方に行き交ってまとまらないからである。同じ理由から目覚めも突然で、目が覚めてもすぐには社会生活に戻れない。完全に眠気が去ってからも、長いあいだ消化のための疲労がからだに残っている。

コーヒーが睡眠を妨げることは、すでに一般の金言のように言われている。が、常用しているとそれほど不都合は感じなくなるし、まったく影響がなくなることもある。ただしヨーロッパ人はコーヒーに弱く、慣れないうちはかならず不眠に悩まされる。

コーヒーとは逆に、食物のなかには緩やかに睡眠を誘うものがある。牛乳が主体になっている食べもの、レタス類全般、鶏肉、スベリヒユ、オレンジの花、それからとくに、レネットりんご。これらは就寝直前に食べるとよい。

続き

食生活が夢の内容を規定する、ということも、夥しい数の観察にもとづく経験の教えるところである。

一般に、神経に軽い刺戟を与える食べものは夢を見させる。黒い肉類、ハト、カモ、ジビエ一般、とりわけ野ウサギの肉がそうである。

そのほか、アスパラガス、セロリ、トリュフ、香料を使った甘い菓子類、とくにバニラを使ったものは、夢を見させる成分を含んでいる。

だからといって、こういった眠気を催させる食べものを食卓から一掃しよう、と考えるのは大きな間違いである。それらの食べものが原因で見る夢は一般に軽快で愉快なものばかりで、活動が停止するという睡眠時間の中にまで私たちの生存を引き延ばしてくれる、ありがたいものだからだ。

ある人たちにとっては、睡眠はもうひとつの人生であり、一種の長い小説のようなものである。彼らの夢には続きがあって、前の晩の夢の続きを次の晩に見て物語を完結させることができる。また、夢の中で出会う人物の顔が、現実の世界では一度も会ったことがないにもかかわらず、まるで以前から見知っていた顔のように思えることがある。

結論

自分の肉体的な存在というものをよく考え、それを私たちがここに披瀝している原則に沿って実行しようとする人は、休息と睡眠と夢をうまくコントロールすることができる。そういう人は、仕事をしても決して無闇に働き過ぎることなく、メリハリをつけることで余裕をもってこなす術を心得ており、ときどき短い休息をあいだに挟んでリフレッシュしながら、長い時間働かなくてはならないときがあっても、無理なく最後まで効率的に仕事を進めることができる。

昼のあいだにもっと長い休みを取る必要を感じた場合でも、仕事中の姿勢は崩さず、居眠りをしないように我慢する。もちろんどうしても我慢できないときは仕方ないが、決して居眠りが習慣にならないように気をつける。

夜になって休息のときが来たら、風通しのよい寝室に引き下がり、同じ空気を一〇〇回も吸わなくてもいいようにベッドの周囲はカーテンで覆わず、雨戸の扉も少しだけ開けておく。そうすれば、夜中にふと目覚めてうっすらと目を開いたとき、わずかな明かりが漏れてきて心を慰める。

ベッドは頭のほうが少し高くなったものがよい。枕は馬の尻尾の毛を詰めたもの。ナイトキャップは柔らかい布製で、毛布はあまり重くない、胸のところが苦しく感じないものがよい。だが足の先だけは、つねに暖かく包まれているように気をつける。

そういう人は、食事のときも度を過ごさない。ふつうにおいしいものも最高においしいものも遠慮なく食べ、最上の美酒もよろこんでいただくが、どんなに有名な銘酒であってもほどほどを心得る。

デザートの時間には政治的な議論よりは風流な話をもちだし、風刺詩よりは恋歌を披露して座を和ませる。調子がよければコーヒーも一杯だけ飲み、最後に素晴らしいリキュールも勧められるままにほんの少し、口中を芳しい香りで満たすためにだけいただくことにした。

そのすべてを通して、彼はみずからが食卓を囲んで楽しい会食者であることを示し、美食を愛する食いしん坊であることを知らしめたが、その矩を超えたことは、まったくなかったとはいわないがほんの少しだった。

このようにして、彼は自分にもまた他人にも満足して、ベッドに入った。目は自然に閉じ、しばし薄明のときを過ごした後、深い眠りに入って数時間ぐっすり眠った。

その後しばらくして、自然がその役割を果たして同化の作用が消耗を修復する。すると甘美な夢が神秘的な出会いをもたらし、そこで彼は、自分が愛する人たちに出会い、気に入った仕事を見つけ、好きだった場所へと連れて行かれる。そして最後に少しずつ眠りから覚めていき、眠ることによって疲れることのない活動と混じりけのない悦びを味わったために、失われた時をいささかも惜しむことなく現実の社会に戻っていくのである。

（上巻／終わり）

原書および参考書誌一覧

原書

“Physiologie du Goût”, Paris, A. Sautelet et Cie Libraires, 1826

英訳書

“The Physiology of Taste or Meditations on Transcendental Gastronomy”
Translated by M.F.K Fisher, introduction by Bill Buford
originaly published by The Heritage Press, New York, 1949
Everyman’s Library, Random House, New York, 2009

“The Philosopher in the Kitchen”, translated by Anne Drayton
Penguin Books Ltd., London, 1970

日本語訳／解説書

『美味礼讃』関根秀雄訳　創元社　一九五三年

『美味礼讃』（全二冊）関根秀雄・戸部松実訳　岩波書店（岩波文庫）一九六七／二〇〇三～二〇〇四年

『ロラン・バルト〈味覚の生理学〉を読む』ロラン・バルト著／松島征訳　みすず書房　一九八五年
『ブリア＝サヴァラン「美味礼讃」を読む』辻静雄　岩波書店　一九八九年
『いま蘇るブリア＝サヴァランの美味学』川端晶子　東信堂　二〇〇九年

参考書

"Code Gourmand", Horace Raisson, Auguste Romieu, Paris, Eugène Figuière, 1923
"Brillat-Savarin Conseiller à la Cour de Cassation, Gastronome et Gastrologue" Fernand Payen, J.Peyronnet & Cie Editeurs, 1925
"Antelme BRILLAT-SAVARIN 1755-1826" Germaine de Villeneuve, Arc-En-Ciel, 1952
"Histoire du Restaurant en France" Pierre Andrieu, La Journeé Vinicole, 1955
"L'Almanach des Gourmands 1803-1812", Grimod de la Reynière, MENUFRETIN, 2012
『舌の世界史』辻静雄　毎日新聞社　一九六九年
『味の美学』ロベール・J・クールティーヌ著／黒木義典訳　白水社　一九七〇／一九八二年
『フランス料理の学び方』辻静雄　三洋出版貿易　一九七二年
『フランス食卓史』レイモン・オリヴェ著／角田鞠訳　人文書院　一九八〇年
"A Table avec Cesarr", Pierre Drachline, Claude Petit-Castelli, Editions Sand, 1984
『食べるフランス史』ジャン＝ポール・アロン著／佐藤悦子訳　人文書院　一九八五年
"Festins de France", Marie de la Forest Divonne, Isabelle Maillard, Herscher, 1987
『甘さと権力――砂糖が語る近代史』シドニー・W・ミンツ／川北稔・和田光弘訳　平凡社　一九

八八年
『美食の社会史』北山晴一　朝日新聞社　一九九一年
『世界食物百科』マグロンヌ・トゥーサン＝サマ著／玉村豊男監訳　原書房　一九九八年
『レストランの誕生』レベッカ・L・スパング著／小林正巳訳　青土社　二〇〇一年
『招客必携』グリモ・ドゥ・ラ・レニエール著／伊藤文訳　中央公論新社　二〇〇四年
『フランス料理と批評の歴史』八木尚子著　中央公論新社　二〇一〇年
『古代ローマの饗宴』E・S・P・リコッティ著／武谷なおみ訳　講談社　二〇一一年

美味礼讃　下巻　目次

中公文庫

美《び》味《み》礼《らい》讃《さん》（上《じょう》）

2021年1月25日　初版発行

著　者　ブリア＝サヴァラン

編訳者　玉《たま》村《むら》豊《とよ》男《お》

発行者　松田陽三

発行所　中央公論新社
〒100-8152　東京都千代田区大手町1-7-1
電話　販売 03-5299-1730　編集 03-5299-1890
URL http://www.chuko.co.jp/

DTP　嵐下英治
編集協力　嶋中事務所
印　刷　大日本印刷
製　本　大日本印刷

ISBN978-4-12-207018-9 C1198